REBUS ET LE [...]

Paru dans Le Livre de Poche :

IAN RANKIN

Rebus et le Loup-Garou de Londres

TRADUIT DE L'ANGLAIS (ÉCOSSE) PAR FRÉDÉRIC GRELLIER

LE LIVRE DE POCHE

Titre original :

TOOTH & NAIL

ISBN : 2-253-10104-4 – 1ʳᵉ publication - LGF
ISBN : 978-2-253-10104-8 – 1ʳᵉ publication - LGF

Pour Miranda, à nouveau,
mais cette fois, également pour Mugwump...

« Combien de loups imaginons-nous à nos trousses, alors que nos véritables ennemis portent des peaux de mouton. »

Malcolm LOWRY, *Au-dessous du volcan.*

Prologue

Elle plante le poignard.

Un moment très intime, comme elle le sait d'expé-rience. Agrippant le manche froid, elle enfonce la lame d'un seul coup jusqu'à la garde, et sent la gorge contre sa main. Peau contre peau. D'abord le blouson, ou un pull en laine, une chemise en coton ou un tee-shirt, et enfin la peau. Maintenant les râles. Le poignard se tortille comme un animal qui renifle. Le sang tiède s'écoule sur la garde et sur ses doigts. (L'autre main est plaquée sur la bouche pour étouffer les cris.) Le moment est parfait. Une rencontre. Émouvante. Ce corps chaud, béant, dégoulinant de sang tiède. Palpitant tandis qu'il perd ses entrailles. Bouillonnant. Et puis le moment touche à sa fin, trop vite.

Pourtant, elle ressent toujours cette faim. Ce n'est pas normal, c'est inhabituel, mais la faim est bien là. Elle retire quelques vêtements au cadavre. Sans doute plus que nécessaire. Puis elle fait ce qu'elle doit faire, et la lame se tortille encore une fois. Elle ferme les yeux en les serrant très fort. Cette partie ne lui plaît pas. Ça ne lui a jamais plu, ni maintenant ni à l'époque. Surtout *à l'époque*.

Enfin, elle sort les dents et les plonge dans le ventre

blanc, serre les mâchoires et s'offre une délicieuse bouchée, et comme chaque fois, elle prononce ces quatre mots :

– Ce n'est qu'un jeu.

George Flight reçut l'appel dans la soirée. Dimanche soir. Le dimanche devrait être un jour de repos bien mérité – ragoût de bœuf et Yorkshire pudding, affalé devant la télé, le journal éparpillé autour de soi. Mais il avait eu un pressentiment toute la journée. Au pub, à midi, il avait déjà senti une espèce de chatouillement dans le ventre, comme des vers, des asticots aveugles et affamés, qu'il n'avait aucune chance de rassasier. Il savait très bien ce que c'était, et ces fichues bestioles aussi. Et puis il avait gagné le troisième prix de la tombola du pub : un ours en peluche orange et blanc, d'un mètre de haut. Même les asticots s'étaient fichus de lui, et il avait compris que la journée finirait mal.

Preuve en était la sonnerie du téléphone, aussi insistante que la cloche d'un pub annonçant la dernière tournée. Forcément de mauvaises nouvelles, qui ne pouvaient pas attendre la prise de service du lendemain matin. D'ailleurs, il savait très bien de quoi il s'agissait. Ne s'y attendait-il pas depuis quelques semaines ? Malgré tout, il rechignait à décrocher. Il finit tout de même par s'emparer du combiné.

– Flight à l'appareil.

– On a un nouveau cadavre, inspecteur. Le Loup-Garou. Il a encore frappé.

Flight fixa le téléviseur muet. Des images du match de rugby de la veille. Des types adultes en train de courir après un ballon de forme bizarre comme si leur vie en dépendait. Ce n'était jamais qu'un jeu. Et cette fichue récompense qu'il avait laissée dans la voiture, cet ours au sourire narquois. Qu'allait-il faire d'un ours en peluche ?

– OK. Dites-moi où...

– Après tout, ce n'est qu'un jeu, hein ?

Rebus opina du chef et sourit à l'Anglais assis en face de lui. Puis il regarda par la fenêtre, faisant mine une fois de plus de s'intéresser au paysage flou et ténébreux. L'Anglais ne se lassait pas de cette remarque qu'il lui avait bien sortie cent fois. Sa conversation s'était limitée à ça tout au long du voyage. En plus, il n'arrêtait pas d'empiéter sur le peu d'espace dont Rebus disposait pour ses jambes, et ses canettes de bière vides envahissaient progressivement la tablette, encerclant la pile de journaux et de magazines soigneusement pliés de Rebus.

– Billets, s'il vous plaît ! annonça le contrôleur à l'autre bout du wagon.

Poussant un soupir, Rebus entama les recherches. C'était le troisième contrôle depuis Édimbourg, et ce maudit billet ne se trouvait jamais où il croyait. À Berwick, il était persuadé de l'avoir mis dans la poche de sa chemise, alors qu'il était dans la poche extérieure de sa veste en tweed. La fois suivante, à Durham, Rebus avait bien évidemment cherché dans sa veste, alors que ce fichu billet traînait sous un magazine. Maintenant, dix minutes après un arrêt à Peterborough, le billet avait migré dans la poche arrière de son pantalon. Il le sortit et attendit le passage du contrôleur.

Le billet de l'Anglais n'avait pas bougé depuis le

13

départ : à moitié caché sous une canette de bière. Rebus jeta un coup d'œil au gros titre en dernière page d'un de ses journaux, qu'il connaissait pourtant presque par cœur. Il avait fait exprès de le laisser sur le dessus de la pile, par pure malice, tellement le titre en grosses lettres noires lui faisait plaisir : L'ÉCOSSE AVEC LES TRIPES ! L'article traitait du match de rugby de la veille à Murrayfield, entre l'Écosse et l'Angleterre. Un combat de titans : petites natures s'abstenir, une journée pour gaillards qui ont du cœur et de la volonté. L'Écosse l'avait emporté 13 à 10, et Rebus se retrouvait dans ce train rempli de supporters anglais dépités qui regagnaient Londres le dimanche soir.

Londres. Une ville qu'il n'appréciait guère. Cela dit, il n'avait pas souvent l'occasion de s'y rendre. Mais la présente visite n'était pas pour le plaisir. Un déplacement strictement professionnel, et, en tant que représentant de la police de Lothian et Borders, il se devait d'adopter un comportement irréprochable. Ou, comme l'avait si bien dit son supérieur : « Pas de boulettes, John ! »

Eh bien, il ferait de son mieux. De toute façon, il ne voyait pas très bien ce qu'il *pourrait* faire, en bien comme en mal. Mais bon, il ferait son possible. Et si ça voulait dire mettre une cravate et une chemise propre, des chaussures cirées et une veste chic, alors soit.

– Vos billets, s'il vous plaît !

Rebus tendit le sien au contrôleur. Un peu plus loin, quelque part vers le *no man's land* du wagon-restaurant coincé entre la première et les secondes, des voix entonnèrent quelques vers du *Jérusalem* de Blake. L'Anglais sourit à Rebus.

14

– Ce n'est qu'un jeu, déclara-t-il aux canettes alignées devant lui. Rien qu'un jeu.

Le train arriva en gare de King's Cross avec cinq minutes de retard. Il était vingt-trois heures quinze. Rebus n'était pas du tout pressé. Une chambre était réservée à son nom dans un hôtel en plein centre-ville, aux frais de la Metropolitan Police. Tous les renseignements utiles figuraient dans la poche de sa veste, sur un document envoyé par Londres. Certain que la générosité de ses hôtes ne serait pas illimitée, il n'avait pas emporté grand-chose. Il prévoyait de rester deux ou trois jours, après quoi ces messieurs comprendraient forcément qu'il ne leur serait d'aucun secours pour leur enquête. Donc : une petite valise, un sac de sport et une mallette. Dans la valise : deux costumes, une paire de chaussures de rechange, deux chemises (avec cravates assorties), chaussettes et slips. Dans le sac de sport : des affaires de toilette, une serviette, deux livres de poche (dont un qu'il avait déjà commencé), un réveil de voyage, un appareil photo 35 mm avec flash et pellicules, un tee-shirt, un parapluie pliable, des lunettes de soleil, un transistor, un agenda, une Bible, un flacon contenant quatre-vingt-dix-sept cachets de paracétamol et une bouteille du meilleur malt d'Islay (protégée par le tee-shirt).

En d'autres termes, le strict minimum. Dans la mallette, il avait fourré un bloc-notes, des stylos, un magnéto, des cassettes vierges et d'autres enregistrées, et un épais dossier contenant toutes sortes de documents à l'en-tête de la Metropolitan Police, un petit classeur avec des clichés 18 × 24 en couleurs et des coupures de presse. Sur la couverture du dossier, une étiquette tapée à la machine indiquait : LOUP-GAROU.

Non, Rebus n'était pas du tout pressé. La soirée, du moins ce qu'il en restait, lui appartenait. Il était convoqué à une réunion le lundi matin à dix heures. Il se trouvait à Londres, avec la nuit devant lui. Et il avait bien envie de rester dans sa chambre d'hôtel. Il attendit que tous les autres passagers soient descendus pour se lever à son tour, prit le sac de sport et la mallette sur le porte-bagages en hauteur et se dirigea vers la porte coulissante à côté de laquelle était rangée sa valise. Il posa le tout sur le quai et s'arrêta une seconde, en inspirant profondément. L'odeur n'était pas tout à fait celle des autres gares. En tout cas, rien à voir avec la gare de Waverley, à Édimbourg. Sans être franchement nauséabond, l'air lui semblait en quelque sorte usé. Il se sentit soudain épuisé. Et un autre parfum lui chatouillait les narines, quelque chose d'agréable et de répugnant en même temps. Sans pouvoir décrire ce que ça évoquait.

Dans le hall d'arrivée, il ne se dirigea pas directement vers le métro mais s'arrêta chez un marchand de journaux où il acheta un plan de Londres qu'il glissa dans la mallette. Les premières éditions des journaux du lendemain arrivaient juste mais il n'y prêta pas attention. On était dimanche, pas lundi. Dimanche, le jour du Seigneur – ce qui expliquait sans doute le fait qu'il ait emporté sa Bible. Ça faisait des semaines qu'il n'avait pas mis les pieds dans une église... pour ne pas dire des mois. En fait, pas depuis qu'il avait essayé la cathédrale de Palmerston Place. Le lieu était sympa, lumineux et gai, mais trop loin de chez lui pour y aller régulièrement. Et puis, ça restait de la religion tradi-

16

tionnelle, et il conservait beaucoup de méfiance envers ces gens-là. À vrai dire, il était plus circonspect que jamais. Il s'aperçut qu'il avait faim. Il trouverait bien quelque chose à se mettre sous la dent avant de se rendre à l'hôtel...

Il croisa deux femmes en pleine conversation.

– Je l'ai entendu à la radio il y a vingt minutes.

– Comme ça, il a encore frappé ?

– C'est ce qu'on dit.

L'autre femme tressaillit.

– Je préfère ne pas y penser ! Ils sont sûrs que c'est lui ?

– Pas à cent pour cent, mais on s'en doute bien, hein ?

Vraisemblable, en effet. Rebus arrivait donc à point nommé pour assister à une nouvelle étape du drame. Un meurtre de plus. Le quatrième en l'espace de trois mois. Cet assassin qu'on avait baptisé le Loup-Garou ne chômait pas. Les flics londoniens s'étaient contentés de lui filer un surnom, puis on avait contacté le patron de Rebus. Prêtez-nous votre type. Voyons ce qu'il peut faire. Son patron, le superintendant Watson, lui avait tendu la lettre.

– Je vous conseille d'emporter votre baguette magique, John. On dirait que vous êtes leur dernier espoir.

Et il s'était marré, sachant aussi bien que lui qu'il ne pourrait pas faire grand-chose pour leur enquête. Mais Rebus s'était contenté de se mordiller la lèvre en silence devant son bureaucrate de supérieur. Il ferait son possible. *Tout* son possible, jusqu'à ce que ces gens le percent à jour et le renvoient chez lui.

De toute façon, un break était le bienvenu. Watson

n'avait pas l'air trop malheureux non plus de se débarrasser de lui.

– Ç'aura au moins un mérite : on ne se tapera plus sur les nerfs.

Watson, qui était originaire d'Aberdeen, était surnommé dans son dos le Paysan, un sobriquet connu de tous les flics d'Édimbourg. Un jour que Rebus s'était enfilé quelques malts de trop, il avait eu le malheur de le prononcer devant Watson. Depuis, il se tapait plus que son compte d'enquêtes fastidieuses, de paperasse, de surveillance et de stages de formation. La formation ! Au moins, Watson faisait preuve d'humour. Le dernier stage en date s'intitulait « Management pour officiers supérieurs ». Une vraie catastrophe : rien que de la psycho... Comment être sympa avec ses subalternes, comment les faire *participer*, les *motiver*, *communiquer* avec eux. De retour au poste, Rebus avait mis tout ça en pratique pendant une journée. Une journée de motivation, de participation et de communication. En fin d'après-midi, un agent lui avait flanqué une tape dans le dos, tout sourire.

– On s'est bien décarcassés aujourd'hui, John. Mais ça m'a plu.

– Retire tout de suite ta main de mon dos, avait grogné Rebus. Et je te défends de m'appeler John.

– Mais vous nous avez dit... avait commencé l'agent, bouche bée.

Il ne s'était pas donné la peine d'achever sa phrase. Fin des vacances. Rebus avait tenté de jouer les managers, et ça lui était insupportable.

Il s'arrêta à la moitié de l'escalier descendant au métro, posa la valise et la mallette, ouvrit la fermeture

Éclair du sac de sport et sortit le transistor. Il le mit en marche et le porta à son oreille, en tournant le bouton de réglage des stations de son autre main. Tombant sur un bulletin d'informations, il le suivit attentivement tandis que les gens passaient à côté de lui ; certains le dévisageaient d'un air intrigué mais la plupart l'ignoraient. Quand il eut entendu l'information qu'il attendait, il éteignit la radio et la balança dans le sac. Il fit sauter les deux fermoirs de la mallette et en sortit le plan de Londres. Feuilletant l'index des noms de rues, il se rappela que c'était vraiment une très grande ville. Et très peuplée. Environ dix millions d'habitants, non ? Ce qui devait faire deux fois la population de l'Écosse... Une pensée qui donnait le vertige. Dix millions d'âmes.

— Dix millions plus une, se murmura-t-il à lui-même en trouvant le nom qu'il cherchait.

La Chambre des Horreurs

– Pas joli-joli.

Jetant un coup d'œil à la ronde, l'inspecteur George Flight se demanda si le sergent faisait allusion au cadavre ou bien au cadre. On pouvait dire ce qu'on voulait du Loup-Garou, celui-ci ne faisait pas le difficile quand il s'agissait de choisir son terrain de chasse. Cette fois, c'était un chemin en bordure d'une rivière. Encore que Flight n'ait jamais considéré la Lea comme une rivière. C'était le genre d'endroit où l'on abandonnait de vieux caddies de supermarché, un ruban glauque bordé de marais d'un côté, de sites industriels et de lotissements de l'autre. Apparemment, il était possible de suivre la Lea de la Tamise jusqu'à Edmonton et au-delà. L'étroit cours d'eau formait une sorte de veine noire qui partait du centre-est de Londres et se déployait bien après les confins nord de la capitale. La grande majorité des Londoniens en ignorait l'existence.

Pas George Flight. Il avait passé son enfance à Tottenham Hale, pas loin de la Lea. Son père pêchait dans la portion navigable, entre Stonebridge et Tottenham Locks. Du temps de sa jeunesse, Flight avait joué au foot dans les marais, fumé en cachette dans les hautes

herbes avec ses copains du gang, dégrafé maladroitement un soutien-gorge sur le terrain vague en face
duquel il se tenait maintenant. Il s'était souvent baladé
sur ce chemin, très fréquenté le week-end. Il y avait
quelques pubs où l'on pouvait siroter une pinte au bord
de l'eau en observant les pêcheurs du dimanche. Mais,
en soirée, il fallait être bourré, inconscient ou téméraire
pour s'aventurer sur ce chemin désert et mal éclairé...
à moins d'être du quartier. Ce qui était le cas de Jean
Cooper. Depuis son divorce, elle vivait avec sa sœur
dans un petit lotissement récent, à deux pas du chemin
de halage. Employée chez un caviste de Lea Bridge
Road, elle terminait son service à dix-neuf heures. Le
trajet le plus court pour rentrer chez elle était de longer
la rivière.

Le cadavre avait été retrouvé à vingt et une heures
quarante-cinq par deux jeunes qui se rendaient dans un
des pubs. Ils avaient couru jusqu'à Lea Bridge Road
et arrêté une voiture de police qui passait par là. Après
ça, les opérations s'étaient déroulées normalement. À
son arrivée, le médecin de la police avait été accueilli
par les agents de Stoke Newington, lesquels avaient
contacté Flight dès qu'ils avaient reconnu le mode
opératoire.

Lorsqu'il arriva, il régnait sur place une grande activité mais parfaitement maîtrisée. On avait déjà identifié
la victime, interrogé le voisinage, prévenu la sœur.
Quelques enquêteurs discutaient avec des techniciens
du laboratoire de police scientifique. Un périmètre
avait été délimité autour du cadavre, et personne ne
pouvait franchir le ruban avant d'avoir enfilé des pro-
tections plastifiées aux pieds et sur la tête. Deux
photographes faisaient crépiter leurs flashes sous des

projecteurs portables alimentés par un générateur. À côté d'une camionnette, un opérateur vidéo essayait de réparer son Caméscope.

– C'est à cause de ces cassettes bon marché, maugréait-il. On croit qu'on fait une bonne affaire, sauf qu'à la moitié la bande se coince ou se froisse.

– Alors autant ne pas acheter de cassettes bon marché, lui conseilla Flight.

– Merci du conseil, Sherlock ! lui lança le cameraman, de mauvaise humeur.

Puis il se remit à maudire la cassette, le type qui la lui avait vendue et son étal de Brick Lane. En plus, des cassettes toutes neuves achetées le matin même !

Pendant ce temps, les types du labo, qui s'étaient mis d'accord sur la marche à suivre, s'approchèrent du cadavre, armés de ruban adhésif, de ciseaux et de toutes sortes de sachets en plastique. Avec un soin extrême, ils se mirent à appliquer sur les vêtements de la victime des bandes de scotch dans l'espoir de prélever des poils et des fibres. Se tenant un peu à l'écart, Flight les regarda faire. Les projecteurs dispensaient un éclairage cru à la scène. Debout dans l'ombre, Flight se faisait un peu l'effet d'un spectateur, au théâtre, qui assiste à la représentation d'une pièce depuis le fond de la salle. Dieu, ce qu'il fallait être patient dans ce métier ! Toujours faire les choses dans les règles, en portant une attention scrupuleuse aux détails. Lui-même ne s'était pas encore approché du cadavre. L'occasion se présenterait plus tard. Peut-être beaucoup plus tard.

Les hurlements reprirent. Ils provenaient d'une Ford Sierra de la police garée dans Lea Bridge Road. La sœur de Jean Cooper qu'une femme agent tentait de réconforter sur la banquette arrière, à qui l'on faisait boire du thé chaud et sucré, qui savait qu'elle ne reverrait jamais sa sœur vivante. Et le pire restait à venir. George Flight savait que le plus dur pour la sœur serait d'identifier le corps de Jean Cooper à la morgue.

Mettre un nom sur le cadavre n'avait pas été compliqué. Un sac à main se trouvait juste à côté sur le chemin ; apparemment, on n'y avait pas touché. Il contenait des lettres et un trousseau de clefs avec une étiquette où figurait une adresse. Flight n'en revenait pas : pas très malin de se trimballer avec son adresse attachée à ses clefs ! Mais c'était un peu tard. Un peu tard pour prévenir les risques. Les sanglots repartirent, une longue plainte qui s'éleva dans le ciel teinté d'un halo orangé au-dessus de la Lea et des marécages.

Flight jeta un coup d'œil en direction du cadavre, puis refit le trajet de Cooper depuis Lea Bridge Road. Elle avait fait moins de cent mètres avant d'être agressée. À cinquante mètres d'une rue passante et bien éclairée, à vingt mètres d'une rangée de pavillons. Cette partie du chemin était censée être éclairée par un lampadaire dont l'ampoule était cassée (la municipalité s'occuperait peut-être enfin de la remplacer) et par les fenêtres des habitations. Un endroit sombre à souhait. À souhait pour commettre le plus atroce des meurtres.

Flight ne pouvait pas encore affirmer que le Loup-Garou en était l'auteur, c'était trop tôt pour avoir des certitudes. Mais il le sentait, comme une piqûre lui glaçant les os. Le cadre correspondait. Ainsi que les coups de couteau qu'on lui avait décrits. Et ça faisait un peu moins de trois semaines que le Loup-Garou ne s'était pas manifesté. Trois semaines au cours desquelles la piste s'était refroidie, était devenue aussi glaciale qu'un sentier de rivière. Cela dit, l'assassin venait de prendre un risque en frappant en milieu de soirée plutôt qu'au cœur de la nuit. Quelqu'un l'avait peut-être aperçu. Contraint de fuir rapidement, il avait peut-être laissé des traces. Mon Dieu, faites qu'il nous ait laissé un indice ! Flight se frotta le ventre. Les asticots avaient disparu, dissous dans l'acide. Il se sentait calme, parfaitement calme pour la première fois depuis des jours.

– Je vous demande pardon...

Une voix étouffée. Flight s'écarta pour laisser passer le plongeur. Un autre le suivit. Chacun tenait une puissante torche à la main. Flight n'enviait pas les hommes-grenouilles de la police. La rivière était sombre et infecte, glaciale et très certainement épaisse comme du potage. Mais il fallait impérativement la sonder tout de suite. L'assassin avait pu y faire tomber quelque chose par mégarde, s'y débarrasser de l'arme du crime.

On devait agir vite : la vase ou les détritus en suspension risquaient de recouvrir le moindre indice avant l'aube. On n'avait tout bonnement pas le loisir d'attendre. Flight avait donc ordonné les recherches dès qu'il avait appris la nouvelle, avant même de quitter son domicile douillet pour accourir sur les lieux. Sa femme lui avait tapoté affectueusement le bras. « Essaie de ne pas rentrer trop tard. » Un vœu pieux, tous deux le savaient bien.

Il vit le premier plongeur disparaître sous l'eau et fixa, comme hypnotisé, les reflets de la torche. Son collègue l'y rejoignit. Flight jeta un coup d'œil au ciel. Une épaisse couche nuageuse flottait au-dessus d'eux, silencieuse et immobile. La météo prévoyait des averses matinales. De quoi effacer les empreintes de pas et noyer les fibres, poils et taches de sang dans la terre compacte du chemin. Avec un peu de chance, on terminerait les premières investigations sans être obligé de monter les tentes plastifiées.

– George !

Flight se retourna pour saluer le nouveau venu. Un homme d'une cinquantaine d'années, aux traits cadavériques illuminés par un large sourire, du moins aussi large que le permettait son visage long et étroit. Tenant une grosse sacoche noire de la main gauche, il tendit la droite à Flight. Il était flanqué d'une belle femme qui avait environ le même âge que Flight. D'ailleurs, si celui-ci se souvenait bien, elle avait exactement un mois et un jour de moins que lui. Elle s'appelait Isobel Penny et était, suivant l'euphémisme d'usage, « l'assistante » et la « secrétaire » du type cadavérique. Ils couchaient ensemble depuis huit ou neuf ans, mais personne n'en parlait trop. Isobel avait mis Flight au courant simplement parce qu'ils étaient de vieux copains de lycée.

– Salut, Philip, dit Flight en serrant la main du légiste.

Philip Cousins n'était pas n'importe lequel des légistes du Home Office : il était de loin le *meilleur*. Une réputation acquise au fil de ses vingt-cinq ans de carrière, sans se tromper une seule fois, pour autant que Flight sache. Doté d'un coup d'œil infaillible pour les détails et d'un entêtement farouche, Cousins avait permis d'élucider des dizaines de meurtres – des morts par strangulation à Streatham comme l'empoisonnement d'un ministre aux Antilles. Ceux qui ne le connaissaient pas trouvaient qu'il avait tout à fait le physique de l'emploi, avec ses traits gris et froids et ses costumes bleu marine. Ils ne soupçonnaient pas son sens de l'humour, sa gentillesse, ses talents d'orateur dans des amphithéâtres pleins à craquer. Flight avait assisté à une de ses conférences, à propos de l'artériosclérose, et ne se souvenait pas d'avoir jamais autant rigolé.

– Je croyais que vous étiez en Afrique, dit-il en faisant la bise à Isobel.

Cousins soupira.

– Oui, mais Penny a eu le mal du pays.

Il l'appelait toujours par son nom de famille. Elle fit mine de lui donner un coup de poing dans le bras.

– Menteur ! C'est la faute de Philip, dit-elle en portant son regard bleu pâle sur Flight. Ses cadavres chéris lui manquaient trop. Nos premières vacances depuis des années, et il ose me sortir qu'il *s'ennuie* ! T'arrives à croire ça, George ?

Flight sourit en secouant la tête.

– En tout cas, tant mieux que vous puissiez être là. On dirait une nouvelle victime du Loup-Garou.

Cousins regarda par-dessus l'épaule de Flight, vers l'endroit où les photographes continuaient de photographier, les techniciens accroupis de scotcher, telle une nuée de mouches s'attaquant au cadavre. C'était lui qui avait examiné les trois premières victimes, le genre de suivi qui représentait toujours un précieux atout pour une enquête. D'une part, il saurait ce qu'il devait chercher : les indices portant la signature du Loup-Garou. Mais ce n'était pas tout : il saurait également repérer tout ce qui ne cadrait pas avec les meurtres précédents, le moindre élément susceptible d'indiquer un mode opératoire différent : une autre arme, par exemple, ou un nouvel angle d'attaque. Petit à petit, Flight commençait à se faire une image de l'assassin, et c'était grâce à Cousins qu'il pouvait relier ces éléments épars.

– Inspecteur Flight ?

– Oui ?

Un homme s'approcha. Vêtu d'une veste en tweed, il portait des bagages et était suivi d'un agent en tenue. Il posa ses valises et se présenta.

– Je suis John Rebus.

Aucune réaction sur le visage de Flight.

– L'inspecteur John Rebus...

L'homme tendit brusquement la main, et Flight la lui serra vigoureusement.

– Ah, oui... Vous venez d'arriver ? lança Flight en jetant un coup d'œil aux bagages. On ne vous attendait pas avant demain, inspecteur.

– Eh bien, en arrivant à King's Cross, j'ai appris que... (Rebus pointa le menton vers le chemin illuminé.) Alors, je me suis dit, autant passer tout de suite.

Flight hocha la tête, en s'efforçant de prendre l'air préoccupé. En fait, il cherchait à gagner du temps pour se faire à l'accent écossais. Un des techniciens de la police scientifique s'était relevé et venait vers eux.

Il commença par saluer le Dr Cousins, puis s'adressa à Flight :

– On a quasiment terminé. Si le Dr Cousins veut venir voir.

Flight se tourna vers le légiste, lequel hocha la tête, la mine grave.

– Allons-y, Penny.

Flight était sur le point de leur emboîter le pas quand il se souvint du nouveau venu. Il se retourna vers

Rebus, avec un regard appuyé sur sa veste rustique et colorée. On aurait dit un personnage tout droit sorti de *Dr Finlay's Casebook*[1]. Il n'avait pas du tout l'air à sa place sur ce chemin de halage urbain, en pleine nuit.

– Vous voulez jeter un coup d'œil ? lui proposa généreusement Flight.

Rebus acquiesça d'un hochement de tête, sans grand enthousiasme.

– Bon, vous n'avez qu'à laisser vos bagages ici.

Tous deux suivirent Cousins et Isobel qui avaient quelques mètres d'avance. Flight fit un geste dans leur direction.

– Le Dr Philip Cousins, dit-il. Vous avez sans doute entendu parler de lui.

Mais Rebus fit lentement non de la tête. Flight le dévisagea comme s'il n'avait su reconnaître le portrait de la reine parmi une série de timbres.

– Ah bon, reprit-il froidement en esquissant un nouveau geste. Et cette jeune femme est Isobel Penny, son assistante.

En entendant son nom, elle se retourna et leur sourit. Elle avait un joli minois, rond et juvénile, au teint éclatant. Physiquement, c'était l'antithèse de son compagnon. Elle était grande et robuste – solidement charpentée, aurait dit le père de Rebus –, et sa mine resplendissante contrastait avec l'air maladif de Cousins. Rebus n'avait pas le souvenir d'avoir jamais croisé un légiste qui ait bonne mine, sans doute à cause des innombrables heures passées sous un éclairage artificiel.

---

1. Série télévisée très populaire dans les années 1960, située en Écosse et inspirée du roman de A. J. Cronin, *Confidences d'une trousse noire*. (*N.d.T.*)

Ils arrivèrent devant le corps de la victime. Rebus fut distrait par un Caméscope braqué sur lui, mais l'opérateur se remit aussitôt à filmer le cadavre. Flight discutait avec un technicien. Ils examinaient des morceaux de ruban adhésif qu'on avait précautionneusement décollés du cadavre et que le type de la police scientifique tenait à la main.

– En effet, dit Flight. Inutile de les envoyer immédiatement au labo. On effectuera de nouveaux essais à la morgue.

Son interlocuteur acquiesça et s'éloigna. Entendant du bruit du côté de la rivière, Rebus se retourna et vit un homme-grenouille remonter à la surface, jeter un coup d'œil à la ronde puis replonger. Cet endroit lui rappelait un coin d'Édimbourg, un canal qui traversait l'ouest de la ville, entre des parcs, des brasseries et des zones désertes. Il y avait mené une enquête pour meurtre. Le cadavre d'un clochard retrouvé sous un pont, un pied dans l'eau. Le coupable n'avait pas été difficile à identifier : un autre clochard, à cause d'une altercation au sujet d'une bouteille de cidre. Le procureur s'était contenté de la qualification d'homicide involontaire, alors que c'était tout sauf ça. Un meurtre pur et simple. Rebus l'aurait toujours en travers de la gorge.

– Je crois qu'on ferait mieux d'envelopper les mains tout de suite, déclara Cousins avec son accent le plus distingué. Je les examinerai de près à la morgue.

– Tout à fait, dit Flight qui partit chercher des sachets en plastique.

Rebus observa le légiste au travail. Celui-ci tenait un petit magnéto à la main, pour enregistrer ses observations. Isobel Penny, pour sa part, avait sorti un carnet et faisait un croquis du cadavre.

– ... La pauvre femme devait être morte avant même de tomber par terre, dictait Cousins. Très peu d'hématomes. L'hypostase semble correspondre au relief. À mon avis, elle est décédée à cet emplacement.

Le temps que Flight revienne avec les sachets, Cousins avait pris la température atmosphérique ainsi que celle du cadavre, sous le regard distrait de Rebus. Le chemin où ils se tenaient était assez long et à peu près en ligne droite. L'assassin avait eu largement le temps de voir quelqu'un arriver. En plus, il y avait cette route et ces habitations juste à côté, ce qui voulait dire que des cris auraient très certainement été entendus. Le lendemain, on procéderait à l'enquête de voisinage. À proximité du cadavre le chemin était jonché d'ordures : canettes rouillées, paquets de chips, emballages de friandises, vieux journaux déchirés. La rivière elle-même servait de dépotoir : la poignée rouge d'un caddie pointait à la surface. Un deuxième plongeur avait fait son apparition, son buste ballottant à la surface l'eau. À l'endroit où la rue principale franchissait la rivière, des curieux s'étaient regroupés sur le pont pour observer la scène. Les agents faisaient de leur mieux pour disperser les badauds, en étendant au maximum le périmètre de sécurité.

Cousins continuait de dicter.

– ... D'après les traces et les marques sur les jambes... un peu de terre, quelques hématomes et égratignures... je dirais que la victime est tombée par terre de face, peut-être en étant poussée. Elle n'a été retournée que par la suite.

Sa voix était égale, terne. Rebus inspira longuement à plusieurs reprises et décida qu'il ne pouvait plus reculer. Il s'était rendu directement sur place pour montrer sa bonne volonté et qu'il n'était pas venu à Londres pour s'amuser. Quitte à faire le déplacement, autant en profiter pour examiner lui-même le cadavre. Il tourna le dos au canal, aux hommes-grenouilles, aux badauds, à tous les agents qui se tenaient derrière le ruban, à ses bagages qu'il apercevait solitaires au bout du chemin, et baissa le regard vers la victime.

Elle était sur le dos, les bras le long du corps et les jambes tendues. Sa culotte et son collant étaient baissés jusqu'aux genoux mais sa jupe lui recouvrait le bas-ventre, même si on voyait qu'elle était retroussée derrière. La fermeture Éclair du blouson de ski était ouverte et le chemisier déchiré, mais le soutien-gorge était toujours en place. De longs cheveux noirs, des créoles aux oreilles. Un visage qui avait dû être charmant dans le temps, mais les années y avaient imprimé leurs marques. L'assassin lui aussi avait laissé des traces. Le visage et les cheveux étaient maculés de sang. Du sang qui provenait d'un trou béant à la gorge. Mais elle avait aussi du sang sous elle, étalé de part et d'autre de la jupe.

Le professeur Cousins retourna le corps avec l'aide de Flight, puis écarta les cheveux à la base du cou.

– En retournant le corps, dicta-t-il, on note une perforation qui correspond à une blessure plus importante à la gorge. Je dirais qu'il s'agit de l'orifice de sortie de l'arme.

Mais Rebus n'écoutait plus le légiste. Horrifié, il contemplait l'endroit où la jupe de la victime avait été relevée. Il y avait du sang, beaucoup de sang recouvrait le bas du dos, les fesses et les cuisses. Ayant lu les rapports qu'il avait dans sa mallette, il en connaissait la cause. Ce qui ne rendait pas pour autant la réalité

31

plus facile à encaisser, cet atroce spectacle d'une brutalité implacable. Il inspira profondément. Jamais il n'avait vomi sur les lieux d'un crime, et ce n'était pas le moment de s'y mettre.

Pas de boulettes, John... Une question de fierté. Rebus comprenait maintenant que son voyage à Londres était une affaire très sérieuse. Rien à voir avec la « fierté », le fait de « faire bonne impression » ou « de son mieux ». Il s'agissait de coincer un malade, un sadique d'une sauvagerie épouvantable, et avant qu'il ne frappe à nouveau.

Et s'il fallait utiliser des balles en argent, qu'à cela ne tienne.

De retour au car de police, Rebus tremblait encore quand on lui tendit un gobelet de thé.

– Merci.

Il pouvait toujours prétendre avoir la chair de poule à cause du froid. En fait, il ne faisait pas si frais que ça. Grâce à la couverture nuageuse et à l'absence de vent, il faisait toujours quelques degrés de plus à Londres qu'à Édimbourg, et c'était beaucoup moins venteux. Été comme hiver, un vent glacial et mordant balayait les rues d'Édimbourg. D'ailleurs, si on lui avait demandé de décrire le temps qu'il faisait ce soir-là, le mot « doux » lui serait venu à l'esprit.

Il ferma les yeux un instant, pas à cause de la fatigue mais pour refouler la vision du corps déjà raidi de Jean Cooper. Toutefois, cette image semblait imprimée sur sa rétine. Rebus avait été soulagé de constater que l'inspecteur George Flight lui-même n'y était pas resté insensible. Ses gestes et ses paroles avaient quelque chose de retenu, de feutré, comme s'il cherchait à contenir ses émotions, son envie de crier ou de donner des coups de pied. Les plongeurs sortirent de la rivière, bredouilles. Ils reprendraient leurs fouilles au matin, mais le ton de leur voix n'était pas optimiste. Flight écouta leur rapport en opinant du chef, sous le regard de Rebus qui sirotait son thé.

Approchant de la cinquantaine, George Flight avait quelques années de plus que Rebus. Le terme qui convenait le mieux pour le décrire était « trapu ». On devinait une légère bedaine mais surtout une belle musculature. Rebus n'aurait pas donné cher de ses chances dans un bras de fer. Légèrement dégarni sur le sommet du crâne, Flight avait une épaisse chevelure châtain. Il portait un blouson de cuir et un jean. La plupart des hommes de quarante ans avaient l'air crétins en jean, mais pas lui. Ça correspondait bien à son style et à sa manière efficace et rapide de se déplacer. Rebus classait ses collègues de la brigade criminelle en trois catégories vestimentaires. La section jean et blouson de cuir, c'étaient ceux qui voulaient se donner l'air coriace. La clique élégante des costard-cravate convoitaient respect et promotion (pas forcément dans cet ordre). Et les insignifiants étaient ceux qui mettaient chaque matin les premières fringues qui leur tombaient sous la main, et dont la garde-robe était rafraîchie une fois par an en l'espace d'une heure dans un grand magasin.

La plupart de ses collègues appartenaient à la catégorie des insignifiants. Et lui le premier, il devait le reconnaître. Pourtant, en apercevant son image dans un rétroviseur, il se rendit compte qu'il se trouvait très élégant. Les costard-cravate s'entendaient rarement avec les blouson-jean.

Flight venait de serrer la main d'un type qui avait l'air de quelqu'un d'important. Une fois la poignée de mains échangée, ce monsieur mit ses mains dans ses poches et écouta Flight la tête légèrement inclinée en avant, en opinant du bonnet par moments, comme plongé dans ses pensées. Il portait un costume et un manteau de laine noire. Il était aussi impeccablement vêtu que si on se trouvait en milieu de journée. La plupart des gens montraient des signes de fatigue, les visages et les vêtements étaient défaits. À deux exceptions près : cet homme et Philip Cousins.

L'inconnu serra la main du légiste et salua même son assistante. Flight eut alors un geste en direction de la camionnette... mais non, c'était *Rebus* qu'il indiquait. Ils venaient à sa rencontre. Rebus retira le gobelet de ses lèvres et le garda dans la main gauche, en prévision d'une éventuelle poignée de mains.

– Voici l'inspecteur Rebus, dit Flight.

– Ah, notre homme du Nord, fit le monsieur important avec un sourire sec, un rien prétentieux.

Rebus sourit à son tour mais se tourna vers Flight.

– Inspecteur Rebus, permettez que je vous présente l'inspecteur en chef Howard Laine.

– Comment allez-vous, monsieur ?

Poignée de mains. Howard Laine : on aurait dit un nom de rue[1].

– Alors, dit Laine, vous êtes là pour nous aider à résoudre notre petit problème ?

– Eh bien, répondit Rebus, je ne vois pas très bien ce que je pourrai faire, monsieur, mais vous pouvez compter sur moi.

---

1. *Laine* se prononce comme *lane* qui signifie « ruelle ». (*N.d.T.*)

Il y eut un blanc, puis Laine sourit mais toujours sans rien dire. La raison de ce silence frappa soudain Rebus comme la foudre fendant un arbre : *ils n'arrivaient pas à le comprendre !* Ces deux types qui se tenaient là, tout sourire, ne le comprenaient pas à cause de son accent. Il s'éclaircit la gorge et fit une nouvelle tentative.

– Je ferai tout mon possible, monsieur.

Laine sourit de nouveau.

– Très bien, inspecteur, très bien... Eh bien, je fais confiance à l'inspecteur Flight pour vous mettre au parfum. Vous êtes confortablement installé ?

– En fait, je...

Flight intervint.

– L'inspecteur Rebus est venu directement ici, monsieur. Dès qu'il a appris la nouvelle du meurtre. À sa descente du train.

– Vraiment ?

Laine parut impressionné, mais Rebus le sentait impatient. Un homme de son importance n'avait pas de temps à perdre en bavardages. Son regard cherchait un prétexte pour prendre congé.

– Eh bien, inspecteur, reprit Laine, je suis certain que nous aurons l'occasion de nous revoir. Il faut que j'y aille, George. Vous avez la situation en main ?

Flight se contenta d'un hochement de tête.

– Parfait. Tant mieux. Eh bien...

Sur ce, l'inspecteur en chef retourna vers sa voiture, accompagné par Flight. Rebus expira un bon coup. Il se sentait en terrain vraiment hostile. Il comprenait quand il était de trop et se demandait qui avait eu la brillante idée de le détacher sur cette enquête. En tout cas, cette personne avait un sens de l'humour très spécial.

Il se souvint du moment où son patron lui avait tendu la lettre.

– Apparemment, John, lui avait-il dit, vous seriez devenu expert en matière de tueurs en série, et la Metropolitan Police en manque justement en ce moment. Ils souhaitent que vous alliez passer quelques jours à Londres, pour voir si vous trouvez quelque chose, une piste à leur suggérer.

Rebus avait lu le courrier avec une incrédulité croissante. On y mentionnait une enquête qui remontait à plusieurs années, des meurtres d'enfants élucidés par Rebus. Mais il s'agissait d'une histoire personnelle, pas vraiment d'un tueur en série.

– Mais je ne connais rien aux tueurs en série, avait-il protesté.

– Apparemment, vous serez en bonne compagnie, hein ?

Et voilà qu'il se retrouvait au bord d'une rivière dans le nord-est de Londres, l'estomac dans les talons, les nerfs à cran, avec un gobelet de thé infect qu'il n'arrêtait pas de passer d'une main dans l'autre, et des bagages qui semblaient aussi peu à leur place que lui et tout aussi perdus. Voici « notre homme du Nord » venu résoudre l'énigme insoluble. Qui avait décidé de le faire venir ? Aucun service de police n'aimait reconnaître ses échecs ; pourtant, en s'adjoignant sa collaboration, c'était exactement ce que faisait la Met[1].

Après le départ de Laine, Flight sembla un peu plus détendu. Il trouva même le temps d'adresser un sourire rassurant à Rebus avant de donner des ordres à deux hommes – des employés des pompes funèbres. Ils

---

1. Diminutif de Metropolitan Police. (*N.d.T.*)

retournèrent à leur véhicule et en rapportèrent un grand sac en plastique plié. Ils passèrent de l'autre côté du cordon de sécurité et s'arrêtèrent devant le corps, déployant leur housse à côté. Transparente, elle faisait dans les deux mètres, avec une fermeture Éclair sur toute sa longueur. Sous la surveillance du Dr Cousins, ils ouvrirent le sac, y placèrent le corps et le refermèrent. Un photographe prit quelques clichés de l'emplacement, tandis que les deux hommes transportaient le cadavre jusqu'à leur véhicule.

Rebus remarqua que le gros des badauds avait disparu. Il ne restait qu'une poignée de curieux. Notamment un jeune homme qui tenait un casque de moto à la main et portait un blouson de cuir étincelant, garni de zips rutilants. Un agent très fatigué cherchait à le faire circuler.

Rebus lui-même se faisait l'effet d'un spectateur et pensait à tous ces films et séries policières qu'il avait pu regarder, où la police débarque en masse dès la première minute (détruisant au passage les indices matériels) et résout l'affaire à la cinquante-neuvième ou quatre-vingt-neuvième minute. Ridicule, à vrai dire. Le travail d'enquêteur n'était que ça : du travail. Acharné, répétitif, besogneux, frustrant, et surtout de longue haleine. Il consulta sa montre – deux heures du matin. Son hôtel se trouvait dans le centre de Londres, quelque part derrière Piccadilly Circus. Il mettrait bien trente ou quarante minutes pour s'y rendre, à supposer qu'une voiture de service soit disponible.

– Vous venez ?

C'était Flight, qui se tenait quelques mètres devant lui.

– Il faut bien, répondit Rebus qui savait très bien *où* l'Anglais comptait l'emmener.

Flight lui sourit.

– Je vous accorde une chose, inspecteur Rebus : vous ne lâchez pas le morceau facilement.

– La célèbre ténacité écossaise, dit Rebus en citant un des articles sur le match de rugby.

Flight rigola. Un rire bref, mais Rebus s'en trouva ravi. Il se félicita d'être venu. La glace n'était sans doute pas entièrement rompue, mais un bon morceau de l'iceberg venait de céder.

– Allons-y. J'ai ma voiture. Mais je vais demander à quelqu'un d'autre de prendre vos bagages. La serrure de mon coffre est coincée. On a voulu la forcer au pied de biche il y a quelques semaines. (Il jeta un coup d'œil à Rebus, une des rares fois où leurs regards se croisèrent.) De nos jours, on n'est en sécurité nulle part. Vraiment nulle part.

Il y avait pas mal de tapage au niveau de la rue. Éclats de voix, claquements de portières. Bien évidemment, quelques policiers resteraient sur place pour surveiller les lieux. Certains allaient se réchauffer au poste alors que d'autres – luxe inconcevable – allaient retrouver le confort de leur propre lit. Et une poignée de véhicules suivraient le corbillard jusqu'à la morgue.

Rebus monta à l'avant de la voiture de Flight. Tous deux passèrent une bonne partie du trajet à chercher désespérément une manière de lancer la conversation, si bien qu'ils étaient quasiment arrivés à destination quand ils se mirent enfin à discuter.

– On sait qui est la victime ? demanda Rebus.

– Une certaine Jean Cooper, répondit Flight. On a trouvé ses papiers dans son sac à main.

– Elle avait une raison de se trouver sur ce chemin ?

– Elle rentrait du boulot. Elle travaillait chez un marchand de vins et spiritueux à proximité. D'après sa sœur, elle terminait à sept heures.

– À quelle heure a-t-on retrouvé le cadavre ?

– À dix heures moins le quart.

– Ça fait une grosse fourchette.

– Plusieurs témoins l'ont aperçue au Dog and Duck. Un pub près de son travail. Il lui arrivait d'y passer certains soirs pour boire un verre. D'après la serveuse, elle serait partie vers neuf heures.

Rebus fixa le pare-brise. Malgré l'heure tardive, il y avait encore pas mal de circulation et on croisait des bandes de jeunes bruyants.

– Il y a une boîte à Stokey, expliqua Flight. Très populaire, mais comme les bus ne circulent plus au moment de la fermeture, les gens rentrent à pied.

– Stokey ? fit Rebus en hochant la tête.

Flight sourit.

– Stoke Newington. Vous avez dû y passer en venant de King's Cross.

– Si vous le dites ! Pour moi, c'était tout pareil. Je pense que mon chauffeur de taxi a flairé le touriste : avec le temps qu'on a mis, je me demande si on n'a pas pris la M25 !

Rebus attendit que Flight rigole mais n'obtint qu'un soupçon de sourire.

– Cette Jean Cooper était célibataire ? finit-il par demander après un nouveau silence.

– Mariée.

– Elle ne portait pas d'alliance.

Flight opina du chef.

– Séparée. Elle vivait chez sa sœur. Pas de gamins.

– Et elle sortait au pub toute seule.

Flight lui lança un regard rapide.

– Qu'est-ce que vous voulez dire ?

– Rien, répondit-il avec un haussement d'épaules. Juste que si elle aimait s'amuser, elle aurait pu rencontrer son assassin comme ça.

– C'est possible.

– En tout cas, qu'elle l'ait connu ou non, son assassin a très bien pu la suivre depuis le pub.

– Ne vous en faites pas, on compte bien interroger toutes les personnes qui s'y trouvaient.

– Ou bien le tueur, poursuivit Rebus qui réfléchissait à voix haute, attendait au bord de la rivière la première victime qui passerait. Quelqu'un aurait pu l'apercevoir.

– On va interroger le voisinage, dit Flight d'un ton cassant.

– Désolé, s'excusa Rebus. Ce n'est pas au vieux singe qu'on apprend à faire la grimace.

Flight se tourna de nouveau vers lui. Ils étaient sur le point de franchir les grilles d'un hôpital.

– Je ne suis pas un vieux singe. Et toutes vos remarques sont les bienvenues. Vous finirez peut-être par avoir une idée à laquelle je n'avais pas pensé.

– Bien entendu, dit Rebus, ça ne serait jamais arrivé en Écosse.

– Ah bon ? fit Flight avec une pointe de sarcasme. Et pourquoi donc ? Vous êtes bien trop civilisés là-haut, dans le grand Nord ? Je me souviens de l'époque où vous aviez les pires hooligans du monde entier. Peut-être que c'est toujours le cas, sauf qu'aujourd'hui on leur donnerait le bon Dieu sans confession.

Rebus secoua la tête.

– Non, je voulais juste dire que ça ne serait pas arrivé

à Jean Cooper. Nos marchands de vins ne sont pas ouverts le dimanche.

Les yeux rivés sur le pare-brise, Rebus garda le silence. Ses pensées se résumaient à une idée simple : toi aussi je t'emmerde. Au fil des ans, c'était devenu comme une rengaine. Toi Aussi Je T'emmerde. TAJT. Un trajet de vingt minutes avait suffi pour que le Londonien lui dévoile ce qu'il pensait vraiment des Écossais.

Au moment de descendre, Rebus jeta un coup d'œil par la vitre arrière et aperçut pour la première fois ce qui traînait sur la banquette. Il ouvrit la bouche, sur le point de faire une remarque, mais Flight l'arrêta d'un geste.

– Inutile de me poser la question, grommela-t-il. Au fait, je vous prie de m'excuser pour ce que j'ai dit...

Rebus se contenta de hausser les épaules, tout en fronçant les sourcils d'un air perplexe. Après tout, il devait y avoir une explication logique pour justifier la présence d'un énorme ours en peluche dans la voiture d'un inspecteur appelé sur les lieux d'un crime. Sauf que Rebus était bien en peine d'en trouver une seule à cet instant.

La morgue était ce lieu où un mort cessait d'être une personne pour devenir un sac de chair, de viscères, d'os et de sang. Rebus, qui n'avait jamais été malade sur les lieux d'un crime, s'était rapidement délesté du contenu de son estomac les premières fois qu'il avait dû assister à une autopsie.

L'employé de la morgue, un petit homme jovial, avait une tache de naissance qui lui couvrait un bon quart du visage. Il semblait connaître assez bien le Dr Cousins et avait tout préparé avant l'arrivée du cadavre et de l'habituel cortège de policiers. Cousins vérifia que rien ne manquait dans la salle tandis qu'on accompagnait discrètement la sœur de Jean Cooper dans une pièce annexe pour l'identification formelle du corps. L'affaire d'une poignée de secondes baignées de larmes, après quoi elle fut emmenée par des psychologues. On la reconduirait chez elle, mais Rebus doutait fort qu'elle trouve le sommeil. D'ailleurs, sachant le temps que pouvait mettre un légiste méticuleux à pratiquer une autopsie, il subodorait qu'aucun d'entre eux ne serait couché avant l'aube.

On apporta enfin le sac dans la salle d'autopsie, et le corps de Jean Cooper fut déposé sur la table, sous le puissant éclairage des néons grésillants. La pièce était parfaitement aseptisée mais vétuste. Le carrelage mural était fissuré et il régnait une puissante odeur de produits chimiques. On parlait à voix basse, pas tant par respect que, étrangement, par peur. Une morgue, après tout, évoquait la mort en permanence, et le sort promis au cadavre de Jean Cooper rappellerait à chacune des personnes présentes que le corps humain, tout temple qu'il était, pouvait être saccagé, ses trésors pillés et ses secrets dévoilés.

Sentant une main se poser doucement sur son épaule, Rebus se retourna et dévisagea d'un air stupéfait l'homme qui se tenait là.

« Homme », il fallait le dire vite. Un grand type aux cheveux blonds coupés court, pas franchement souriant et le visage couvert d'acné d'un adolescent. On lui aurait donné quatorze ans, mais Rebus se dit qu'il devait avoir dans les vingt-cinq.

– C'est vous le caïd, c'est bien ça ?

Une voix qui marquait de l'intérêt, mais quasiment aucune émotion. Rebus ne répondit pas. TAJT.

– Ouais, c'est bien ce que je pensais. Alors, vous avez la solution de l'énigme ?

Le sourire qui accompagnait la question comportait trois quarts de sarcasme et un quart de rancœur.

– On se passe bien de votre aide !

– Ah... dit Flight en les rejoignant. Je vois que vous avez fait la connaissance de l'agent Lamb. Je comptais justement faire les présentations.

– Ravi, dit Rebus en fixant d'un air glacial le front boutonneux du jeune homme.

Lamb [1] ! Jamais patronyme n'avait été moins approprié, moins mérité.

Le Dr Cousins, qui se tenait devant la table, s'éclaircit la gorge.

– Messieurs, lança-t-il à la cantonade, histoire d'indiquer qu'il était sur le point de commencer.

La pièce redevint silencieuse. Un micro pendait du plafond, environ un mètre au-dessus de la table. Cousins se tourna vers l'employé de la morgue.

– C'est bon, ça marche ?

Le petit homme, qui disposait des instruments métalliques sur un plateau, opina vigoureusement du chef.

Rebus connaissait tous ces instruments pour les avoir vus employés. Les couteaux, scies et autres perceuses. Certains étaient électriques, d'autres avaient besoin d'être propulsés par la force de l'homme. Pour les premiers, malgré le bruit atroce, on en avait rapidement terminé ; alors qu'avec les outils manuels le bruit était

---

1. En anglais, *lamb* signifie « agneau ». (*N.d.T.*)

tout aussi épouvantable mais semblait s'éterniser. Toutefois, ces horreurs-là n'étaient pas pour tout de suite. On devait tout d'abord lentement déshabiller le corps et placer les vêtements dans des sachets pour la police scientifique.

Tandis que Rebus et les autres observaient, les deux photographes mitraillaient la scène, l'un en noir et blanc, l'autre en couleurs. On conserverait ainsi pour la postérité une trace de chaque étape des opérations. Le vidéaste, en revanche, avait déclaré forfait : son matériel était tombé définitivement en panne à cause de la cassette bon marché. Du moins, c'était le prétexte qu'il avait invoqué pour ne pas venir à la morgue.

Enfin, quand le cadavre fut entièrement dénudé, Cousins indiqua quelques endroits méritant des gros plans. Puis les techniciens de la police scientifique s'approchèrent, toujours armés de morceaux de ruban adhésif. Maintenant que le corps était déshabillé, ils devaient se livrer aux mêmes opérations que sur le chemin de halage. Ce n'était pas pour rien qu'on les surnommait les « scotcheurs ».

Cousins s'approcha du petit groupe où se tenaient Flight, Rebus et Lamb.

– Je serais capable de commettre un meurtre pour une tasse de thé, George.

– Je vais voir ce que je peux faire, Philip. Et Isobel ?

Cousins se retourna vers son assistante qui était occupée à faire un énième croquis du cadavre, malgré la pléthore de photos.

– Penny ! appela-t-il. Tu veux du thé ?

Elle écarquilla légèrement les yeux et accepta avec enthousiasme.

– Bon, dit Flight en se dirigeant vers la porte.

Rebus trouva qu'il n'avait pas l'air peu soulagé de quitter la pièce, même temporairement.

– C'est qu'il est mauvais, le gaillard, fit remarquer Cousins.

Rebus se demanda une seconde s'il voulait parler de Flight, mais le légiste indiqua le cadavre.

– Se livrer à ce genre de chose de façon répétée, sans mobile, juste pour... eh bien, pour le plaisir, j'imagine.

– Il y a toujours un mobile, professeur, lui dit Rebus. Vous venez de le dire vous-même. Le plaisir est son mobile. Mais sa façon de tuer, ce qu'il fait aux cadavres... On sent bien qu'il y a un autre mobile. Simplement, on n'arrive pas encore à mettre le doigt dessus.

Cousins le dévisagea. Rebus sentait une profonde chaleur dans son regard.

– Alors, inspecteur, il n'y a plus qu'à souhaiter que *quelqu'un* y voie clair assez vite. Quatre victimes en autant de mois. Notre homme est régulier comme la lune.

Rebus sourit.

– Nous savons tous que les loups-garous sont sous l'influence de la lune, n'est-ce pas ?

Cousins éclata de rire. Un rire profond et tonitruant, incongru en ces lieux. Pour sa part, Lamb n'avait pas l'air de goûter la plaisanterie, n'affichait même pas ne serait-ce qu'un sourire. Il n'était pas inclus dans la conversation, ce qui faisait plaisir à Rebus. Mais le policier voulut ajouter son grain de sel.

– On a affaire à un type complètement mordu ! lança-t-il. Ah, ah ! Elle est bien bonne, n'est-ce pas ?

Cousins ne releva pas, comme si ce calembour éculé ne le méritait pas.

– Eh bien, fit-il en se retournant vers la table, ce n'est pas tout. Vous avez terminé, messieurs ? (Les techniciens firent oui de la tête comme un seul homme.) Tous les bijoux ont été retirés ? (Nouveaux hochements de tête.) Bien. Si vous êtes prêts, je propose qu'on s'y mette.

Les débuts n'étaient jamais trop difficiles. Les mesures, la description physique – un mètre soixante-cinq, cheveux bruns, ce genre de choses. On grattait les ongles et on les coupait, le tout était placé comme il se doit dans des sachets en plastique. Rebus se promit d'acheter des actions de l'entreprise qui fabriquait les sachets en question. Il avait participé à des enquêtes où l'on en consommait plusieurs centaines.

Lentement mais sûrement, cela devint plus pénible. On fit des frottis du vagin de Jean Cooper, après quoi le Dr Cousins attaqua les choses sérieuses.

– Importante lésion par perforation à la gorge. À en juger d'après la taille, je dirais que l'arme a été tournée dans la plaie. Un petit couteau. Au vu de l'orifice de sortie, une lame d'une dizaine de centimètres, peut-être moins, très fine à son extrémité. On note quelques traces d'hématomes sur la peau autour de l'orifice d'entrée, qui auraient pu être provoqués par la garde ou le manche. Ce qui semble indiquer que le coup a été porté avec une certaine vigueur. Les mains et les bras ne comportant aucune marque, la victime n'a pas eu le temps de se défendre. Il est possible qu'elle ait été attaquée par-derrière. Des traces colorées autour de la bouche, et le rouge à lèvres est un peu étalé sur la joue droite. Dans le cas d'une agression par-derrière, on pourrait envisager le scénario suivant : l'assassin lui plaque sa main gauche sur la bouche pour l'empêcher

46

de crier, d'où le rouge à lèvres étalé, pendant qu'il la poignarde de la main droite. La blessure à la gorge est légèrement inclinée vers le bas, ce qui indiquerait que le meurtrier est plus grand que sa victime.

Cousins se racla la gorge. Eh bien, songea Rebus, voilà qui permet d'éliminer comme suspect l'employé de la morgue et un des photographes : toutes les autres personnes présentes mesuraient plus d'un mètre soixante-dix.

Cette pause dans le déroulement de l'autopsie donna l'occasion à tout le monde de se dégourdir les jambes, de toussoter, de jeter un coup d'œil aux autres en notant qu'untel ou untel faisait grise mine. Rebus était surpris d'entendre le légiste échafauder des scénarios : c'était *leur* boulot, pas le sien. Il avait toujours travaillé avec des légistes qui s'en tenaient aux faits, en lui laissant le soin de formuler les hypothèses. Visiblement, Cousins travaillait autrement. Une vocation ratée de policier ? Rebus avait peine à croire qu'on puisse embrasser la médecine légale par goût.

Le thé arriva : trois gobelets sur un plateau que portait Flight. Cousins et Isobel Penny se servirent, puis Flight. Quelques policiers au gosier desséché leur lancèrent des regards envieux. Rebus notamment.

– Bien, annonça Cousins entre deux gorgées. Je vais maintenant examiner les blessures anales.

De pire en pire. Rebus essaya de se concentrer sur les paroles du légiste mais ça n'était pas facile. Plusieurs coups avaient été portés à l'anus, avec le même couteau. Il y avait aussi quelques rougeurs sur les cuisses, à l'endroit où le collant avait été violemment baissé. Rebus jeta un coup d'œil vers Isobel Penny – mis à part ses joues un peu plus colorées, celle-ci demeurait impassible. La dame avait du cran, pas de doute là-dessus. Il faut dire qu'elle avait dû voir bien pire. Mais non, bien sûr que non, elle n'avait rien pu voir de pire que *ça*.

– L'abdomen est intéressant, poursuivit Cousins. Le chemisier a été déchiré pour exposer le ventre et on y distingue deux rangées de petites entailles incurvées. La peau est percée et contusionnée. En revanche, il n'y a aucune trace de sang, ce qui me fait dire que cette lésion a été commise *après* les coups de couteau. Après la mort de la victime, en fait. Je note quelques taches sèches sur l'abdomen, autour de ces marques. Sans préjuger des analyses, les éléments recueillis dans trois affaires très similaires ont mis en évidence la nature saline de ces taches : des larmes, ou peut-être des gouttes de sueur. Je vais maintenant prendre la température interne du cadavre.

Rebus se sentait complètement déshydraté. Il avait chaud et la fatigue se propageait dans tout son squelette. Le manque de sommeil aidant, tout prenait l'aspect d'une hallucination. Le légiste, son assistante et l'employé de la morgue baignaient dans un halo de lumière. Les murs semblaient bouger et il n'osait pas les fixer, de peur de perdre l'équilibre. Il croisa le regard de Lamb qui lui adressa un sourire hideux, sans parler du clin d'œil qui l'accompagna.

Le corps, lavé pour la première fois, fut débarrassé de ses taches brunes et noires et de sa pellicule de sang mat. Cousins se livra à un examen supplémentaire qui n'apporta rien de nouveau, puis on releva une fois de plus les empreintes digitales. Le moment était venu de l'examen interne.

Une longue incision fut pratiquée sur le devant.

Divers prélèvements furent effectués à l'intention du laboratoire de police scientifique : sang, urine, échantillons du foie et du contenu de l'estomac, poils (y compris les sourcils), chair. Au début de sa carrière, Rebus s'impatientait pendant ces opérations. Dès lors que les causes de la mort étaient évidentes, pourquoi s'embarrasser de tout ça ? Mais, au fil des ans, il avait compris que la partie visible, les blessures externes, était souvent moins importante que l'invisible, ces infimes secrets que seuls pouvaient révéler le microscope et les analyses chimiques. Il avait donc appris les vertus de la patience et put réprimer l'envie de bâiller qui lui venait toutes les trente secondes.

– Je ne vous ennuie pas trop ? murmura poliment Cousins qui s'arracha un instant à son travail, croisa le regard de Rebus et sourit.

– Pas du tout, répondit Rebus.

– Alors, tant mieux. Je suis sûr qu'on préférerait tous être au lit plutôt qu'ici.

Seul l'employé à la tache de naissance n'en paraissait pas convaincu. Cousins plongea la main dans la poitrine du cadavre.

– Moi, je compte partir dès que possible.

Rebus se fit la réflexion que ce n'était pas la vue de l'autopsie qui faisait pâlir les visages. C'était le bruit qui allait avec. La chair qu'on arrachait comme un boucher qui débite une carcasse. Les gargouillis, le raclement des outils. S'il avait pu se boucher les oreilles, peut-être que ça aurait été supportable. Alors que c'était tout le contraire : dans cette salle, son ouïe lui semblait d'une acuité inhabituelle. La prochaine fois, il apporterait du coton. La prochaine fois...

Les organes du torse et de l'abdomen furent retirés

et posés sur une table propre, puis rincés au tuyau d'arrosage avant que Cousins procède à leur dissection. L'employé fut chargé d'ouvrir la boîte crânienne avec une petite scie circulaire pour en extraire le cerveau. Rebus fermait les yeux, ce qui n'empêchait pas pour autant la pièce de tanguer. Mais il n'y en avait plus pour très longtemps. Dieu merci. Ce n'était plus simplement les bruits. Il y avait aussi l'odeur, ces effluves de viande crue reconnaissables entre tous. Ça vous imprégnait les narines comme un parfum, vous emplissait les poumons, venait se ficher au fond de la gorge où ça devenait comme une deuxième langue... À la longue, Rebus en gardait le goût dans la bouche. Il sentit son estomac se contracter mais le massa discrètement. Pas assez discrètement.

– Si vous avez l'intention de dégueuler, susurra Lamb derrière son épaule telle une succube, vous serez gentil d'aller faire ça dehors.

Suivit un gloussement rauque et lent, comme les ratés d'un moteur. Rebus tourna légèrement la tête et eut un sourire menaçant.

On ne tarda pas à remettre en place ces amas de chair et, comme Rebus le savait, le corps aurait une apparence tout à fait naturelle quand on le présenterait à la famille endeuillée de Jean Cooper.

Comme toujours à la fin d'une autopsie, un silence pensif s'était emparé de l'assistance. Chacune des personnes présentes était faite de la même chair que Jean Cooper, et se trouvait momentanément dépossédée de sa personnalité. Chacun n'était plus qu'un corps, un animal, un assemblage de viscères. La seule différence avec Jean Cooper était que leur cœur à eux continuait à pomper du sang. Mais un jour, pas si lointain que ça, ces cœurs s'arrêteraient à leur tour et ce serait la fin, après un éventuel passage par cette boucherie, cet abattoir.

Cousins retira ses gants en caoutchouc, se lava vigoureusement les mains et prit la poignée de serviettes en papier que lui tendait l'employé.

– C'est à peu près tout, messieurs. Penny mettra mes notes au propre. Je dirais que le meurtre s'est déroulé entre vingt et une heures et vingt et une heures trente. La méthode est la même que celle de notre Loup-Garou. Je pense que je viens d'autopsier sa quatrième victime. Je vais contacter Anthony Morrison pour lui montrer la morsure. On verra ce qu'il en dit.

Comme il semblait être le seul à ne pas le savoir, Rebus demanda :

– Qui est Anthony Morrison ?

Flight fut le premier à répondre.

– Un dentiste.

– Un légiste spécialiste en stomatologie, le reprit Cousins. Un des meilleurs. Il dispose d'éléments sur les trois premières victimes. Ses analyses nous ont été très précieuses.

Il se tourna vers Flight pour qu'il abonde dans son sens, mais le policier fixait ses chaussures, l'air de dire « je n'irai pas jusque-là ».

– Bien, dit Cousins qui avait apparemment compris le message. En tout cas, vous connaissez mes conclusions. Maintenant, c'est à votre labo de jouer. Tout ça, dit-il en pointant du menton le corps éviscéré, ne va pas vous apporter grand-chose pour votre enquête. Sur ce, je crois que je vais rentrer me coucher.

Flight parut se rendre compte que Cousins lui en voulait.

– Merci, Philip, dit-il en posant la main sur le bras du légiste.

Celui-ci regarda la main, puis Flight et sourit.

La séance étant terminée, le public sortit petit à petit dans la pénombre froide et silencieuse de l'aube. D'après la montre de Rebus, il était quatre heures et demie. Il se sentait exténué et se serait volontiers allongé sur la pelouse devant le bâtiment pour piquer un somme, mais Flight vint vers lui avec ses bagages.

– Allons-y, lança-t-il. Je vais vous déposer.

Vu son état fébrile, Rebus eut le sentiment que ça faisait des semaines qu'on ne lui avait rien dit d'aussi gentil.

– Vous êtes sûr que vous avez la place ? Avec l'ours en peluche et tout le reste ?

Flight marqua un temps d'arrêt.

– Vous préférez marcher, inspecteur ?

Rebus leva les mains en signe de reddition, attendit que Flight lui ouvre la portière et s'installa à l'avant de la Sierra rouge. Il eut l'impression que le siège le prenait dans ses bras.

– Tenez, dit Flight en lui tendant une flasque.

Rebus en dévissa le bouchon et huma le contenu.

– Ça ne va pas vous tuer, lui lança Flight.

Sans doute que non. Un arôme de whisky. Rien d'exceptionnel, pas un de ces malts tourbés d'Islay, mais un *blend* correct. De quoi ne pas s'endormir avant d'être arrivé à l'hôtel. Il trinqua avec le pare-brise et se versa le breuvage dans le gosier.

Flight s'installa au volant et mit le contact. Laissant tourner le moteur, il accepta la flasque que lui tendit Rebus et but goulûment.

– L'hôtel est loin d'ici ? lui demanda Rebus.

– Une vingtaine de minutes à cette heure-ci, répondit Flight qui serra bien le bouchon et remit la flasque dans sa poche. Si on s'arrête aux feux rouges.

– Je vous autorise à les brûler tous.

L'Anglais eut un rire las. Tous deux se demandaient comment aborder le sujet de l'autopsie.

– Et si on mettait ça de côté jusqu'à demain matin ? suggéra Rebus.

Ce qui exprimait leur souhait à tous les deux. Flight se contenta d'un hochement de tête et démarra, en saluant de la main le Dr Cousins et Isobel Penny qui montaient dans leur voiture. Par la vitre, Rebus aperçut Lamb à côté de sa voiture, un puissant coupé sport. Ça m'aurait étonné, songea-t-il. Lamb le fixa et lui adressa son sourire sarcastique. *Toi aussi je t'emmerde*, entonna Rebus en silence. TAJT. Puis il se retourna pour jeter un coup d'œil à la peluche sur la banquette arrière. Flight ne voulait pas saisir la perche tendue, et Rebus, malgré sa curiosité, ne voulait pas hypothéquer ses rapports futurs avec l'Anglais en posant la question qui lui brûlait les lèvres. Certaines choses méritaient d'être remises au lendemain.

Le scotch lui avait dégagé les narines, la gorge et les bronches. Il inspira longuement, revoyant dans sa tête le petit employé de la morgue, avec sa tache de naissance très voyante, et Isobel Penny en train de faire ses croquis comme tout artiste amateur. Elle manifestait si peu d'émotions qu'elle aurait tout aussi bien pu se trouver dans un musée. Il se demanda quel était son secret, le secret de ce calme impérieux, et se dit qu'il connaissait probablement la réponse. Le travail de Penny n'était jamais que ça : un boulot. Peut-être qu'un jour lui-même en serait rendu là. Mais il espérait que non.

Le trajet vers l'hôtel fut encore plus silencieux que, à l'aller, la route jusqu'à la morgue. Rebus, qui avait le ventre vide, sentait les effets du whisky, d'autant qu'il faisait une chaleur étouffante dans la voiture. Il baissa la vitre d'un demi-centimètre mais la bouffée d'air glacial ne fit qu'empirer les choses. L'autopsie recommençait sous ses yeux. Les outils tranchants, les organes prélevés sur le cadavre, les entailles et les auscultations, les yeux de Cousins examinant un tissu spongieux à quelques centimètres à peine de son visage. Un faux mouvement et il se retrouvait bar- bouillé de... Isobel Penny ne laissant échapper aucun détail dans ses croquis, l'incision de la gorge au pubis...

Londres défilait à vive allure. Comme promis, Flight brûlait certains feux rouges et se contentait de ralentir pour les autres. Il y avait toujours un peu de circulation. La ville ne s'endormait jamais. Les boîtes de nuit, les soirées, les vagabonds, les sans-abri. Des insomniaques promenant leur chien, des boulangeries ouvertes vingt-quatre heures sur vingt-quatre. Où l'on vendait des « beigels » ou des « bagels », selon les cas. D'ailleurs, c'était quoi au juste, un bagel ? Ce truc qu'on bouffait tout le temps dans les films de Woody Allen ?

Un échantillon des sourcils... Alors là, tout de même ! À quoi ça rimait, bon sang ? Il valait mieux se focaliser sur l'assassin, pas sur la victime. Cette trace de morsure. Comment s'appelait le dentiste, déjà ? Pas vraiment un dentiste, plutôt un légiste spécialisé en stomatologie. Morrison... C'était ça, Morrison. Comme la rue à Édimbourg. Morrison Street, pas très loin du canal d'évacuation de la brasserie, où vivaient des cygnes, un mâle et une femelle. Que se passait-il quand ils mouraient ? La brasserie se chargeait-elle de les remplacer ? Putain, ce qu'il pouvait faire chaud dans cette petite bagnole rouge toute brillante. Rebus sentait que ses boyaux avaient très envie de faire des leurs. La lame qui tournicote dans la gorge. Un petit couteau. Il arrivait presque à le visualiser. Genre couteau de cuisine, tranchant... Un goût de bile dans la bouche.

– On touche au but, annonça Flight. C'est au bout de Shaftesbury Avenue. Là, sur la droite, vous avez Soho. C'est fou le ménage qu'on a pu y faire en quelques années. Vous auriez du mal à y croire. Vous savez, en y réfléchissant, le cadavre ne se trouvait pas très loin de l'endroit où habitaient les Kray[1]. Quelque part dans Lea Bridge Road. J'étais un jeune flic débutant à l'époque de leurs exploits.

– S'il vous plaît... dit Rebus.

– Ils ont buté un type à Stokey. Jack McVitie, je crois bien. Jack the Hat, comme on le surnommait.

– Ça vous dérangerait de me déposer ici ? bafouilla Rebus.

– Qu'est-ce qui se passe ? lui demanda Flight en le dévisageant.

– J'ai besoin d'un peu d'air. Je vais terminer à pied. Arrêtez-vous, je vous en prie.

Flight se mit à protester mais se gara le long du trottoir. À peine descendu, Rebus se sentit déjà mieux, malgré la sueur froide qui lui dégoulinait sur le front,

---

1. Frères jumeaux qui régnèrent sur l'industrie du jeu et des casinos illégaux de l'East End de Londres, dans les années 1960. (N.d.T.)

les épaules et dans le dos. Il inspira profondément. Flight posa ses bagages sur le trottoir.

– Encore merci, lui dit Rebus. Désolé de vous laisser comme ça. Vous n'avez qu'à m'indiquer la direction.

– C'est pas très loin de la place, expliqua Flight.

Rebus opina du chef.

– J'espère qu'ils ont un portier de nuit.

Ça allait déjà beaucoup mieux.

– Il est cinq heures moins le quart, fit remarquer Flight. Vous allez arriver en même temps que l'équipe de jour.

Il rigola, mais son rire retomba très vite et il adressa un hochement de tête sérieux à Rebus.

– Vous avez prouvé ce que vous vouliez ce soir, John. OK ?

Rebus hocha la tête. *John ?* Un nouveau morceau de l'iceberg ou simplement du bon management ?

– Merci, dit-il en serrant la main de Flight. La réunion est toujours prévue à dix heures ?

– On va plutôt dire onze heures, hein ? Quelqu'un passera vous prendre à l'hôtel.

Rebus prit ses bagages puis se pencha vers la vitre de Flight.

– Bonne nuit, l'ours !

– Ne vous perdez pas ! lui lança Flight.

Puis la voiture démarra, fit demi-tour dans un crissement de pneus et repartit dans l'autre sens en rugissant. Rebus jeta un coup d'œil à la ronde. Shaftesbury Avenue. Les bâtiments semblaient sur le point de l'engloutir. Les théâtres, les boutiques. Des ordures un peu partout : les restes des fêtards du dimanche soir. Un grondement précéda l'apparition d'un camion-poubelle dans une rue adjacente encore embrumée. Les éboueurs portaient des combinaisons orange. Ils ne prêtèrent aucune attention à Rebus quand celui-ci passa devant eux. Jusqu'où allait cette avenue ? Elle semblait décrire un long virage, plus long qu'il ne s'y attendait.

Les joies de Londres. Il aperçut enfin Éros sur sa fontaine, sauf que quelque chose ne collait pas. La place n'avait plus rien d'un rond-point. Éros était maintenant cerné de pavés : pour pouvoir circuler il fallait le contourner. Qui avait eu cette brillante idée ? Une voiture ralentit derrière lui, s'arrêta à sa hauteur. Un véhicule blanc avec une bande orange : une voiture de police. Le policier installé côté passager baissa sa vitre et l'interpella.

— Excusez-moi, monsieur. Ça vous dérangerait de me dire où vous allez comme ça ?

— Comment ?

Pris de court, Rebus se figea. Les deux agents descendirent de leur voiture.

— Ces bagages sont à vous, monsieur ?

Rebus sentait que ça montait en lui, une boule de colère dure comme de l'acier. Et puis soudain il aperçut son reflet dans une vitre de la voiture. Cinq heures moins le quart dans les rues désertes de Londres. Un type mal rasé, dépenaillé, qui n'avait manifestement pas dormi et portait un sac, une valise et une mallette. Une mallette ? Qui aurait l'idée de se trimballer avec une mallette à une heure pareille ? Il posa ses bagages et se frotta le nez. Avant qu'il comprenne ce qui lui arrivait, il sentit ses épaules s'agiter et fut pris d'un fou rire. Les deux policiers se dévisagèrent. Rebus renifla et plongea la main dans la poche intérieure de sa veste. L'un des flics recula d'un pas.

– Du calme, l'ami, lui dit Rebus en sortant ses papiers. Je suis de la même maison que vous.

Moins méfiant que son collègue, le policier qui était sorti du côté passager prit ses papiers et les examina.

– C'est pas franchement votre secteur, inspecteur, déclara-t-il en les lui rendant.

– Je ne te le fais pas dire ! Tu t'appelles comment ?

– Bennett, répondit l'agent d'une voix inquiète. Joey Bennett, inspecteur. Enfin, c'est-à-dire Joseph Bennett.

– OK, Joey. Tu veux bien me rendre un service ? (L'agent fit oui de la tête.) Sais-tu où se trouve l'hôtel Prince Royal ?

– Oui, inspecteur, dit Bennett en indiquant une direction de la main gauche. Environ cinquante mètres apr...

– Très bien, le coupa Rebus. Tu vas m'y emmener, veux-tu ?

Le jeune homme resta muet.

– C'est d'accord, agent Bennett ?

– Bien, inspecteur.

Rebus hocha la tête, content de lui. Tout compte fait, il savait très bien se débrouiller à Londres. Il était prêt à affronter cette ville, saurait y tirer son épingle du jeu.

– Parfait, se félicita-t-il en partant en direction du Prince Royal. Au fait, dit-il en se retournant vers les deux flics, vous serez gentils de prendre mes bagages.

Il leur tourna aussitôt le dos mais entendit quasiment l'air s'engouffrer dans leurs deux bouches bées.

– À moins, leur lança-t-il, que je n'appelle l'inspecteur en chef Laine pour le prévenir que deux de ses agents m'ont importuné dès le premier soir de mon séjour dans cette charmante ville.

Il continua de marcher et les entendit qui se pressaient de prendre les bagages pour le rattraper. Ils n'étaient pas d'accord sur l'opportunité de laisser leur voiture ouverte. Il se sourit à lui-même, malgré tout le reste. Une petite victoire, pas très honnête, mais après tout... On était à Londres, dans Shaftesbury Avenue : le temple de la comédie.

Enfin chez elle, elle peut se laver et se sent un peu mieux. Elle a sorti le sac poubelle noir du coffre de sa voiture. Le sac où elle a fourré sa tenue, des fringues bon marché. Demain soir, elle s'occupera du jardin et fera un feu.

Elle ne pleure plus. Elle s'est calmée. Après coup, elle finit toujours par se calmer. Elle sort le couteau sanguinolent, soigneusement enveloppé dans deux sacs en plastique. L'évier est rempli d'eau chaude savonneuse. Les deux sacs rejoignent les vêtements dans le sac noir. Elle lave le couteau très soigneusement dans l'évier, renouvelant l'eau une fois. Elle fait tout ça en fredonnant. Pas une chanson connue, ni même un air à proprement parler. En tout cas elle trouve ça apaisant, comme quand sa mère lui chantonnait des berceuses.

Voilà, c'est fini. C'est pénible comme travail, elle est soulagée d'en avoir terminé. La clé, c'est la concentration. Au moindre relâchement, vous risquez de commettre une erreur sans vous en rendre compte. Elle rince l'évier trois fois, éliminant toute trace de sang, et laisse le couteau à sécher sur l'égouttoir. Puis elle sort dans le couloir et s'arrête devant une porte, le temps de trouver la clé.

C'est sa pièce secrète, sa galerie de peinture. Un des murs est presque entièrement recouvert de tableaux – des peintures à l'huile et des aquarelles. Trois des œuvres sont très endommagées ; on ne pourrait même pas les restaurer. Dommage, car c'étaient trois de ses préférées. Son tableau fétiche du moment représente un ruisseau à la campagne. Quelque chose de simple, des couleurs pâles, dans le style naïf. Le ruisseau occupe le premier plan, avec au bord un homme et un petit garçon. À moins qu'il ne s'agisse d'une fillette. Difficile à dire, c'est tout le problème avec le style naïf. Elle ne peut même pas poser la question au peintre, qui est mort depuis des années.

Elle essaie de ne pas regarder l'autre mur, celui d'en face. Le mur des horreurs. Ce qu'elle y aperçoit du coin de l'œil ne lui plaît pas. Ce qui lui plaît avant tout dans son tableau préféré, c'est sa taille. Environ vingt-cinq centimètres sur vingt, sans compter le cadre doré plutôt rococo (qui ne convient pas du tout, mais sa mère a toujours manqué de goût pour les cadres). Le petit format, ainsi que les couleurs délavées, confèrent à l'ensemble une subtilité, une retenue dans la simplicité, une douceur qui l'enchantent. Certes, ce tableau ne transpose aucune vérité essentielle. D'ailleurs, ce n'est qu'un mensonge épouvantable, tout le contraire de la réalité. Le ruisseau n'existait pas, ni la scène touchante entre le père et son enfant. Seule l'horreur existait. C'est pour ça que Vélasquez est son peintre préféré : les jeux d'ombres, la richesse des différentes teintes de noir, les crânes et les soupçons... Le cœur sombre mis à nu.

– Le cœur sombre.

Elle hoche lentement la tête. Elle a vu et senti des choses dont peu de gens ont le privilège d'être témoins. C'est sa vie. Son existence à elle. Et ce tableau qui se moque d'elle, le ruisseau se transformant en un rictus turquoise.

Calmement, se remettant à fredonner, elle s'empare d'une paire de ciseaux posée sur un fauteuil et se met à lacérer la toile. Des coups à la verticale, puis à l'horizontale et de nouveau à la verticale, déchirant inlassablement le cœur du tableau jusqu'à ce que le motif disparaisse à jamais.

Métro

– Et c'est ici, déclara George Flight, qu'est né le Loup-Garou.

Rebus jeta un coup d'œil à la ronde. Déprimant, comme lieu de naissance. Une impasse pavée, des immeubles à deux étages, aux fenêtres condamnées ou obstruées par des grillages et des barreaux. Les sacs-poubelle noirs semblaient se languir depuis des semaines le long de la chaussée. Quelques-uns étaient empalés sur les pointes des grilles aux fenêtres, leur contenu fétide s'écoulant comme d'un tuyau d'égout fissuré.

– Charmant, dit-il.

– La plupart des bâtiments sont à l'abandon. Les groupes de rock du quartier se servent d'une des caves pour répéter, et ça fait un sacré boucan. Là, dit Flight en indiquant une fenêtre grillagée, je soupçonne que c'est un atelier de textile clandestin. De toute façon, il a disparu depuis qu'on s'intéresse à cette rue.

– Ah bon ? fit Rebus, l'air intrigué.

Flight secoua la tête.

– Ça n'a rien de louche, croyez-moi. Ces types exploitent une main-d'œuvre originaire principalement du Bangladesh. Des clandestins. Ils se passent très bien de flics qui fouinent partout. Ils préfèrent démonter les machines et s'installer ailleurs.

Rebus hocha la tête et parcourut le cul-de-sac du regard – il essayait de se souvenir, d'après les photos qu'il avait vues, à quel endroit précis on avait découvert le cadavre.

– Là-bas, dit Flight en indiquant un portail grillagé.

En effet, songea Rebus. Maintenant, ça lui revenait. On ne l'avait pas retrouvée au niveau de la rue mais au bas d'un escalier en pierre conduisant à une cave. Même mode opératoire que pour le meurtre de Jean Cooper, y compris la morsure à l'abdomen. Rebus prit le dossier dans sa mallette et l'ouvrit à la bonne page.

– Maria Watkiss. 28 ans. Prostituée. Cadavre retrouvé le mardi 16 janvier par des agents municipaux. On a estimé que le décès remontait à deux ou trois jours. Le corps avait été vaguement dissimulé.

Flight pointa du menton un des sacs-poubelle empalés.

– Il a vidé un sac d'ordures sur elle. Le corps était presque entièrement recouvert. Les agents ont été alertés par la présence des rats.

– Des rats ?

– Plusieurs dizaines, apparemment. Et ils se sont bien régalés.

Rebus s'arrêta en haut des marches.

– On pense que le Loup-Garou l'a attirée ici pour une passe, reprit Flight. À moins que ce ne soit elle qui l'ait amené. Elle bossait dans un pub d'Old Street. À cinq minutes à pied. On a interrogé les habitués mais personne ne se souvient de l'avoir vue partir accompagnée.

– Il était peut-être en voiture ?

– C'est plus que probable. À en juger par la distance entre les lieux où ont été commis les meurtres, c'est quelqu'un qui se déplace facilement.

– Le rapport indique qu'elle était mariée.

– C'est exact. Tommy, son mec, savait qu'elle faisait le tapin. Ça ne le dérangeait pas, pourvu qu'elle lui file le fric.

– Et il n'a pas signalé sa disparition ?

Flight fronça le nez.

– Pas Tommy. Il était trop occupé à se soûler. Quand on est passés l'interroger, il était au bord du coma éthylique. Plus tard, il nous a raconté que Maria partait des fois quelques jours à la mer avec des clients réguliers.

– J'imagine que vous n'avez pas pu mettre la main sur ces... clients ?

– Pas vraiment ! s'esclaffa Flight, comme si c'était la meilleure de la semaine. Pour ne rien vous cacher, Tommy pense que l'un d'entre eux s'appelle peut-être bien Bill ou Will. Ça aide vachement, hein ?

– C'est vrai que ça réduit considérablement le champ des investigations, acquiesça Rebus avec un sourire.

– Quoi qu'il en soit, je doute fort que Tommy serait venu nous chercher en ne la voyant pas revenir. Il a un casier long comme votre jambe de pantalon. Pour tout vous dire, c'était notre premier suspect.

– Normal.

Tout policier connaissait cette règle universelle : la plupart des meurtres sont commis au sein de la famille.

– Il y a deux ans, expliqua Flight, Maria s'est pris une méchante rouste. Au point d'être hospitalisée. C'est Tommy qui lui a fait ça. Elle voyait un autre

64

homme qui ne payait pas, si vous me suivez. Et Tommy avait déjà fait de la tôle deux ans plus tôt pour coups et blessures aggravés. On l'aurait poursuivi pour viol si on avait pu faire témoigner la victime, sauf que la pauvre fille était morte de trouille. On avait d'autres témoins mais on n'aurait jamais pu le coincer pour viol. Tant pis. Il s'est pris huit mois.

– Un type violent, donc.

– Vous pouvez le dire.

– Avec un passé d'agressions contre les femmes.

– Au début, ça paraissait tout bon, acquiesça Flight d'un hochement de tête. On s'est dit qu'on allait lui coller le meurtre de Maria. Mais ça ne tenait pas la route. Pour commencer, il avait un alibi. Et puis, la morsure : d'après le dentiste, la taille ne correspond pas.

– Vous voulez dire le Dr Morrison ?

– C'est ça. Je l'appelle le dentiste pour taquiner Philip. (Il se gratta le menton et le cuir de son blouson crissa.) Mais bon, rien ne collait. Et quand le deuxième meurtre a été commis, on a compris qu'on avait affaire à quelqu'un d'une autre trempe que Tommy.

– Vous en êtes sûr et certain ?

– John, je ne suis jamais *sûr et certain* de la couleur des chaussettes que j'ai enfilées le matin. Parfois, je ne suis même pas sûr d'en avoir mis. Mais je suis *à peu près sûr* que Tommy Watkiss n'y est pour rien. Son truc, c'est de voir Arsenal jouer, pas de mutiler des cadavres de femmes.

– Vos chaussettes sont bleues, déclara Rebus sans le quitter du regard.

L'Anglais baissa les yeux, constata que c'était bien le cas et afficha un large sourire.

– Mais pas du même bleu, ajouta Rebus.

– Mince alors ! En effet.

– J'aimerais tout de même parler à ce M. Watkiss. Ça ne presse pas, et avec votre accord, bien entendu.

Flight haussa les épaules.

– Comme vous voulez, Sherlock. Bon, on peut se tirer de ce coin merdique ou vous souhaitez voir autre chose ?

– Non, dit Rebus. On peut y aller.

Ils marchèrent vers l'entrée de l'impasse où était garée la voiture de Flight.

– Comment s'appelle ce quartier, déjà ? lui demanda Rebus.

– Shoreditch. Vous vous souvenez de la comptine ? « Quand je serai riche, chantent les cloches de Shoreditch... »

Oui, ça lui disait vaguement quelque chose. Sa mère, ou peut-être bien son père, lui fredonnait des airs en le faisant sauter sur ses genoux. Cela ne s'était jamais produit de cette façon précise, mais il en avait malgré tout un souvenir diffus.

Ils étaient revenus à l'entrée du cul-de-sac qui débouchait sur une route passante. Ça circulait beaucoup pour un milieu de journée. Les immeubles étaient noirs de saleté, les fenêtres encrassées. Des bureaux, des entrepôts. Aucun commerce, sauf un magasin de matériel de cuisine pour professionnels. Aucun pavillon, ni même le moindre appartement dans les étages supérieurs, à première vue. Personne pour entendre un cri étouffé au cœur de la nuit. Personne pour observer, derrière une fenêtre crasseuse, l'assassin s'éclipser, dégoulinant de sang.

Rebus jeta un dernier coup d'œil à l'impasse, puis

66

en déchiffra le nom sur une plaque à peine lisible à l'angle du premier bâtiment : Wolf Street E[1].

La raison pour laquelle la police avait baptisé l'assassin le Loup-Garou[1]. Rien à voir avec la sauvagerie des blessures ni les traces de morsures, mais simplement parce que, comme l'avait dit Flight, c'était apparemment le lieu où il était né, l'endroit où il s'était signalé pour la première fois. Le Loup-Garou. Il pouvait se terrer n'importe où, ce qui n'avait pas grande importance. Une seule chose comptait : il pouvait s'agir de n'importe qui. N'importe lequel des dix millions de visages que comptait cette ville, chacun dans son antre secret.

– Ensuite on va où ? demanda Rebus en ouvrant sa portière.

– Killmore Road, annonça Flight en adressant un coup d'œil complice à Rebus[2].

– Va pour Killmore Road, dit Rebus en s'installant.

La journée avait commencé de bonne heure. Rebus s'était réveillé après trois heures de sommeil et, comme il n'arrivait pas à se rendormir, il avait allumé la radio pour écouter les informations tout en s'habillant. Ne sachant pas ce que la journée lui réservait, il avait opté pour une tenue décontractée : pantalon de velours côtelé caramel, chemise, veste légère. Ce jour-là, ni tweed ni cravate. Il aurait volontiers pris une douche mais la salle de bains de son étage était fermée à clé. Il faudrait qu'il se renseigne à la réception. À côté de

---

1. En anglais, *wolf* signifie « loup ». (*N.d.T.*)
2. Littéralement, *Killmore* signifie « tuer encore ». (*N.d.T.*)

l'escalier se trouvait une machine à cirer les chaussures. Avant de descendre, il donna un coup de cirage aux pointes de ses souliers noirs fatigués.

La salle à manger était bondée, surtout d'hommes d'affaires et de touristes. La presse du jour était à disposition sur une table. Rebus prit un exemplaire du *Guardian* et fut escorté à une table où la serveuse débordée avait dressé un seul couvert.

Pour l'essentiel, on était censé se servir tout seul : des céréales, du jus d'orange et des fruits étaient entassés sur une desserte au centre de la pièce. Un pot de café fit son apparition sur la table sans qu'il l'ait commandé, ainsi qu'un porte-toasts avec des demi-tranches de pain froid, vaguement grillé. Faute de grille-pain, songea Rebus en beurrant un de ces triangles peu appétissants, ils ont dû les agiter devant une ampoule électrique.

Quant au petit déjeuner à l'anglaise, il comprenait une misérable tranche de bacon, une tomate tiède (en boîte), trois champignons minuscules, un œuf malingre et un vague bout de saucisse. Rebus engouffra le tout. Le café n'était pas assez fort à son goût mais il termina quand même le pot et en recommanda. En même temps, il feuilleta le journal mais ne repéra l'article sur le meurtre de la veille qu'à la deuxième lecture : un petit paragraphe qui donnait juste les grandes lignes, en bas de la page quatre.

Il jeta un coup d'œil à la salle. Un couple s'évertuait à faire taire ses deux bruyants rejetons. Ne les brimez pas, songea Rebus. Laissez-les vivre. Comment savoir ce que nous réserve le lendemain ? Ces enfants pouvaient mourir. Ou bien leurs parents. Sa fille à lui se trouvait quelque part à Londres, dans un appart' avec son ex-femme. Il devrait leur faire signe. Il le *ferait* sans faute. Un homme d'affaires installé à une table d'angle tourna bruyamment les pages de son tabloïd, attirant l'attention de Rebus sur le gros titre : UNE PROIE DE PLUS POUR LE LOUP-GAROU.

Bon, voilà qui était plus dans l'ordre des choses. Il voulut beurrer son dernier toast mais remarqua qu'il n'avait plus de beurre. Une main lui flanqua une solide tape dans le dos et il en laissa échapper sa tartine. Stupéfait, il se retourna et vit George Flight qui se tenait là.

– Salut, John.

– Bonjour, George. Vous avez bien dormi ?

Flight prit la chaise en face de lui et s'assit lourdement, posant les mains sur ses cuisses.

– Pas vraiment. Et vous ?

– J'ai grappillé quelques heures.

Rebus était sur le point de raconter son arrestation évitée de justesse dans Shaftesbury Avenue, en guise d'anecdote matinale, mais préféra la garder sous le coude. Le moment viendrait peut-être où une histoire amusante serait la bienvenue.

– Vous voulez du café ?

Flight fit non de la tête et jeta un coup d'œil au buffet.

– Par contre, un jus d'orange ne me ferait pas de mal.

Rebus allait se lever mais Flight lui fit signe de rester assis et alla se servir un verre qu'il vida d'un trait.

– On dirait du jus en poudre, dit-il en faisant la grimace. Tout compte fait, je veux bien un peu de café.

Rebus lui servit une tasse.

– Vous avez vu ? dit-il en indiquant la table d'angle d'un mouvement de tête.

Flight jeta un coup d'œil au tabloïd et sourit.

– Maintenant, le sujet leur appartient autant qu'à nous. Avec une seule différence : *nous*, on gardera un point de vue raisonnable.

– Quant à savoir lequel...

Flight le fixa mais resta silencieux.

– Il y a une réunion à onze heures dans la salle des homicides, dit-il en sirotant son café. J'ai pensé qu'on n'y serait pas à l'heure, alors j'ai laissé les commandes à Laine. Il adore ça.

– Et nous, on fait quoi ?

– Eh bien, on pourrait retourner au bord de la Lea, voir où en est le porte-à-porte. Ou se rendre sur le lieu de travail de Mme Cooper...

Rebus n'avait pas l'air franchement enthousiaste.

– À moins que je ne vous emmène sur les lieux des trois premiers meurtres.

Rebus parut nettement plus intéressé.

– Bien, dit Flight. Ce sera donc la tournée panoramique. Finissez votre café, inspecteur. La journée promet d'être longue.

– Juste une chose, ajouta Rebus en levant sa tasse sans la porter à ses lèvres. Pourquoi êtes-vous aux petits soins avec moi ? Il me semble que vous avez mieux à faire que de jouer les chauffeurs.

Flight le fixa d'un regard perçant. Devait-il lui confier la vraie raison ou inventer un prétexte ? Il haussa les épaules et opta pour une fable.

– C'est juste pour vous acclimater à l'enquête. C'est tout.

70

Rebus hocha lentement la tête mais Flight se doutait qu'il ne le croyait qu'à moitié.

Arrivé à la voiture, Rebus jeta un coup d'œil à l'arrière pour voir si l'ours en peluche s'y trouvait toujours.

– Je l'ai tué, lança Flight en déverrouillant sa portière. Le crime parfait.

– Alors, c'est comment Édimbourg ?

Rebus se doutait que Flight ne voulait pas parler de l'Édimbourg touristique, la ville du festival et du château. C'était l'Édimbourg du crime qui l'intéressait, une tout autre ville.

– Eh bien, répondit-il, on a toujours un problème de drogue, et les usuriers semblent de retour, mais à part ça c'est plutôt tranquille.

– Vous avez tout de même eu ces meurtres d'enfants, il y a quelques années, lui rappela Flight.

Rebus fit oui de la tête.

– Et c'est vous qui avez résolu l'énigme.

Rebus ne fit aucun commentaire. Certains aspects du dossier avaient échappé aux médias : l'affaire avait une dimension personnelle, il ne s'agissait pas vraiment d'un tueur en série.

– Le résultat a été obtenu grâce aux milliers d'heures de travail de nos services, finit-il par dire d'un ton nonchalant.

– Les grands patrons ne sont pas de cet avis, objecta Flight. Ils vous prennent pour une espèce de gourou du crime en série.

– Ils se trompent. Je ne suis qu'un flic, comme vous.

D'ailleurs, *qui ça*, les grands patrons ? Qui a eu cette idée ?

– Je ne suis pas sûr, dit Flight en secouant la tête. Je veux dire, je sais qui sont les chefs... Laine, le superintendant Pearson... mais je ne sais pas qui est responsable de votre venue.

– Le courrier était signé de Laine, indiqua Rebus qui savait pertinemment que ça ne voulait rien dire.

Sur les trottoirs, les gens marchaient d'un pas pressé. La circulation était bloquée. Ils avaient mis presque une demi-heure pour parcourir moins de cinq kilomètres. Les travaux sur la voirie, les voitures garées en double (voire en triple) file, les feux rouges, les passages piétons et les stratégies exaspérantes de certains conducteurs égoïstes : impossible d'avancer autrement qu'au pas.

– D'ici cinq minutes, on sera tirés d'affaire, déclara Flight qui semblait lire dans ses pensées.

Il ruminait ce que Rebus lui avait dit – je ne suis qu'un flic, comme vous. L'Écossais avait bien *arrêté* l'assassin de ces gosses, non ? D'après les dossiers, c'était lui qui avait démasqué le coupable, ce qui lui avait valu une promotion au rang d'inspecteur. Ce Rebus jouait les modestes, c'était tout. Et on ne pouvait que l'en admirer davantage.

Quelques minutes et une dizaine de mètres plus tard, ils arrivèrent à la hauteur d'une rue étroite qui affichait un panneau « sens interdit ».

– Il est temps de s'autoriser quelques libertés, déclara Flight en jetant un coup d'œil dans la ruelle avant de braquer sec.

Des étals de marché occupaient un côté de la chaussée. Rebus entendait les vendeurs aiguiser leurs cris sur la meule des chalands. Personne ne s'inquiéta qu'une voiture prenne la rue à contre-sens, jusqu'à ce qu'ils fussent obligés de ralentir à cause d'un gamin qui traversait en poussant son étal. Un poing massif martela la vitre de Flight. Celui-ci la baissa et une tête ronde apparut, très rose et parfaitement chauve.

– Eh, ça t'amuse de... commença à dire l'inconnu qui n'acheva pas sa phrase. Ah, c'est vous, m'sieur Flight. J'avais pas reconnu votre caisse.

– Salut, Arnold, dit posément Flight sans cesser d'observer le laborieux déménagement de l'étal devant lui. Alors, ça gaze ?

– J'me tiens à carreau, m'sieur Flight.

– Tant mieux, dit Flight qui daigna enfin regarder le chauve.

Rebus n'avait jamais entendu personne prononcer ces deux mots d'un ton plus menaçant. Devant, la voie était maintenant libre.

– Continue comme ça, ajouta Flight en redémarrant.

Rebus se tourna vers lui, attendant une explication.

– Délinquant sexuel, dit Flight. Deux condamnations. Des gosses. Les psys disent qu'il n'y a plus aucun danger, mais on ne sait jamais. Pour ces trucs-là, sûr à cent pour cent, ça ne suffit pas. Ça fait quelques semaines qu'il bosse comme manutentionnaire sur ce marché. Ça lui arrive de me refiler quelques bons tuyaux. Vous savez ce que c'est.

Oui, Rebus imaginait très bien la chose. Flight tenait ce grand gaillard à sa merci. Il n'avait qu'à souffler un mot du passé d'Arnold aux commerçants du marché et celui-ci perdrait sa place, sans compter qu'il serait passé à tabac. Peut-être bien qu'il ne présentait plus aucun danger, qu'il s'était « parfaitement intégré à la société », pour parler comme les psychiatres. Il avait payé pour ses crimes et essayait de s'amender. Tout ça pour quoi ? Pour que des flics comme Flight ou Rebus (pour être parfaitement honnête) se servent de son passé pour en faire un indic.

— J'ai vingt et quelques informateurs, dit Flight. Tous du genre d'Arnold. Certains font ça pour le fric, d'autres parce qu'ils n'arrivent pas à la boucler. En livrant leurs infos à quelqu'un comme moi, ils ont l'impression d'être importants, d'être dans le secret. Dans une ville de cette taille, on est perdu sans un bon réseau d'indics.

Rebus se contenta de hocher la tête mais Flight était parti sur sa lancée.

— Par certains aspects, Londres est trop vaste pour être appréhendée. Mais, par d'autres, c'est une toute petite ville. Tout le monde connaît tout le monde. Il y a la rive nord et la rive sud, bien entendu. C'est comme deux pays différents. Mais cette ville se divise en petits quartiers, avec un code d'honneur, et toujours les mêmes visages : je me fais parfois l'effet d'un bobby de campagne en train d'arpenter les ruelles de son village à bicyclette.

Comme Flight se tournait vers lui, Rebus hocha de nouveau la tête. Il était en train de penser : Nous y voilà ! C'est toujours la même histoire : Londres est plus grande, plus dure, plus intéressante, plus coriace, meilleure que toutes les autres villes. Il connaissait le refrain, il l'avait entendu de la part de types de Scotland Yard croisés en formation ou de personnes qui avaient fait un tour à Londres. Flight ne lui avait pas paru ce genre-là, mais en fait tout le monde l'était. Lui-même, ne lui était-il pas arrivé par le passé d'exagérer les problèmes auxquels devait faire face la police d'Édimbourg, histoire de paraître plus important et plus redoutable aux yeux de quelqu'un d'autre ?

Les faits n'en demeuraient pas moins. Le travail de la police était avant tout affaire de paperasse, d'ordinateurs et de témoins prêts à vous livrer la vérité.

– On y est presque, annonça Flight. C'est la troisième à gauche.

Située en pleine zone industrielle, Killmore Road était forcément déserte en pleine nuit. Elle se nichait dans un labyrinthe de ruelles, à deux cents mètres d'une station de métro. Rebus s'était toujours imaginé les stations de métro comme des endroits grouillants, situés dans des lieux passants, alors que celle-ci débouchait dans une petite rue étroite, loin des commerces, des bus et des trains de banlieue.

– Je n'y comprends rien, dit-il.

Flight se contenta de hausser les épaules en secouant la tête.

Quiconque sortait de la station à la nuit tombée devait affronter un trajet solitaire parmi les rues désertes, sous des fenêtres garnies de voilages derrière lesquelles la télé retentissait à tue-tête. Flight lui montra que les gens avaient l'habitude de couper à travers la zone industrielle et l'espace vert situé au-delà. Une pelouse morne, avec une seule cage de foot et deux cônes orange en guise de deuxième but. De l'autre côté du terrain, on apercevait trois tours et quelques habitations individuelles. Dont le pavillon des parents de May Jessop, vers lequel celle-ci se dirigeait le funeste soir. Âgée de dix-neuf ans, elle avait un bon travail qui la retenait souvent tard au bureau. Raison pour laquelle ses parents n'avaient commencé à s'inquiéter que vers dix heures. Une heure plus tard, on frappait à leur porte. Le père s'était précipité pour ouvrir, soulagé, mais c'était un policier venu leur annoncer qu'on avait retrouvé le cadavre de May.

Et rebelote. Aucun lien ne semblait exister entre les victimes, aucune constante géographique mis à part le fait que tous les meurtres avaient été commis rive nord. Un détail souligné par Flight, qui voulait parler de la rive nord de la Tamise. Quel point commun entre une prostituée, une chef de bureau et une vendeuse ? Rebus n'en avait pas la moindre idée.

Le troisième meurtre avait été commis plus à l'ouest, à North Kensington. Le cadavre ayant été retrouvé près d'une ligne de chemin de fer, la police des transports s'était chargée de l'enquête dans un premier temps. La victime était une certaine Shelley Richards – quarante et un ans, célibataire, au chômage. Jusqu'ici, la seule victime de couleur. Tandis qu'ils traversaient Notting Hill, Ladbroke Grove et « North Ken' » (comme disait Flight), Rebus eut un aperçu général des choses qui ne laissa pas de l'étonner. Une avenue bordée de somptueuses demeures débouchait soudain dans une rue sordide jonchée d'ordures, avec des immeubles condamnés et des clochards allongés sur les bancs. Riches et pauvres vivaient quasiment joue contre bajoue. Une situation impensable à Édimbourg, où certaines frontières étaient respectées. C'était vraiment étonnant. Comme disait Flight : « Les émeutes raciales d'un côté, les diplomates de l'autre. »

De toutes les victimes, Shelley Richards était morte dans l'endroit le plus isolé, le plus misérable. Rebus descendit maladroitement l'accotement de la voie ferrée, se hissa par-dessus le mur en brique et se laissa tomber par terre. Il avait de la mousse plein son pantalon. Il le frotta, sans grand résultat. Pour retrouver Flight qui l'attendait à la voiture, il dut passer sous un pont ferroviaire. Veillant à éviter les flaques d'eau et les ordures, ses pas résonnant, il s'arrêta et tendit l'oreille. Une sorte de sifflement se faisait entendre tout autour, comme si le pont en était rendu à son dernier souffle. Levant les yeux, il aperçut des pigeons, immobiles sur les poutres de la voûte. C'était leur roucoulement qu'il entendait, rien à voir avec un sifflement. Soudain, il y eut comme un grondement de tonnerre quand un train passa au-dessus, et les pigeons déployèrent leurs ailes, voletant tout autour de lui. Il frissonna et ressortit dans la lumière.

Après cela, ils se rendirent enfin à la salle des homicides. En fait, il s'agissait de plusieurs pièces qui occupaient presque la totalité du dernier étage. Quand ils pénétrèrent dans la plus grande salle, Rebus aperçut une bonne vingtaine de personnes en plein travail. Peu de différence avec les enquêtes pour meurtre telles qu'on les pratiquait aux quatre coins du pays. Des policiers au téléphone ou à l'ordinateur. Le petit personnel se déplaçant d'un bureau à un autre, distribuant un flot inépuisable de paperasse. Dans un coin, une photocopieuse crachait sans cesse des feuilles tandis que deux livreurs poussaient un meuble de rangement à cinq tiroirs pour l'installer à côté de trois autres déjà disposés contre un mur. Sur un autre mur était affiché un plan détaillé de Londres, où étaient signalés les emplacements des quatre meurtres. Pour chacun, un ruban adhésif de couleur indiquait l'endroit du mur où l'on avait punaisé les photos, renseignements et observations diverses s'y rapportant. Le peu de place qui restait était dévolu aux listes de service et aux points sur la situation de l'enquête. Malgré le vernis d'efficacité, les visages en disaient long : tout le monde avait beau se démener, chacun s'en remettait au coup de pouce du destin.

Flight se mit immédiatement au diapason, mitraillant ses subalternes de questions. Comment s'est passée la réunion ? Du nouveau du côté de Lambeth ? (Il expliqua à Rebus que le laboratoire de police scientifique y était installé.) De nouveaux éléments concernant le meurtre de la veille ? Que donnait l'enquête de voisinage ? Bon sang, y avait-il quelqu'un qui soit au courant de *quelque chose* ?

On haussait les épaules, on secouait la tête. Tous se contentaient de faire leur boulot machinalement, en attendant le fameux coup de pouce. Et si ça n'arrivait jamais ? Rebus avait une réponse toute faite : la chance, ça se provoquait.

Une salle attenante, plus petite, servait de centre de liaison, pour que la salle des homicides soit tenue au courant des progrès de l'enquête. Au-delà, se trouvaient deux autres pièces encore plus petites, comprenant chacune trois bureaux. Le sanctuaire des officiers supérieurs.

– Asseyez-vous, lui dit Flight qui décrocha son téléphone et composa un numéro. (En attendant qu'on lui réponde, il fixa en plissant le front la pile de quinze centimètres de documents accumulés au fil de la matinée dans le bac des en-cours.) Allô ? Gino ? C'est George Flight. Je peux commander des sandwichs ? Salami-salade, dit-il en interrogeant Rebus du regard.

Sur du pain complet, Gino. Tu peux en mettre quatre. Merci.

Il coupa la communication et composa cette fois un numéro à quatre chiffres – un appel en interne.

– Gino a un café au coin de la rue, expliqua-t-il à Rebus. Il fait des sandwichs sensationnels, et il livre... Oui, pardon. Inspecteur Flight à l'appareil. On pourrait avoir du thé ? Une bonne théière devrait faire l'affaire. On est dans notre bureau. Vous avez du lait frais aujourd'hui, ou bien c'est la saloperie en poudre ? Génial, merci. (Il reposa le combiné et écarta les mains, comme si un tour de magie venait de se produire.) C'est votre jour de chance, John. Du lait frais, pour une fois.

– Et maintenant ?

Flight plaqua sa main sur la pile de paperasse.

– Vous pourriez toujours vous taper ça, pour vous tenir au courant de l'enquête.

– Lire tout ça ne servira à rien.

– Au contraire, rétorqua Flight. Ça sert à répondre aux questions embarrassantes de la hiérarchie. Quelle taille mesurait la victime ? De quelle couleur étaient ses cheveux ? Qui l'a retrouvée ? Où ?

– Elle mesurait un mètre soixante-cinq et elle avait les cheveux bruns. Quant à savoir qui l'a retrouvée, je m'en contrefiche.

Flight rigola mais Rebus disait ça sérieusement.

– Les assassins n'apparaissent pas juste comme ça, poursuivit ce dernier. Un tueur en série ça se crée, et ça prend du temps. Ce type a mis des années à devenir ce qu'il est. Qu'a-t-il fait pendant tout ce temps ? Il se peut qu'on ait affaire à un solitaire, mais il a certainement un boulot, peut-être même une femme et des enfants. Il y a forcément *quelqu'un* qui sait quelque chose. Sa femme se demande peut-être où il disparaît la nuit, comment il s'est débrouillé pour avoir du sang sur ses chaussures, où est passé son couteau de cuisine.

Flight tendit de nouveau les mains, un geste d'apaisement cette fois. Rebus se rendit compte qu'il avait un peu trop haussé le ton.

– C'est bon, dit Flight. Calmez-vous un peu. D'abord, quand vous vous emportez comme ça, je ne comprends quasiment plus rien. Mais je vois ce que vous voulez dire. Alors, vous suggérez qu'on fasse quoi ?

– Du battage. On a besoin de l'aide du public. Du moindre renseignement.

– On reçoit déjà des dizaines d'appels par jour. Des dénonciations anonymes, des aveux fantaisistes, des règlements de comptes entre voisins, de vieilles rancunes, et même peut-être quelques soupçons fondés. On vérifie tout. Et les médias sont avec nous. Le superintendant va faire une dizaine d'interviews aujourd'hui. Les journaux, les magazines, la radio, la télé. On leur donne ce qu'on peut et on leur demande de diffuser l'information. On a la meilleure chargée de relations presse de tout le Royaume-Uni, qui se plie en quatre jour et nuit pour que le public soit bien conscient du problème.

On frappa à la porte qui était ouverte et une policière entra avec un plateau qu'elle posa sur le bureau de Flight.

– Je fais la maîtresse de maison, d'accord ? dit Flight en versant du thé dans deux tasses blanches toutes simples.

– Comment s'appelle votre chargée de relations presse ? demanda Rebus.

Lui-même en connaissait une. La meilleure, elle

aussi. Mais elle n'était pas basée à Londres, elle bossait à Édimbourg...

– Cath Farraday, répondit Flight. L'inspecteur Cath Farraday. (Il huma le lait avant d'en verser dans sa tasse.) Si vous restez assez longtemps, vous ferez sa connaissance. Vous verrez, c'est un vrai canon, notre Cath. Si elle m'entendait, elle se ferait servir ma tête sur un plateau !

L'Anglais gloussa.

– Avec de la salade en accompagnement ! annonça une voix derrière la porte.

Flight sursauta, renversa du thé sur sa chemise et se leva précipitamment. La porte s'ouvrit largement, dévoilant une blonde platine qui se tenait contre le chambranle, les bras et les jambes négligemment croisés. Rebus eut le regard attiré par ses yeux, étirés comme ceux d'un chat. Tout son visage paraissait allongé. Ses lèvres fines étaient rehaussées d'un trait de rouge éclatant. Ses cheveux, qui avaient quelque chose de dur et de métallique, reflétaient l'ensemble de sa personnalité. Elle avait quelques années de plus que Flight et Rebus. C'était moins le vieillissement qui l'avait flétrie que l'abus de maquillage. Ses traits étaient ridés et bouffis. Pour sa part, Rebus n'aimait pas les femmes trop maquillées, mais beaucoup d'hommes ne partageaient pas cet avis.

– Salut, Cath, dit Flight en s'efforçant de retrouver un semblant de contenance. Justement, on...

– Je sais, vous parliez de moi, dit-elle en décroisant les bras. (Elle s'avança et tendit la main à Rebus.) Vous devez être l'inspecteur Rebus. J'ai beaucoup entendu parler de vous.

– Ah bon ? fit Rebus en se tournant vers Flight.

Mais celui-ci n'avait d'yeux que pour Cath Farraday.

– J'espère que George vous traite convenablement.

– J'ai connu pire, dit Rebus avec un haussement d'épaules.

Elle prit un regard encore plus félin.

– Je veux bien le croire. Mais, dit-elle en baissant la voix, soyez sur vos gardes, inspecteur. Tout le monde n'est pas aussi gentil que George. Ça vous ferait quoi si quelqu'un de Londres venait soudain mettre son nez dans vos enquêtes ?

– Cath, intervint Flight. Pas la peine de...

Elle le fit taire d'un geste.

– Une mise en garde amicale, George. Entre inspecteurs. Il faut bien qu'on se serre les coudes, n'est-ce pas ? (Elle consulta sa montre.) Je dois filer. J'ai rendez-vous avec Pearson dans cinq minutes. Ravie d'avoir fait votre connaissance, inspecteur. Salut, George.

Et elle s'en alla, laissant derrière elle la porte grande ouverte et une forte odeur de parfum. Les deux hommes restèrent silencieux un instant. Rebus fut le premier à s'exprimer.

– Vous avez bien dit un super canon, c'est ça ? Rappelez-moi de toujours refuser quand vous aurez des copines à me présenter !

L'après-midi était bien entamé. Rebus se trouvait seul dans le bureau de Flight, un bloc-notes posé devant lui. Tapotant son crayon contre le bord de la table, comme une baguette de tambour, il fixait la feuille sur laquelle il n'avait inscrit que deux noms.

Dr Anthony Morrison. Tommy Watkiss.

Des personnes qu'il souhaitait rencontrer. Il tira un

trait sous lequel il ajouta deux noms : Rhona. Samantha. Deux autres personnes à voir, mais pour des raisons personnelles.

Flight était en réunion avec l'inspecteur en chef Laine à un autre étage. Rebus n'avait pas été convié. Il prit le dernier quart de son sandwich au salami mais se ravisa et le jeta dans la poubelle en métal. Trop salé. Et puis, le salami ça n'était pas de la vraie viande. Il avait très envie d'une tasse de thé. Il avait cru voir Flight composer le 1818 pour en commander mais jugea préférable de ne pas s'y risquer. Inutile de passer pour un imbécile, hein ? Et si, manque de bol, il tombait sur le superintendant Pearson...

Une mise en garde amicale. Le conseil n'était pas tombé dans l'oreille d'un sourd. Il arracha la feuille avec les noms, la roula en boule et la balança à son tour dans la poubelle, puis se leva et se dirigea vers la salle principale. Il se disait qu'il devait faire quelque chose, ou du moins en *donner l'impression*. On était venu le chercher à plus de six cents kilomètres pour s'adjoindre sa collaboration. Mais il avait beau retourner les choses, il ne voyait aucune faille dans leur enquête. Ils faisaient tout leur possible, sans résultat. Lui-même ne représentait qu'une carte supplémentaire. Une chance de plus de provoquer le fameux coup de pouce du destin.

Il étudiait la carte affichée au mur quand une voix se fit entendre dans son dos.

– Monsieur ?

Il se retourna. Un des enquêteurs de la salle des homicides s'était approché.

– Oui ?

– Il y a quelqu'un qui souhaite vous voir, monsieur.

– Moi ?

– C'est-à-dire que vous êtes le seul responsable présent, monsieur.

– Qui est-ce ? demanda-t-il après un temps de réflexion.

Le type consulta le papier qu'il tenait à la main.

– Un certain Dr Frazer, monsieur.

– Bon, dit Rebus en retournant vers le bureau confiné. Donnez-moi une minute avant de faire entrer cette personne. (Il s'arrêta sur le seuil.) Ah oui... Vous serez aimable de nous apporter du thé, d'accord ?

– Bien, monsieur.

Il attendit que Rebus quitte la pièce pour se retourner vers ses collègues qui le fixaient en souriant.

– Ces connards d'Écossais se croient tout permis ! lança-t-il, assez fort pour que tout le monde l'entende. Rappelez-moi de pisser un coup dans la théière !

Le Dr Frazer était en fait une femme. Une femme charmante, qui plus est, à tel point que Rebus se leva à moitié pour l'accueillir.

– Inspecteur Rebus ?

– Lui-même. Docteur Frazer, je présume ?

– Oui, dit-elle en dévoilant une rangée de dents parfaites. Mais il vaut mieux que je vous explique.

Rebus l'invita à s'asseoir et la dévisagea en opinant du bonnet. Il la fixait droit dans les yeux de peur que son regard ne glisse vers ses jambes fines et bronzées, à l'endroit où sa jupe crème s'arrêtait, quelques centimètres au-dessus du genou, épousant ses cuisses. Il l'avait jaugée d'un rapide coup d'œil. Grande, presque de la même taille que lui. Corps souple, longues jambes nues. Veste et jupe assorties, chemisier blanc agrémenté d'un simple rang de perles. Une légère et charmante cicatrice au cou. Le teint hâlé, sans maquillage. La mâchoire carrée. Des cheveux noirs et raides, retenus par un bandeau noir, qui lui tombaient sur une épaule. Elle avait apporté un cartable noir qui reposait sur ses genoux. Elle en tripotait les poignées tout en s'exprimant.

– Je ne suis pas médecin, expliqua-t-elle. (Rebus marqua une légère surprise.) Je suis docteur en vertu de mon doctorat. J'enseigne la psychologie à University College.

– Et vous êtes américaine.

– Canadienne, en fait.

Oui, il aurait dû s'en douter. Son accent était marqué de douces intonations, très peu caractéristiques de la manière de s'exprimer des Américains. Et sa voix était moins nasillarde que celle des touristes qu'on croisait dans Princes Street en train de photographier le Scott Monument.

– Désolé, dit-il. Qu'est-ce que je peux faire pour vous, docteur Frazer ?

– Eh bien, j'ai eu quelqu'un au téléphone ce matin et j'ai expliqué à cette personne que je m'intéressais à l'enquête sur le Loup-Garou.

Rebus comprenait mieux. Une cinglée de plus avec sa petite idée sur le Loup-Garou : voilà ce qu'on avait pensé en salle des homicides. On avait donc eu l'idée de lui faire une petite farce, de lui concocter un rendez-vous à son insu. Mis au parfum, Flight s'était éclipsé. Eh bien, l'arroseur se trouvait arrosé ! Rebus avait toujours du temps à consacrer à une jolie femme, cinglée ou non. Après tout, qu'avait-il de mieux à faire ?

– Allez-y, dit-il.

– Je souhaite établir un profil du Loup-Garou.

– Un profil ?

– Un profil psychologique. Une sorte de portrait-robot, mais psychologique. J'ai fait des recherches sur le profilage criminologique et il me semble que je pourrais me servir de critères similaires pour vous aider à mieux cerner la personnalité de l'assassin. (Elle marqua une pause.) Qu'en pensez-vous ?

– Je me demande ce que vous avez à y gagner, docteur Frazer.

– Peut-être que je fais simplement preuve d'esprit civique, dit-elle en souriant, fixant ses genoux. À vrai dire, je cherche à valider mes méthodes. Pour l'instant, je me suis contentée de reprendre de vieilles enquêtes de police. Mais j'ai envie de m'attaquer à quelque chose de concret.

Rebus se cala dans son fauteuil et prit un stylo qu'il fit semblant d'examiner. Quand il releva les yeux, il vit que le Dr Frazer l'observait. Après tout, elle était psychologue. Il posa le stylo.

– Ce n'est pas un jeu, dit-il. Et vous n'êtes pas dans un amphithéâtre. Quatre femmes ont été assassinées, un maniaque rôde quelque part, et on a déjà fort à faire avec les informations et les fausses pistes qu'il nous faut recouper. Pourquoi devrait-on vous consacrer du temps, docteur Frazer ?

Elle piqua un fard, ses pommettes virant au rouge vif. Apparemment, elle n'avait pas de réponse toute faite. N'ayant rien à ajouter, Rebus resta muet lui aussi. Il avait la bouche toute sèche et irritée, la gorge comme tapissée de résine. Et le thé, alors ?

Le Dr Frazer finit par s'exprimer.

– Je demande juste de pouvoir consulter le dossier.

Rebus dénicha un reste de sarcasme.

– C'est *tout* ? fit-il en tapotant la pile de paperasse dans le bac des en-cours. Pas de problème, alors, mais ça va vous prendre deux mois.

Ignorant son ton railleur, elle fouilla dans son cartable et en sortit une chemise orange.

– Tenez, dit-elle d'un ton glacial. Vous n'avez qu'à lire ceci. Ça ne vous prendra pas plus de vingt minutes. C'est le profil que j'ai rédigé sur un tueur en série américain. Si vous n'y trouvez rien de pertinent pour identifier l'assassin ou la cible suivante qu'il risquait de frapper, alors soit. Je m'en vais.

Rebus prit la chemise. Mon Dieu, songea-t-il, c'est reparti pour la psycho ! *Communiquer... Impliquer... Motiver...* La psycho, il en avait eu son compte avec le stage de formation en management. D'un autre côté, il n'avait pas envie de la voir partir. Pas question de rester seul dans son fauteuil tandis que tout le monde en salle des homicides trouverait la plaisanterie excellente. Il ouvrit la chemise et en sortit un mémoire dactylographié d'une vingtaine de pages qu'il se mit à lire. Elle l'observa, attendant peut-être ses questions. Il prit soin de bien redresser la tête pour lui cacher son double menton et de tirer les épaules en arrière pour bomber au mieux son torse pas très musclé. Ses maudits parents auraient mieux fait de l'engraisser un peu plus ! Il était resté maigre pendant sa croissance et, quand il s'était mis à grossir, il avait pris du ventre et des fesses, sans que son torse et ses bras se développent.

Fesses. Poitrine. Bras. Il avait beau se concentrer sur le texte imprimé, il n'oubliait pas le corps de cette femme présent à la périphérie de son champ visuel, juste au-dessus de la feuille. Il ne connaissait même pas son prénom, ne le connaîtrait peut-être jamais. Il plissa le front, l'air très concentré, et lut la première page en entier.

Au bout de cinq pages, son intérêt était piqué. Au bout de dix, il se disait qu'il y avait peut-être quelque chose à en tirer. Le contenu était en grande partie purement spéculatif. Sois honnête, John : beaucoup de conjectures, mais sur quelques points elle arrive à des déductions pertinentes. Il comprit à quoi cela tenait : l'esprit de Frazer ne suivait pas la même orbite que celle des enquêteurs. En revanche, tous gravitaient autour du même soleil et il arrivait parfois que leurs chemins se croisent. Et que risquait-on en lui laissant faire le profil du Loup-Garou ? Au pire, ce serait une impasse de plus. Au mieux, il jouirait peut-être d'un peu de compagnie féminine pendant son séjour londonien. Plutôt charmante, la compagnie. Ce qui lui fit penser qu'il devait appeler son ex-femme et passer la voir. Il survola la fin du document.

– Bien, fit-il en le refermant. Très intéressant.

Elle parut ravie.

– Et utile ?

Il hésita avant de répondre.

– Peut-être.

Elle ne s'en contenta pas.

– De quoi justifier qu'on me donne l'occasion de travailler sur le Loup-Garou ?

Il hocha lentement la tête, l'air méditatif, et le visage du Dr Frazer s'illumina. Rebus ne put s'empêcher de sourire à son tour. On frappa à la porte.

– Entrez !

C'était Flight, qui portait un plateau dans lequel s'était renversé du thé.

– Je crois que vous avez demandé à boire...

Rebus jubila en voyant la mine stupéfaite de l'Anglais quand celui-ci découvrit la présence de la psychologue.

– Mon Dieu ! s'exclama Flight en les dévisageant à tour de rôle, avant de chercher à se justifier. On m'a prévenu que vous étiez avec quelqu'un, John, mais on ne m'a pas dit... enfin, je veux dire... je ne savais pas...

Il se figea, bouche bée, posa le plateau et se tourna vers la jeune femme.

– Je suis l'inspecteur Flight, dit-il en lui tendant la main.

– Docteur Frazer, répondit-elle. Lisa Frazer.

Tandis qu'ils échangeaient une poignée de mains, Flight jeta un regard en coin à Rebus. Celui-ci, de plus en plus à son aise dans la capitale, lui adressa un clin d'œil malicieux.

– Nom d'une pipe...

Elle lui confia deux livres à lire. *Dans la tête d'un tueur en série* était un recueil collectif d'études rédigées par des universitaires. Y figurait notamment : « Marché conclu : les motivations chez le tueur en série », par Lisa Frazer de l'université de Londres. Lisa. Joli prénom. Par contre, aucune mention de son doctorat. L'autre ouvrage était une somme plus pesante, de la prose bien dense agrémentée de tableaux et de schémas : *Typologies du meurtre de masse*, par Gerald Q. MacNaughtie.

MacNaughtie ? C'était forcément une blague [1]. Mais

---

1. En anglais, *naughty* signifie « méchant ». (*N.d.T.*)

sur la jaquette, Rebus put lire que le professeur Mac-Naughtie, d'origine canadienne, enseignait à l'université de Columbia. Aucune indication sur la signification du Q. Il consacra la fin de la journée à feuilleter les ouvrages, avec une attention particulière pour l'article de Lisa Frazer (qu'il lut deux fois) et le chapitre que MacNaughtie consacrait à la « Typologie des mutilations ». Il but du café, du thé et deux canettes de boisson gazeuse à l'orange sans pouvoir se défaire d'un goût amer dans la bouche. Au fur et à mesure qu'il lisait cette succession d'atrocités, il eut l'impression de se salir, de devenir crasseux. Quand il se leva pour aller aux toilettes à cinq heures moins le quart, tout le monde dans la grande salle était rentré chez soi mais il n'y prêta guère attention. Il avait la tête ailleurs.

Flight, qui l'avait abandonné à lui-même une bonne partie de l'après-midi, revint à six heures.

– Ça vous dit qu'on aille s'en taper une ?

Rebus fit non de la tête.

– Qu'est-ce qui se passe ? lui demanda Flight en s'asseyant sur le bord du fauteuil.

Rebus indiqua les livres d'un geste. Flight jeta un coup d'œil à l'une des couvertures.

– Ah, fit-il. J'imagine que ce n'est pas le genre de truc qu'on lit le soir pour s'endormir.

– Pas franchement. C'est... le Mal, tout simplement.

Flight approuva.

– Mais on doit relativiser, hein, John ? Autrement, ils seraient toujours gagnants. Si tout est le comble de l'atrocité, nous ne pouvons plus faire face à la vérité et ils peuvent commettre des meurtres impunément. Et pire que des meurtres.

– Qu'est-ce qu'il y a de pire qu'un meurtre ? lui demanda Rebus en le dévisageant.

– Plein de choses. Et si je vous parlais d'un type qui viole et torture un bébé de six mois, et filme la scène pour en faire profiter des individus qui ont les mêmes penchants que lui ?

– Vous plaisantez ? dit Rebus d'une voix à peine audible.

Il savait très bien que non.

– C'est arrivé il y a trois mois. On n'a pas coincé ce monstre, mais Scotland Yard a la vidéo... et ce n'est pas la seule. Vous avez déjà vu des vidéos pornos avec des victimes de la thalidomide[1] ?

Rebus fit non de la tête, l'air abattu. Flight se pencha vers lui, leurs fronts se touchant presque.

– Ce n'est pas le moment de mollir, John. Ça ne va rien résoudre. Vous êtes à Londres, vous n'êtes plus dans les Highlands. Ici, on n'est pas en sécurité à l'étage d'un bus à impériale en pleine journée, sans parler d'un chemin de halage à la nuit tombée. Personne ne voit jamais rien. Londres vous durcit le cuir et vous rend passagèrement aveugle. Vous et moi ne pouvons pas nous permettre d'être aveuglés. Par contre, on a le droit à un verre de temps en temps. Vous venez ?

Il se leva et se frotta les mains – le sermon était terminé. Rebus hocha la tête et se leva lentement.

– Un petit verre rapide, alors, dit-il. J'ai un rendez-vous ce soir.

Un rendez-vous auquel il se rendit en métro. Le wagon était bondé. Il consulta sa montre – sept heures et demie. L'heure de pointe ne s'arrêtait-elle jamais ?

---

1. Nom d'un tranquillisant qui s'est révélé tératogène. (*N.d.T.*)

Ça sentait le vinaigre et le renfermé, et trois baladeurs peu discrets se livraient bataille par-dessus le vacarme du métro accélérant et cahotant. Aucune expression sur les visages autour de lui. Flight avait raison – la cécité temporaire. Ces gens-là se repliaient sur eux-mêmes plutôt que d'être confrontés à ce qui n'était jamais qu'un supplice monotone, propre à vous rendre claustrophobe. Rebus se sentait déprimé. Et fatigué. Mais en tant que touriste, il se devait d'en profiter. D'où le trajet en métro plutôt qu'à l'abri dans un taxi noir. En plus, on l'avait prévenu que la course revenait cher, et il avait vu sur son plan que son lieu de destination n'était qu'à un demi-centimètre d'une station.

Il prit donc le métro en s'efforçant de se fondre dans le décor, de ne pas trop fixer les mendiants et les musiciens, de ne pas se planter au beau milieu d'un couloir passant pour lire une affiche. Il eut même droit à la visite d'un clochard dans son wagon. À peine les portes refermées et la rame repartie, celui-ci se mit à délirer, mais son auditoire, sourd-muet en plus d'être aveugle, ignora splendidement son existence jusqu'à l'arrêt suivant où, découragé, il descendit d'un pas traînant sur le quai. Rebus entendit ensuite sa voix dans le wagon suivant. Une prestation stupéfiante, pas de la part du clochard mais des voyageurs. Ils s'étaient tous renfermés, refusant de s'impliquer. Agiraient-ils de même au cours d'une bagarre ? En voyant un type baraqué voler le portefeuille d'un touriste ? Oui, sans doute que oui. Ici, le bien et le mal n'existaient pas : c'était le vide moral qui inquiétait Rebus par-dessus tout.

Malgré tout, on trouvait quelques compensations. Chaque jolie femme aperçue lui rappelait Lisa Frazer. Dans un wagon bondé de la ligne Central, il se retrouva serré contre une jeune blonde. Le haut de son chemisier était dégrafé, offrant par moments à Rebus, qui était plus grand, une vue plongeante sur de belles courbes et rondeurs. Détachant les yeux de son bouquin, elle le surprit en pleine admiration. Il détourna vivement la tête mais sentit son regard glacial fixé sur sa tempe.

Tout homme est un violeur en puissance – qui avait dit ça ? *Traces de sel... morsures à...* Le métro ralentit et entra dans la station de Mile End. Son arrêt. La blonde descendit elle aussi. Il s'attarda sur le quai le temps qu'elle disparaisse, sans trop savoir ce qui le poussait à faire ça, puis remonta à la surface pour sortir à l'air libre.

Du monoxyde de carbone, à vrai dire. Les trois voies étaient encombrées dans les deux sens, à cause d'un camion qui n'arrivait pas à sortir en marche arrière par le portail d'un immeuble. Deux bobbies essayaient tant bien que mal de démêler ce nœud gordien, et, pour la première fois, Rebus remarqua que leurs grands chapeaux ronds étaient vraiment ridicules. La casquette plate de rigueur en Écosse avait meilleure allure. Sans compter qu'on avait plus de mal à les prendre comme cible aux matches de foot.

Il leur souhaita « bonne chance » en silence et se rendit dans Gideon Park, une rue qui n'avait rien d'un parc, au numéro 78, un pavillon de deux étages que l'on s'était débrouillé pour diviser en quatre appartements, à en juger par les sonnettes de la porte d'entrée. Il appuya sur le deuxième bouton en partant du bas et attendit. Une adolescente dégingandée vint lui ouvrir. Longs cheveux raides teints en noir, trois anneaux à chaque oreille. Elle lui sourit et le surprit en le serrant dans ses bras.

– Bonjour, papa.

Samantha Rebus conduisit son père dans l'étroit escalier, jusqu'à l'appartement du premier étage qu'elle partageait avec sa mère. Rebus n'était pas au bout de ses surprises : la transformation de son ex-femme était deux fois plus saisissante. Il ne l'avait jamais vue aussi resplendissante. Malgré quelques mèches grises, ses cheveux étaient coupés court, à la mode. Son teint était joliment bronzé, son regard pétillant. Ils se regardèrent sans rien dire, puis se firent rapidement la bise.

– John.

– Rhona.

Elle était en train de lire. Il jeta un coup d'œil à la couverture du livre. *La Promenade au phare*, de Virginia Woolf.

– Mon truc, c'est plutôt Tom Wolfe, dit-il.

Le salon était petit, même exigu, mais un habile jeu d'étagères et de miroirs donnait une illusion d'espace. C'était étrange de voir des objets familiers transposés dans ce petit appartement : un fauteuil, la housse d'un coussin, une lampe, des souvenirs de leur vie commune. Il fit tout de même l'éloge de la déco, déclara qu'on s'y sentait bien, et ils s'installèrent pour prendre une tasse de thé. Il avait apporté des cadeaux. Un bon d'achat chez un disquaire pour Samantha, des chocolats pour Rhona. En recevant leurs présents, elles se dévisagèrent d'un air entendu.

Deux femmes. Samantha n'avait plus rien d'une enfant. Sa façon de se mouvoir, ses gestes et son visage étaient ceux d'une adulte.

– T'as l'air en forme, Rhona.

Elle hésita, accepta le compliment.

– Merci, John, finit-elle par dire.

Il remarqua qu'elle ne lui rendait pas la politesse. La mère et la fille échangèrent encore une fois un regard complice. À force de vivre ensemble, elles semblaient avoir développé une forme de télépathie. À tel point que Rebus monopolisa une bonne part de la conversation, obligé de meubler leurs silences embarrassés.

De toute façon, cela resta très superficiel. Il leur parla d'Édimbourg et de son travail, sans trop entrer dans les détails. Pas simple : mis à part le boulot, il ne faisait pas grand-chose d'autre. Rhona lui demanda des nouvelles de leurs amis communs, et il dut expliquer qu'il ne voyait plus la vieille clique. Elle lui parla de son job d'enseignante, des prix de l'immobilier à Londres. Rien dans son ton ne semblait sous-entendre qu'il aurait pu faire un effort pour mieux loger les siens. Après tout, c'était elle qui l'avait quitté. Sans autre motif, comme elle-même l'avait reconnu, que d'avoir aimé un homme mais épousé un métier. Ensuite, Samantha évoqua sa formation en secrétariat.

– Tu veux être secrétaire ? dit-il en essayant d'avoir l'air enthousiaste.

– Je t'en ai parlé dans une lettre, répondit-elle froidement.

– Ah...

Nouveau blanc. Rebus aurait voulu s'écrier : Mais bien sûr que je lis tes lettres, Sammy ! Je les dévore ! Et je suis désolé de ne pas te répondre plus souvent, mais tu sais bien que j'écris comme un pied, que ça me demande beaucoup d'efforts, que je manque de temps et d'énergie. Tellement d'enquêtes à résoudre, de gens qui comptent sur moi.

Mais il garda tout ça pour lui. Bien entendu. Non,

ils continuèrent à jouer la comédie. Échanger des politesses dans un salon minuscule, à deux pas de Bow Road. On aurait tant de choses à se dire mais on ne se dit rien. Insupportable. Totalement insupportable. Rebus posa les mains sur ses genoux, les doigts écartés, prêt à se lever, avec cet air indécis de celui qui s'apprête à prendre congé. Eh bien, ravi de vous avoir revues mais j'ai mon hôtel qui m'attend avec ses draps propres, son distributeur automatique de glaçons et sa machine à cirer les pompes.

Soudain, la sonnette retentit. Deux coups brefs, deux longs. Samantha bondit vers l'escalier. Rhona sourit.

– Kenny, expliqua-t-elle.

– Ah oui ?

– Son ami du moment.

Rebus hocha lentement la tête – le père compréhensif. Sammy avait seize ans. Elle avait arrêté l'école pour suivre une formation de secrétaire. Pas un « copain », un « ami ».

– Et toi, Rhona ?

Elle ouvrit la bouche, prête à lui répondre, mais la referma en entendant la cavalcade dans l'escalier. Les joues rouges, Samantha revint dans la pièce en tenant son « ami » par la main. Par réflexe, Rebus se leva.

– Papa, voici Kenny.

Ledit Kenny portait un blouson et un pantalon de cuir noir, avec des bottes qui lui montaient presque jusqu'aux genoux. Ses semelles couinaient à chaque pas. De sa main libre, il tenait un casque de motard par la mentonnière, dans lequel était fourrée une paire de gants noirs. Deux doigts en cuir ressortaient, comme pointés sur Rebus. Kenny détacha sa main de celle de Samantha et la tendit au père de la jeune fille.

– Salut !

La voix grave et confiante, le ton brusque. Des cheveux noirs et plats, avec une vague raie au milieu, quelques cicatrices d'acné sur les joues, une barbe de deux jours. Rebus serra la main tiède, sans grand enthousiasme.

– Salut, Kenny, lui dit Rhona. Kenny est coursier, précisa-t-elle à l'intention de Rebus.

– Ah oui ? fit Rebus en se rasseyant.

– Et ouais ! lança Kenny, très satisfait. (Il adressa un clin d'œil à Rhona.) Tu sais, aujourd'hui, je me suis fait un joli pactole !

Elle lui sourit chaleureusement. Ce jeune homme, ce garçon de dix-huit et quelques années (tellement plus âgé, plus expérimenté que Samantha) avait visiblement su charmer la mère aussi bien que la fille. Il se tourna vers Rebus, l'air toujours rayonnant.

– Les bons jours, je me fais cent livres. C'est vrai qu'on a connu encore mieux, au moment du Big Bang[1]. Avec toutes ces nouvelles boîtes qui étalaient leur pognon. Tout de même, il y a de quoi s'en mettre plein les poches, pour quelqu'un de rapide et sérieux. J'ai beaucoup de clients qui me réclament personnellement. Ça prouve que je fais mon trou.

Il prit place sur le canapé, à côté de Samantha, et attendit, comme tout le monde, la réaction de Rebus.

Celui-ci savait ce qu'on attendait de lui. Kenny venait de lui lancer un défi et le message était clair : maintenant, on va voir si tu oses me prendre de haut ! Que voulait ce gamin, au juste ? Qu'on lui flatte l'ego ?

---

1. Surnom donné à la réforme des marchés financiers londoniens en 1986. (*N.d.T.*)

La permission de déflorer sa fille ? Des tuyaux pour éviter les radars ? Quoi qu'il en soit, Rebus n'était pas prêt à dire « pouce ».

– Ça ne doit pas être très bon pour tes poumons, se contenta-t-il de dire. Tous ces gaz d'échappement.

Kenny parut décontenancé par le tour que prenait la conversation.

– Je me tiens en forme, répondit-il, l'air vaguement piqué.

Tant mieux, songea Rebus. Je vais me farcir ce petit con. Il sentait que Rhona le fixait d'un regard perçant, lui intimant de le laisser tranquille. Mais il garda son attention sur Kenny.

– Il doit y avoir de sacrées opportunités pour un garçon comme toi.

Kenny retrouva aussitôt le sourire.

– Ouais, fit-il. Je pourrais même monter ma boîte. Faut juste...

Il se tut, notant un peu tardivement l'emploi du mot « garçon », comme s'il portait toujours le bermuda et la casquette de son uniforme scolaire. Mais c'était trop tard pour reprendre Rebus, beaucoup trop tard. Il fallait continuer, alors que ses projets ressemblaient maintenant à des chimères et à des fantasmes de cour de récré. Ce flic avait beau débarquer d'Écosse, il savait manœuvrer comme un vieux briscard de l'East End. Il faudrait faire gaffe où il mettrait les pieds. Et qu'est-ce qu'il leur sortait maintenant, l'Écossais ? Ce branleur ringard et mal fagoté, avec ses fringues dignes de Monsieur C&A, évoquait, de son air bourru, une épicerie de son enfance. Rebus y avait travaillé un temps comme livreur (il expliqua qu'en Écosse on disait « faire ses commissions » plutôt que « faire ses courses »). Il avait un gros vélo noir, avec une plaque métallique fixée devant le guidon. Le carton posé dessus, il partait faire ses livraisons.

– J'avais l'impression d'être riche, dit Rebus dont l'histoire devait bien avoir une chute. Mais quand j'ai voulu gagner plus, on n'avait rien de mieux à m'offrir. J'ai dû attendre de grandir et d'avoir un vrai boulot, mais j'adorais me trimballer sur ce vélo, livrer les personnes âgées et faire des commissions à droite et à gauche. Parfois même je récoltais un pourboire, un fruit ou un pot de confiture.

La pièce était silencieuse. Dehors, une sirène de police passa à toute allure. Rebus se cala dans son fauteuil et croisa les bras, affichant un sourire nostalgique. Soudain, Kenny comprit : *ce vieux ringard faisait un parallèle entre eux !* Il écarquilla les yeux. Tout le monde avait saisi : Rhona, Samantha. Il était à deux doigts de se mettre debout pour buter le flic, peu importe que ce soit le père de Sam. Mais il se retint et l'envie lui passa. Rhona se leva sous prétexte de refaire du thé et le vieux con fit de même, en expliquant qu'il devait y aller.

Tout s'était passé tellement vite. Kenny en était toujours à débrouiller l'anecdote, et Rebus s'en rendait bien compte. Ce petit cancre minable se demandait à quel point il avait voulu le moucher. Rebus pouvait lui donner la réponse : juste assez pour faire bonne mesure. Rhona était furieuse, bien entendu, et Samantha avait l'air gêné. Qu'ils aillent tous se faire voir ! Il s'était acquitté de son devoir, leur avait payé sa visite de courtoisie. Il ne comptait plus les déranger. Libre à elles de croupir dans leur appart' minuscule, pour y recevoir... cet « ami », cette parodie d'adulte.

Rebus avait mieux à faire. Des livres à lire. Des notes à rédiger. La journée du lendemain promettait d'être chargée. Le temps qu'il rentre à son hôtel, il serait onze heures. Se coucher tôt, voilà ce dont il avait besoin. En deux jours, il n'avait dormi que huit heures. Pas étonnant qu'il soit d'humeur irritable, qu'il cherche la bagarre.

Il fut pris d'un remords. Kenny était une cible trop facile. Il venait d'écraser une mouche sous une montagne d'amertume. D'amertume, John, ou de jalousie ? Ce n'était pas la question à poser à un homme épuisé. Un homme de la trempe d'un John Rebus. Demain. Demain, il obtiendrait peut-être quelques réponses. Maintenant qu'on l'avait fait venir à Londres, il était décidé à justifier la dépense. Demain, sa mission commençait pour de bon.

Il serra la main de Kenny et lui adressa un début de clin d'œil, d'homme à homme, avant de quitter l'appartement. Rhona proposa de le raccompagner jusqu'à la porte. Ils sortirent dans le vestibule, laissant Sammy et Kenny derrière la porte fermée du salon.

– C'est bon, se pressa de dire Rebus. Je connais le chemin.

Il se précipita dans l'escalier, histoire de s'épargner une scène avec Rhona. À quoi bon ?

– Tu ferais bien d'aller voir ce que fait le jeune don Juan ! lui lança-t-il, ne pouvant retenir une dernière pique.

Une fois dans la rue, il se souvint que Rhona aimait les amants jeunes. Et si... Non, cette pensée n'était pas digne de lui.

– Je vous demande pardon, mon Dieu... murmura-t-il en filant d'un pas résolu vers le métro.

Quelque chose ne tourne pas rond. Après le premier meurtre, elle avait éprouvé de l'horreur, de la culpabilité, du remords. Elle avait imploré la miséricorde. Promis, elle ne tuerait plus.

Au bout d'un mois, n'ayant pas été démasquée, l'espoir était revenu, et la faim. Elle avait donc tué à nouveau. Ce qui avait assouvi sa faim un mois de plus, et ainsi de suite. Mais cette fois, vingt-quatre heures après le quatrième meurtre, la pulsion est de retour. Une envie plus forte et plus précise que jamais. Et elle est certaine de ne pas se faire prendre. Malgré tout, c'est dangereux. La police est en pleine traque. Trop peu de temps s'est écoulé. Le public reste sur ses gardes. En tuant tout de suite, elle romprait sa régularité involontaire, ce qui fournirait peut-être à son insu un indice à la police.

Il n'y a qu'une seule solution. C'est une imprudence, elle en est consciente. Elle n'est pas chez elle, à proprement parler. Mais c'est plus fort qu'elle. Elle déverrouille la porte et pénètre dans la galerie. Sa dernière victime se trouve par terre, ligotée. Celle-ci, elle va la conserver. Faire en sorte que la police ne mette pas la main dessus. D'ailleurs, ça lui permettra de faire durer le plaisir, d'avoir plus de temps pour jouer. Oui, c'est la solution. Cette tanière convient parfaitement. Aucune crainte de se faire surprendre. Il s'agit d'un domicile privé, non plus d'un lieu public. Plus aucune crainte. Elle fait le tour du corps, ravie de son silence. Puis elle colle son œil contre le viseur de l'appareil photo.

– Un sourire, s'il vous plaît, dit-elle en mitraillant jusqu'à ce que la pellicule soit terminée.

101

Une idée lui vient. Elle met une nouvelle pellicule et photographie un des tableaux, un paysage. C'est celui-ci qu'elle découpera, dès qu'elle aura fini de s'amuser avec son nouveau jouet. Comme ça, elle en conservera la trace. Une trace permanente. Elle observe le cliché en train de se développer et se met soudain à le griffer. Les couleurs se mélangent, deviennent un méli-mélo chimique sans motif. Voilà qui n'aurait pas du tout plu à sa mère.

– Salope, siffle-t-elle en se détournant du mur aux tableaux.

Son visage est déformé par le ressentiment et la colère. Elle s'empare d'une paire de ciseaux et retourne à son jouet, s'agenouille devant, empoigne la tête et approche les ciseaux du visage, s'arrêtant à un centimètre du nez.

– Salope, répète-t-elle en donnant un coup de ciseau délicat à une narine, d'une main tremblante. Comme c'est laid d'avoir du poil au nez ! gémit-elle. Comme c'est laid !

Elle se redresse enfin et se dirige vers le mur opposé, attrape une bombe aérosol et l'agite nerveusement. Ce mur – elle l'appelle son mur dionysiaque – est couvert de slogans à la peinture noire : À MORT L'ART. TUER EST UN ART. LA LOI MON CUL. J'EMMERDE LES RICHES. J'ENCULE LES PAUVRES. Elle cherche quelque chose d'autre à dire, qui en vaille la peine car il y a de moins en moins de place. Elle brandit la bombe et écrit d'un geste rapide.

– L'art c'est ça, dit-elle en jetant un regard derrière elle, au mur couvert de tableaux. De l'art, putain ! Un art de merde !

Remarquant que la poupée entrouvre les yeux, elle se jette par terre, à un ou deux centimètres de ces yeux qui se referment aussitôt, les paupières serrées très fort. Précautionneusement, elle utilise ses deux mains pour les rouvrir. Les deux visages sont très proches l'un de l'autre, comme dans l'intimité. C'est un moment toujours *très* intime. Sa respiration s'accélère. Comme celle de la poupée, dont la bouche est gênée par le scotch. Elle a aussi les narines qui frétillent.

– L'art pute ! siffle-t-elle en fixant la poupée. L'art pute !

Elle a repris ses ciseaux et enfonce une lame dans la narine gauche de la poupée.

– Comme c'est laid d'avoir du poil au nez. Surtout pour un gentleman, Johnny. Comme c'est laid !

Elle se tait, comme pour tendre l'oreille ou réfléchir à cette affirmation. Puis elle hoche la tête.

– Très juste, dit-elle en souriant. Très juste.

Un morceau à se mettre sous la dent

Rebus fut réveillé par le téléphone. Il eut du mal à trouver l'appareil, avant de s'apercevoir qu'il était fixé au mur, à droite de la tête de lit. Décrochant maladroitement le combiné, il s'assit.

– Allô ?

– Inspecteur Rebus ?

Une voix pleine d'entrain, qu'il ne reconnaissait pas. Il prit sa montre (plus exactement celle de son père) sur la table de nuit et déchiffra l'heure derrière le verre très éraflé. Sept heures et quart.

– Je vous réveille ? Désolée. C'est Lisa Frazer.

Rebus s'anima soudain. Tout du moins sa voix. Il était toujours assis dans son lit, dans le coaltar, et se surprit à dire d'un ton enjoué :

– Bonjour, docteur Frazer ! Qu'est-ce que je peux faire pour vous ?

– J'ai étudié les documents que vous m'avez confiés sur l'enquête du Loup-Garou. Pour tout vous avouer, j'y ai passé une bonne partie de la nuit. J'étais tellement excitée que je n'arrivais pas à dormir. J'ai rédigé quelques observations.

Rebus tâta les draps encore chauds. À quand remontait sa dernière nuit avec une femme ? Sa dernière nuit suivie d'un réveil sans remords ?

– Je vois, dit-il.

L'éclat de rire du Dr Frazer lui fit l'effet d'un jet d'eau fraîche.

– Je suis vraiment désolée, inspecteur ! Je sens bien que je vous ai réveillé. Je vous rappellerai plus tard.

– Non, non. Ça va, honnêtement. Je suis juste un peu surpris, c'est tout. On peut se voir pour discuter de vos observations ?

– Bien sûr.

– Sauf que je suis assez pris aujourd'hui...

Il cherchait à l'attendrir. Comme ça semblait plutôt bien engagé, il joua sa carte maîtresse.

– Et si on dînait ensemble ?

– Ce serait sympathique, répondit-elle. Où ça ?

Il se frotta la clavicule.

– Je ne sais pas. Vous connaissez Londres mieux que moi. N'oubliez pas que je suis un touriste.

Elle rigola.

– Je ne suis pas vraiment londonienne mais vous avez raison. Dans ce cas, c'est moi qui vous invite. (Son ton était décidé.) Et je connais l'endroit idéal. Je passe vous prendre à votre hôtel. Sept heures et demie, ça ira ?

– Il me tarde d'y être.

Quelle merveilleuse façon d'entamer la journée ! songea Rebus qui tapota son oreiller et se rallongea. Il venait à peine de refermer les yeux quand le téléphone sonna à nouveau.

– Allô ?

– Je suis à la réception et vous n'êtes qu'un paresseux. Dépêchez-vous de descendre pour que je puisse facturer mon petit déjeuner sur votre chambre !

Clic. Tu-tut-tut. Rebus raccrocha violemment et se leva en grognant.

– Qu'est-ce qui vous a pris si longtemps ?
– Je me suis dit qu'un client tout nu ferait mauvais effet dans la salle à manger. Vous êtes très matinal.
– Plein de choses à faire, marmonna Flight en haussant les épaules.

Rebus trouva que l'Anglais n'avait pas très bonne mine. Ses cernes et son teint pâlot ne tenaient pas simplement au manque de sommeil. Ses chairs pendouillaient, comme attirées par des aimants vers le sol. Cela dit, lui-même ne se sentait pas en grande forme. Il avait dû attraper un microbe dans le métro. Il avait la gorge un peu prise et un fichu mal de crâne. Fallait-il croire que la ville rendait malade ? Une thèse soutenue dans un des articles du livre de Lisa Frazer, où l'auteur affirmait qu'un tueur en série était le produit de son environnement. Rebus n'avait pas d'avis sur la question, mais il avait les sinus bien pris. Avait-il emporté assez de mouchoirs ?

– Des tas de choses à faire, répéta Flight.

Ils s'installèrent à une table pour deux. Il y avait peu de monde et la serveuse espagnole prit rapidement leur commande, la journée n'ayant pas encore eu le temps de l'épuiser.

– Vous comptez faire quoi aujourd'hui ?

Flight lui posait cette question pour la forme, histoire de lancer la conversation, mais Rebus avait des idées précises qu'il lui exposa.

– D'abord, j'aimerais vraiment voir ce Tommy, le mec de Maria Watkiss.

Flight sourit et fixa la table.

– Juste pour satisfaire ma curiosité, poursuivit Rebus. Et j'aimerais parler au légiste spécialisé en stomatologie, le Dr Morrison.

– Eh bien, je sais où les trouver tous les deux. Autre chose ?

– C'est à peu près tout. Je dois voir le Dr Frazer ce soir...

Flight redressa la tête et écarquilla les yeux, l'air admiratif.

– ... pour discuter du profil de l'assassin.

– Hmm.

Flight ne semblait pas très convaincu.

– J'ai parcouru ses bouquins. Je pense qu'on peut en tirer quelque chose, George.

Rebus avait hésité à l'appeler par son prénom, mais Flight ne parut pas s'en offusquer.

On leur apporta le café. Flight s'en servit une tasse, la vida d'un trait et fit claquer sa langue.

– Pas moi, dit-il.

– Pardon ?

– Je ne crois pas à ces histoires de psycho. Ça ressemble trop à du bavardage, pas assez à de la science. J'aime les choses plus tangibles. La pathologie dentaire, voilà du concret.

– Quelque chose à se mettre sous la dent, quoi... dit Rebus avec un sourire. Pardon pour le jeu de mots, mais je ne suis pas d'accord. C'est quand la dernière fois qu'un légiste a fixé précisément l'heure d'un décès ? Ils ne se mouillent jamais.

– Mais eux s'occupent de *faits*, de preuves matérielles, pas de charabia.

Rebus se cala contre le dossier de sa chaise. Flight

107

lui rappelait un personnage d'un roman de Dickens : un enseignant qui exigeait qu'on s'en tienne aux faits.

– Voyons, George, on est au vingtième siècle.

– Justement. On ne croit plus aux devins. (Il leva les yeux au ciel.) Est-ce que je me trompe ?

Rebus prit le temps de se servir un café. Ses joues le picotaient. Il devait être en train de rougir. Les discussions tendues lui faisaient toujours ça ; un léger désaccord y suffisait parfois, comme ce matin-là. Il prit soin de s'exprimer d'un ton calme et raisonnable.

– Où voulez-vous en venir ?

– Je dis simplement que le travail de la police est quelque chose de laborieux, John.

Il continue à m'appeler par mon prénom, songea Rebus. C'est toujours ça.

– Et ça marche rarement de prendre des raccourcis, poursuivit Flight. Faut pas se laisser guider par sa fourmi.

Rebus était sur le point de protester mais se rendit compte qu'il ne comprenait pas bien ce que Flight voulait dire.

– C'est de l'argot rimé, expliqua Flight en souriant. Fourmi et mite, bite. Mais bon, je vous mets simplement en garde : ce n'est pas une jolie femme qui doit biaiser votre jugement professionnel.

Rebus avait envie de se justifier mais comprit que ça ne mènerait à rien. Apparemment, Flight se contentait d'avoir pu exprimer son point de vue. En plus, il n'avait peut-être pas tort. Rebus avait-il envie de revoir le Dr Frazer pour les besoins de l'enquête ou parce qu'il s'agissait de Lisa Frazer ? Malgré tout, il voulut la défendre.

– Écoutez, dit-il, comme je vous l'ai dit, j'ai parcouru les bouquins et j'y ai pioché des trucs qui me paraissent utiles.

Flight n'avait pas l'air convaincu, ce qui poussa Rebus à insister. Dès qu'il eut ouvert la bouche, il comprit que l'Anglais venait de se jouer de lui comme il l'avait fait lui-même la veille avec le coursier. Trop tard : il était maintenant obligé de prendre la défense de Lisa Frazer et la sienne par la même occasion, alors qu'il ne sortait que des âneries à ses propres oreilles, sans parler de celles de Flight.

– On a affaire à un homme qui n'aime pas les femmes.

Flight, stupéfait, le dévisagea, comprenant mal le besoin de formuler de telles évidences.

– *Ou bien*, se pressa d'enchaîner Rebus, un homme qui s'en prend aux femmes parce qu'il est trop faible, trop craintif pour s'attaquer à un homme.

Flight marqua son assentiment d'un léger hochement de tête.

– Beaucoup de tueurs en série, poursuivit Rebus en s'emparant machinalement du couteau à beurre, sont très conservateurs... avec un petit *c*... des ambitieux qui ont échoué. Ils se sentent brimés par la classe sociale juste au-dessus d'eux et la prennent pour cible.

– Quoi ? Une prostituée, une vendeuse et une employée de bureau ? Vous voulez me faire croire qu'il s'agit du même groupe social ? Vous dites que le Loup-Garou est plus bas dans l'échelle sociale qu'une pute ? Arrêtez, John.

– C'est simplement une généralité, s'entêta Rebus qui tripotait le couteau et regrettait vivement d'avoir entamé cette conversation. Cela dit, un des tout premiers tueurs en série était un aristocrate français.

Sa voix retomba. Flight avait l'air de s'impatienter.

– Je vous rapporte simplement ce que j'ai trouvé dans ces livres, George. Peut-être s'agit-il d'éléments pertinents, sauf qu'on en sait trop peu sur le Loup-Garou pour en juger.

Flight vida une nouvelle tasse de café.

– Continuez, dit-il sans enthousiasme. On trouve quoi d'autre dans ces bouquins ?

– Certains tueurs en série ont follement envie qu'on parle d'eux...

Rebus repensa à l'assassin qui l'avait provoqué cinq ans auparavant et leur avait donné beaucoup de fil à retordre.

– ... Si le Loup-Garou prenait contact avec nous, on aurait de meilleures chances de le démasquer.

– Peut-être. Vous suggérez quoi ?

– Il me semble qu'on devrait poser quelques collets, creuser des chausse-trapes. Demander à l'inspecteur Farraday de passer quelques infos à la presse, comme quoi on soupçonne le Loup-Garou d'être homo ou travesti. Peu importe, pourvu que ça choque sa nature conservatrice. Peut-être que ça le poussera à se découvrir.

Il posa le couteau et attendit la réaction de Flight. Mais l'Anglais n'était pas du genre à se laisser bousculer. Il passa le doigt au bord de sa tasse.

– Ce n'est pas une mauvaise idée, finit-il par admettre. Mais je suis prêt à parier que vous ne l'avez pas piochée dans vos bouquins.

– Pas tout à fait, reconnut Rebus en faisant la moue.

– Ça m'aurait étonné. Bon, dit-il en se levant. On va voir ce que Cath en pense. En attendant, pour revenir au ras des pâquerettes, je crois que je peux vous emmener directement chez Tommy Watkiss. Allons-y. Au fait : merci pour le petit déjeuner.

– De rien.

Rebus sentait bien que Flight n'avait pas été convaincu par son plaidoyer, quelque peu improvisé, en faveur de la psychologie. Mais ne cherchait-il pas plutôt à se convaincre lui-même ? Qui cherchait-il à impressionner, Flight ou le Dr Lisa Frazer ?

Ils traversèrent le hall d'entrée. Rebus tenait sa mallette à la main.

– Savez-vous pourquoi on surnomme la police Old Bill ? lui demanda Flight.

Il haussa les épaules sans rien répondre.

– Certains prétendent que c'est à cause d'un monument londonien. Vous n'avez qu'à deviner lequel sur le chemin.

Et Flight poussa lourdement la porte à tambour de l'hôtel.

Rebus fut quelque peu surpris en découvrant l'édifice de l'Old Bailey. Il reconnut tout de suite le célèbre dôme, sur lequel la Justice aux yeux bandés brandissait ses attributs, mais le complexe judiciaire était pour l'essentiel un bâtiment moderne. La sécurité était le maître mot. Portiques détecteurs, sas sécurisé ne laissant entrer qu'une personne à la fois dans le corps du bâtiment, agents de sécurité un peu partout. Les vitres étaient recouvertes de ruban adhésif : en cas d'explosion, on éviterait une projection d'éclats de verre meurtriers à travers le hall. À l'intérieur, des huissiers (rien que des femmes vêtues de grandes capes noires) couraient en tout sens pour rassembler les jurés.

– Je cherche les jurés pour la quatrième chambre...

– Les jurés pour la douzième chambre, je vous prie !

Les haut-parleurs égrenaient en permanence les noms de jurés retardataires. Le monde judiciaire se mettait en branle pour une nouvelle journée. Témoins tirant sur leurs cigarettes. Avocats à la mine soucieuse, les bras chargés de dossiers, s'entretenant à voix basse avec des clients au regard éteint. Officiers de police attendant nerveusement de faire leur déposition.

– C'est ici qu'on gagne ou qu'on perd, John, lui dit Flight.

Rebus se demanda s'il faisait allusion aux salles d'audience ou à la salle des pas perdus. Les étages supérieurs étaient réservés aux bureaux administratifs, aux vestiaires et aux restaurants. Mais c'était au rez-de-chaussée qu'on jugeait les affaires. La partie la plus ancienne du bâtiment, coiffée de la coupole, se trouvait derrière des portes sur leur gauche – un lieu beaucoup plus sombre et intimidant que la galerie lumineuse où ils se tenaient. On entendait le chuintement des semelles de cuir sur le marbre, les claquements des talons et le murmure incessant des conversations.

– Allons-y, dit Flight.

Il s'approcha d'une porte, échangea quelques mots avec l'huissier et le garde, puis fit entrer Rebus dans une salle d'audience.

Alors que la pierre et le cuir noir prédominaient dans le hall, ici c'étaient les boiseries et le cuir vert. Ils prirent place sur deux fauteuils, à côté de la porte. Lamb était là, les bras croisés, toujours aussi peu souriant. Il ne les salua pas mais se pencha et chuchota :

– On le tient, ce connard.

Puis il reprit sa posture initiale.

De l'autre côté de la salle étaient installés les douze jurés, l'air déjà las, le regard vide. L'accusé se trouvait au fond, les mains posées sur la balustrade devant lui. La quarantaine, le cheveu court et bouclé, noir avec des mèches argentées, un visage comme taillé dans le roc, le col déboutonné de sa chemise en signe d'arrogance. Il était seul dans le box, sans escorte policière.

Un peu plus loin, l'avocat de la défense classait des papiers sous le regard de son assistante. C'était un homme bedonnant à la mine fatiguée, au visage gris comme ses cheveux, qui mâchonnait un Bic. Le procureur, pour sa part, avait nettement plus fière allure : grand (malgré quelques rondeurs), tenue impeccable, tout auréolé de sa fonction. Il écrivait avec un stylo-plume très chic, d'un geste théâtral, la mâchoire aussi pugnace qu'un Churchill. Avec sa perruque, il aurait eu fière allure dans une série télé !

La galerie du public surplombait la salle. On y entendait des bruits de pas. Rebus avait toujours trouvé inquiétant que n'importe qui puisse voir les jurés. Dans cette salle, le public avait une vue plongeante sur le jury, facilitant considérablement l'identification de ses membres et leur intimidation. Rebus avait traité plusieurs affaires de jurés abordés en fin de journée par un proche de l'accusé, se voyant proposer quelques billets ou un coup de poing.

L'air impérieux, le juge parcourait des documents tandis que le greffier, installé en contrebas de l'estrade, s'entretenait à voix basse au téléphone. Constatant que les débats tardaient à commencer, Rebus comprit deux choses. D'une part, le procès était déjà en cours.

D'autre part, on avait dû soumettre une question de droit au juge, sur laquelle il était penché.

– Vous avez vu ça ? dit Lamb à Flight.

Il tendit à son supérieur un tabloïd plié en quatre et tapota un article. Flight le lut rapidement, en jetant une ou deux fois un coup d'œil à Rebus, puis lui tendit le journal avec l'esquisse d'un sourire.

– Tenez, monsieur l'expert.

Rebus lut l'entrefilet qui n'était pas signé. Il y était principalement question de l'enquête sur le meurtre de Jean Cooper, qui, prétendait-il, ne progressait pas. C'est la dernière phrase qui assenait le coup de grâce : « L'équipe chargée de traquer celui qu'il convient d'appeler le Loup-Garou est désormais épaulée par un expert en tueurs en série, délégué par un service de police extérieur. »

Rebus fixait les caractères sans vraiment les distinguer. Ce n'était tout de même pas Cath Farraday qui avait... Dans ce cas, qui d'autre aurait pu mettre la presse au courant ? Il continua de fixer le journal, en sentant que Flight et Lamb l'observaient. *Lui*, un *expert* ? Ridicule ! C'était totalement faux, mais le problème n'était plus là. Maintenant, on allait exiger des résultats de sa part, quelque chose d'époustouflant. Pourtant, il savait qu'il en était incapable, et que ça lui vaudrait d'être la risée de Londres. Pas étonnant que ces deux paires d'yeux soient rivées sur lui. Aucun flic consciencieux n'aimait être supplanté par les « experts ». Rebus le premier. Tout ça était consternant.

Flight remarqua sa mine abattue et compatit avec lui. Lamb, par contre, affichait un petit sourire et se réjouissait de ses tourments.

– Je pensais bien que ça vous intéresserait, dit-il en

reprenant son journal qu'il fourra dans la poche de sa veste.

Le juge détacha enfin le regard des documents posés devant lui et s'adressa aux jurés.

– Mesdames et messieurs les jurés, concernant les poursuites engagées par la Couronne à l'encontre de M. Thomas Watkiss, on a soumis à mon attention un certain passage de la déposition du constable Mills, lequel serait susceptible de rester logé dans vos esprits et d'entamer votre objectivité.

L'homme dans le box était donc Tommy Watkiss, le mari de Maria. Rebus l'observa de plus près, en écartant l'article de son esprit. Le visage de Watkiss était d'une forme curieuse, la partie supérieure nettement plus large que les pommettes et la mâchoire, et se terminait presque en pointe. On aurait dit un vieux boxeur qui s'était disloqué la mâchoire une fois de trop. Le juge expliquait une bévue de la police. D'après la déposition de l'agent qui avait effectué l'arrestation, ses premiers mots en se retrouvant devant l'accusé avaient été : « Salut, Tommy. Quel est le problème ? » En versant ce témoignage au dossier, on faisait savoir au jury que Watkiss était connu de la police, ce qui risquait d'influencer son jugement. En conséquence de quoi, le juge ordonnait le renvoi des jurés.

– Tu les auras, Tommy ! cria quelqu'un dans le public.

Le juge coupa court à cet élan d'un regard furieux.

La voix était familière à Rebus, sans qu'il sache où il l'avait entendue. Quand la cour se leva, il s'avança de quelques pas et se retourna pour jeter un coup d'œil à l'étage. Les gens étaient debout et, au premier rang, il aperçut un jeune type vêtu de cuir, qui tenait un casque à la main et souriait à Watkiss. Il leva même le poing en signe de victoire et puis se retourna pour gravir les marches vers la sortie de la galerie. C'était Kenny, le copain de Samantha. Rebus rejoignit Flight et Lamb, qui l'observaient d'un air curieux, mais porta son attention vers le box des accusés. Watkiss affichait un profond soulagement. Alors que Lamb semblait prêt à commettre un meurtre.

– Ces putains d'Irlandais ont trop de bol ! cracha-t-il.

– Tommy n'est pas plus irlandais que toi, fit remarquer Flight d'un ton flegmatique.

L'article, la présence de Kenny, sa réaction – tout se bousculait dans la tête de Rebus.

– Il est poursuivi pour quoi ? demanda-t-il.

Le juge se retira par une porte capitonnée en cuir vert, derrière le box du jury.

– Comme d'habitude, répondit Lamb qui s'était vite calmé. Pour viol. Quand bobonne a passé l'arme à gauche, il a cherché quelqu'un d'autre pour faire le tapin. Alors il a essayé de « persuader » une fille de son quartier qu'elle pouvait se faire quelques thunes. Quand ça n'a pas marché, il a pété les plombs et l'a violée. Salopard. On attendra le nouveau procès pour lui régler son compte. Je reste convaincu qu'il a buté sa femme.

– Alors, trouve-moi des preuves, lui dit Flight. En attendant, je connais un flic qui n'aura pas volé un bon coup de pied au cul.

– Ouais ! se réjouit Lamb avec un rictus cynique.

Comprenant le message, il quitta la salle d'audience pour aller mettre la main sur le pauvre constable Mills.

116

– Inspecteur Flight...

Le procureur venait à leur rencontre d'un pas décidé, tenant ses livres et ses dossiers sous son bras gauche, le bras droit tendu.

– Bonjour, monsieur Chambers, dit Flight en serrant l'élégante main. Je vous présente l'inspecteur Rebus. Il est venu d'Écosse pour nous aider sur l'enquête du Loup-Garou.

– Ah oui, le Loup-Garou, déclara Chambers en marquant de l'intérêt. J'ai hâte de requérir dans cette affaire.

– J'espère simplement que nous vous en donnerons l'occasion, déclara Rebus.

– Oui, dit Chambers. C'est déjà très délicat de coincer le menu fretin comme notre ami... (Il jeta un coup d'œil vers le box des accusés, désormais désert.) Mais nous faisons notre possible. Tout notre possible.

Il soupira. Après un silence, il ajouta à voix basse, à l'intention de Flight :

– Je veux bien être cool, George, mais je n'apprécie pas de me faire royalement entuber par mon propre camp. Compris ?

Flight rougit. Chambers venait de le moucher comme aucun superintendant ou constable n'aurait su le faire.

– Bonne journée, messieurs, leur lança-t-il en s'éloignant. Et bonne chance, inspecteur Rebus.

– Merci, répondit Rebus à la silhouette qui s'éloignait.

Flight observa Chambers qui franchissait la porte à double battant de la salle d'audience, la queue de sa perruque se balançant de droite à gauche et les pans de sa robe s'agitant. Une fois les portes refermées, l'Anglais eut un léger rire.

– Quel connard prétentieux ! Mais c'est le meilleur.

Rebus commençait à se demander si on trouvait à Londres des gens médiocres. On l'avait présenté au « plus doué » des légistes, au « meilleur » procureur, à la « fine fleur » de la police scientifique, à « l'élite » des plongeurs de la police. Cela tenait-il à l'arrogance propre à cette ville ?

– Je croyais que les meilleurs juristes optaient tous pour le droit des affaires, observa-t-il.

– Pas obligatoirement. Ceux qui choisissent de travailler pour la City, ce sont ceux qui ne pensent qu'au fric. En plus, le pénal, c'est comme une drogue pour Chambers et les types de son espèce. Ce sont de vrais acteurs, et très bons par-dessus le marché.

En effet, Rebus avait croisé bon nombre d'avocats qui auraient mérité l'oscar, contre lesquels il avait perdu quelques procès du fait de leur talent et non d'une défense solide. Ils avaient beau gagner quatre fois moins d'argent que dans les affaires, se contentant de cinquante mille livres par an, le fait d'avoir un public les faisait tenir.

– Qui plus est, reprit Flight en se dirigeant vers la sortie, Chambers a étudié aux États-Unis. Là-bas, on forme de vraies bêtes de prétoire. Et des teigneux qui ne font pas dans les sentiments. On m'a dit qu'il était sorti major de sa promotion. Autant dire qu'on préfère l'avoir dans notre camp. (Il marqua un silence.) Vous avez toujours envie de toucher un mot à Tommy ?

Rebus haussa les épaules.

– Pourquoi pas.

Watkiss était dans le hall, près d'une grande fenêtre, et savourait une cigarette en écoutant son avocat. Puis les deux hommes s'en allèrent.

– Tout compte fait, dit Rebus, j'ai changé d'avis. On va laisser tomber Watkiss pour l'instant.

– D'accord, dit Flight. Après tout, c'est vous *l'expert*. (Il rigola en voyant la mine déconfite de Rebus.) Ne vous en faites pas : je sais très bien que vous n'avez rien d'un expert !

– Voilà qui me rassure, George, dit Rebus sans grande conviction.

Il observa Watkiss qui s'éloignait. Flight rigola de nouveau. Malgré son sourire, il restait très intrigué par le comportement de Rebus dans la salle d'audience, quand il s'était avancé pour jeter un coup d'œil à la galerie du public. Mais s'il ne voulait pas en parler, c'était son droit. Ça pouvait attendre.

– Alors on fait quoi ?

– J'ai rendez-vous chez le dentiste, répondit Rebus en se frottant la mâchoire.

Anthony Morrison, qui tenait à se faire appeler Tony, était nettement plus jeune que Rebus ne s'y attendait. Âgé de trente-cinq ans tout au plus, il était doté d'un corps chétif, mis à part sa tête qui paraissait dispro-portionnée. Rebus se rendit compte qu'il observait Morrison avec une insistance peu naturelle. Le teint frais, des touffes de poils oubliées par le rasoir sur les pommettes et le menton, les cheveux courts et le regard passionné : s'il l'avait croisé dans la rue, il l'aurait pris pour un lycéen. En tout cas, pour un légiste, certes spécialisé en stomatologie, il tranchait avec son col-lègue Cousins.

Apprenant les origines de Rebus, Morrison leur confia que la médecine légale moderne devait beaucoup aux Écossais – des hommes tels que Glaister, Littlejohn ou sir Sidney Smith, bien que ce dernier fût né aux antipodes. Il ajouta ensuite que son propre père, un chirurgien, était écossais et demanda à Rebus s'il savait que la première chaire de médecine légale du Royaume-Uni avait été créée à Édimbourg. Submergé par toutes ces informations, Rebus avoua son ignorance.

D'un pas alerte, Morrison les fit entrer dans son bureau. Mais une fois la porte franchie, le stomatologue troqua ses manières affables contre une attitude professionnelle.

– Il a de nouveau fait des siennes, déclara-t-il sans préambule en les conduisant derrière son bureau.

Une série de clichés 18 × 24, en couleurs et en noir et blanc, étaient punaisés au mur. Des gros plans de la morsure à l'abdomen de Jean Cooper. Des flèches au stylo reliaient certains détails à des fiches qui portaient les observations de Morrison.

– Maintenant, je sais bien évidemment ce que je cherche, dit-il. Il m'a donc fallu peu de temps pour établir qu'il s'agissait probablement des mêmes dents que pour les premières agressions. Toutefois, une tendance se précise, qui pourrait avoir quelque chose de troublant. (Il alla prendre d'autres photos sur son bureau.) Voici la première victime. Vous remarquerez que les traces de dents sont moins marquées. Elles sont déjà plus appuyées la deuxième et la troisième fois. Et maintenant... dit-il en indiquant les clichés affichés au mur.

– Elles sont encore plus profondes, dit Rebus.

Morrison le regarda d'un air ravi.

– Tout à fait.

120

– Il devient donc plus violent.

– À supposer que le terme de « violence » soit adéquat pour décrire une attaque sur un cadavre, oui, inspecteur : il devient plus violent. « Plus instable » serait peut-être une formulation plus exacte.

Rebus et Flight échangèrent un regard.

– Mis à part la profondeur relative des morsures, je n'ai pas grand-chose à ajouter à mes conclusions précédentes. Il y a de grandes chances pour qu'on ait affaire à des prothèses.

– Vous voulez dire de fausses dents ? l'interrompit Rebus.

Morrison acquiesça.

– Comment le voyez-vous ? demanda Rebus avec un vif intérêt.

Morrison était radieux, comme un jeune prodige qui aime étaler sa science devant ses professeurs.

– Voyons, quelle est la meilleure façon d'expliquer les choses à un béotien ? (Il parut réfléchir à sa propre question.) Eh bien, les dents naturelles... les vôtres, par exemple, inspecteur. D'ailleurs, vous devriez voir un dentiste... Ces dents permanentes, donc, s'abîment au fil du temps. Le tranchant s'use, s'ébrèche. Avec des prothèses, on a plus de chances qu'il soit lisse et arrondi. Surtout pour les dents de devant, qui sont moins fissurées et abîmées.

La bouche fermée, Rebus se passait la langue entre les dents. Effectivement, cela faisait l'effet d'un outil en dents de scie. Il n'avait pas mis les pieds chez un dentiste depuis au moins dix ans. Il n'en avait pas ressenti le besoin. Maintenant, Morrison lui faisait cette remarque... Sa bouche était-elle moche à ce point ?

– Donc, poursuivit le légiste, cette raison parmi

d'autres me pousse à croire que l'assassin porte de fausses dents. En tout cas, il a une dentition vraiment très étonnante.

– Ah bon ? fit Rebus en s'efforçant de ne plus dévoiler ses dents gâtées.

– J'ai déjà expliqué cela à l'inspecteur Flight, dit Morrison qui laissa au policier anglais le temps de le confirmer par un hochement de tête. En bref, le maxillaire supérieur laisse une empreinte plus incurvée que l'inférieur. D'après mes mesures, la personne à qui ces dents appartiennent est dotée d'un très curieux visage. J'ai commencé par dessiner quelques croquis, mais j'ai trouvé encore mieux. Vous tombez bien.

Il se dirigea vers un placard qu'il ouvrit. Rebus se tourna vers Flight qui se contenta d'un haussement d'épaules. Morrison revint, tenant dans sa main droite un objet volumineux dissimulé sous un sac en papier kraft.

– Voici ! s'exclama-t-il en retirant le sac. Je vous présente la tête du Loup-Garou !

Un tel silence se fit qu'on remarqua soudain le bruit de la circulation dehors. Flight et Rebus étaient à court de mots. Ils s'approchèrent de Morrison qui jubilait et contemplait son œuvre avec une certaine malice. Dans la rue, un crissement de pneus se fit entendre.

– Le Loup-Garou ! répéta Morrison.

Il tenait le moulage d'une tête humaine, apparemment en plâtre rose clair.

– Si vous préférez, reprit le légiste, vous pouvez ne pas tenir compte de la partie au-dessus du nez. Ce n'est qu'une hypothèse, à partir de mesures statistiques. En revanche, je pense pouvoir affirmer que la mâchoire est assez fidèle.

C'était vraiment une mâchoire très étrange. Les dents du haut étaient tellement proéminentes que la peau sous le nez était tendue et la lèvre retroussée. La mâchoire inférieure était comme glissée en dessous, presque invisible ; Rebus avait l'impression de voir l'homme de Neandertal. Un menton effilé, des pommettes saillantes au niveau du nez, mais des joues très creuses. Un visage saisissant, comme Rebus n'avait pas le souvenir d'en avoir jamais vu dans la réalité. Cela dit, pouvait-on appeler ça la réalité ? Il ne s'agissait que d'une œuvre de l'esprit, le fruit de calculs et d'hypothèses. Flight contemplait la tête d'un air fasciné, comme pour la graver dans sa mémoire. Rebus eut le sang glacé à l'idée qu'il puisse communiquer le portrait à la presse et inculper le premier bougre venu à la physionomie ressemblante.

— Diriez-vous qu'il s'agit de traits difformes ? demanda Rebus.

— Pas le moins du monde ! répondit Morrison en riant. Vous n'avez pas vu les cas pathologiques dont je me suis occupé ! Non, on ne peut pas parler de traits difformes.

— C'est comme ça que je m'imagine le Dr Hyde, fit observer Flight.

Ne me parlez pas de Hyde, songea Rebus[1].

— Pourquoi pas, dit Morrison en rigolant de nouveau. Et vous, inspecteur Rebus ? Vous en pensez quoi ?

Rebus fixa le plâtre.

— On dirait un homme préhistorique.

— Ah ! se félicita Morrison. Ç'a été ma première impression. Surtout le maxillaire supérieur proéminent.

---

1. Voir *Le Fond de l'enfer*, Le Livre de Poche, n° 37 044.

– Justement, dit Rebus. Comment savez-vous qu'il s'agit de la mâchoire du haut ? Ça ne pourrait pas être l'inverse ?

– Non, j'en suis à peu près certain. Les morsures correspondent assez bien. Enfin, mis à part la troisième victime.

– Ah bon ?

– Oui, le cas de la troisième est étrange. La mâchoire du bas... c'est-à-dire la plus étroite... a l'air plus longue que celle du haut. Comme vous pouvez le constater d'après ce moulage, l'assassin a été contraint à de véritables contorsions faciales pour produire ce genre de morsure.

Il mima la chose, ouvrit la bouche en grand, pointa le menton vers le haut, étira la mâchoire inférieure et fit mine de mordre en se servant principalement des dents du bas.

– Alors que dans les autres morsures, le meurtrier a fait comme ça...

Cette fois, il retroussa les lèvres et mordit un coup sec, les dents du haut se refermant sur celles du bas.

Rebus secoua la tête. Voilà qui n'éclaircissait pas grand-chose. Il avait même les idées qui s'embrouil-laient.

– Vous pensez vraiment que notre homme ressemble à ça ? demanda-t-il en indiquant le moulage d'un geste du menton.

– Votre homme ou votre femme, oui. Bien entendu, j'ai pu exagérer certains traits, mais j'en suis assez convaincu.

Rebus s'était arrêté sur la première phrase.

– Une femme ? Qu'est-ce que vous voulez dire ?

124

Morrison haussa les épaules.

– Là encore, j'en ai déjà touché un mot à l'inspecteur Flight. Il me semble juste... en se fondant exclusivement sur les données dentaires, j'entends... que cette tête pourrait aussi bien appartenir à une femme qu'à un homme. La mâchoire supérieure m'a l'air très masculine, de par sa largeur et la taille des dents, alors que celle du bas est pour sa part très féminine. Un homme au menton féminin, ou bien une femme au maxillaire supérieur très masculin. À vous de choisir, dit-il avec un nouveau haussement d'épaules.

Rebus jeta un coup d'œil à Flight.

– Non, dit celui-ci en secouant lentement la tête. C'est forcément un homme.

Rebus n'avait pas envisagé une seconde que ces meurtres puissent être le fait d'une femme. L'idée ne l'avait même pas effleuré. Jusqu'à cet instant.

Une femme ? C'était peu probable, mais de là à dire impossible... Flight écartait purement et simplement cette éventualité, mais sur quel fondement ? Dans ses lectures de la veille, Rebus avait appris qu'un nombre croissant de tueurs en série étaient des femmes. Mais se pouvait-il qu'une femme ait porté ces coups de couteau ? Qu'elle ait maîtrisé des victimes d'une taille et d'une force proches des siennes ?

– J'aimerais en avoir des photos, dit Flight qui avait pris le moulage des mains de Morrison pour l'examiner de nouveau.

– Bien entendu, acquiesça le légiste. Mais n'oubliez pas que c'est simplement la tête de l'assassin telle que je me l'imagine.

– Nous vous sommes très reconnaissants, Tony. Merci pour tout ce que vous faites.

Morrison fit le modeste. Il cherchait un compliment et l'avait obtenu.

Rebus voyait que Flight s'était laissé convaincre par cette mise en scène, la révélation du moulage et tout le reste. Alors qu'à ses yeux il était moins question de vérité tangible que d'effets de manche pour procès à rebondissements. Pour sa part, il restait convaincu que la meilleure façon de piéger le Loup-Garou était de se mettre dans sa tête, plutôt que de s'amuser à réaliser des moulages en plâtre de son visage.

Une tête masculine ou féminine.

– Les morsures seraient-elles suffisantes pour identifier l'assassin ?

Morrison réfléchit à la question, puis opina du chef.

– Oui, je crois bien. Amenez-moi un suspect et je pense que j'arriverais à prouver qu'il s'agit du Loup-Garou.

– Et cela tiendra le coup devant un tribunal ? insista Rebus.

Morrison croisa les bras et sourit.

– J'éblouirai le jury avec mes preuves scientifiques ! Plus sérieusement, non. Je ne pense pas que mon seul témoignage suffise pour obtenir une condamnation. En revanche, s'il faisait partie d'un faisceau d'indices concordants, on aurait sans doute notre chance.

– En supposant que le salopard soit là pour son procès, ajouta Flight d'un air sombre. Des accidents surviennent parfois en prison.

– En supposant qu'on lui mette la main dessus, rectifia Rebus.

– Messieurs, dit Morrison, là je m'en remets à vos compétences. Je me réjouis d'avance, bien évidemment, à l'idée de présenter notre ami ici présent à l'original.

Et il fit basculer le plâtre d'avant en arrière, à plusieurs reprises. Rebus eut l'impression que la tête se moquait d'eux, ricanait et faisait rouler ses yeux aveugles.

Au moment de prendre congé, Morrison posa la main sur le bras de Rebus.

– Je suis sérieux pour vos dents, lui dit-il. Vous devriez les faire soigner. Je veux bien m'en charger, si vous voulez.

De retour au QG, Rebus fila directement aux toilettes où il inspecta sa bouche dans une glace tachée de savon. Qu'est-ce que Morrison racontait ? Ses dents étaient très bien comme ça. D'accord, il y avait cette rayure noire sur l'une d'entre elles, peut-être une fissure, et la nicotine et le thé en avaient fortement jauni quelques-unes. Malgré tout, elles avaient l'air solides, non ? Pas besoin de roulette ni de ces instruments grinçants. Pas besoin du fauteuil du dentiste, ni d'aiguilles pointues, ni de cracher son sang.

Installé au bureau qu'on lui avait assigné, il se mit à griffonner distraitement sur un bloc-notes. Ce Morrison était-il d'un tempérament nerveux, ou bien un hyperactif ? Était-il fou ? À moins que son comportement excentrique ne soit sa façon à lui d'affronter la réalité.

Très peu de tueurs en série étaient des femmes. Statistiquement, la probabilité était très faible. Et depuis quand se fiait-il aux statistiques ? Depuis qu'il s'était mis à lire des manuels de psychologie, la veille dans sa chambre d'hôtel, après la visite désastreuse chez Rhona et Samantha. Kenny... Que fichait-il avec Tommy Watkiss ? L'« ami » de sa fille. Un voyou charmeur ? Laisse tomber, John. C'est une partie de ta vie que tu ne contrôles plus. Il ne put que sourire : quelle partie de sa vie s'imaginait-il contrôler ? Seul son travail apportait un peu de sens à son existence. Il ferait mieux de s'avouer vaincu, d'expliquer à Flight qu'il ne pouvait rien pour lui et de rentrer à Édimbourg où il savait à quoi s'en tenir : trafic de drogue, racket, violences conjugales, escroqueries.

Un meurtre par mois, régulier comme la lune. Simple expression ? Il décrocha le calendrier du mur. Vues d'Italie, avec les compliments de Gino's Sandwich Bar. La lune était-elle pleine aux environs du 16 janvier, quand on avait retrouvé le cadavre de Maria Watkiss ? Non, mais on estimait qu'elle devait se trouver là depuis deux ou trois jours. La pleine lune tombait le jeudi 11 janvier. Au cinéma, les loups-garous étaient bien sous l'influence de la pleine lune, non ? Peut-être, mais on avait choisi ce sobriquet à cause de Wolf Street, pas parce que l'assassin frappait en fonction du calendrier lunaire. Rebus ne savait plus quoi penser. D'ailleurs, les femmes ne subissaient-elles pas aussi l'influence de la lune, quelque chose en rapport avec leurs règles ?

May Jessop était morte le lundi 5 février, quatre jours *avant* la pleine lune. Et Shelley Richards le mercredi 28 février, nettement avant la suivante. Morrison avait dit que le cas de cette dernière était bizarre, que les morsures étaient différentes. Quant à Jean Cooper, elle était morte le dimanche 18 mars, l'avant-veille de l'équinoxe de printemps.

128

Dépité, il balança le calendrier sur le bureau. Aucune correspondance, aucune solution mathématique. Non mais, où se croyait-il ? Au cinéma ? Dans la réalité, le héros ne tombait jamais par miracle sur la solution. Pas de raccourci. Flight devait avoir raison : du travail besogneux et des preuves matérielles. Inutile de vouloir y couper grâce à la psycho ou en aboyant à la lune. Impossible de dire quand le Loup-Garou frapperait de nouveau. Rebus avait le sentiment de ne savoir presque rien.

Flight revint, l'air épuisé, et se laissa tomber dans un fauteuil qui protesta en grinçant.

– J'ai enfin réussi à voir Cath, dit-il. Je lui ai soumis votre idée et elle va y réfléchir.

– C'est trop bon de sa part.

Flight fronça les sourcils et Rebus brandit les mains en signe d'excuse.

– Qu'est-ce que vous faites ? demanda l'Anglais en indiquant le calendrier.

– Je ne sais pas. Rien d'extraordinaire. Je me demandais si les dates des meurtres ne suivaient pas une logique.

– Vous voulez dire les phases de la lune, l'équinoxe et ce genre de truc ?

Flight souriait et Rebus hocha lentement le tête.

– Alors là, John, je me suis déjà penché sur la question et pas mal d'autres... (Il s'empara d'un dossier qu'il lança à Rebus.) Regardez : j'ai examiné les suites logiques de chiffres, les distances entre les lieux des crimes, les éventuels moyens de transport... le Loup-Garou se déplace facilement, je pense qu'il a une voiture. J'ai essayé d'établir un lien entre les victimes : quelles écoles elles ont fréquentées, quelles bibliothèques, faisaient-elles du sport, aimaient-elles sortir en boîte ou écouter de la putain de musique classique ? Vous savez quoi ? Elles n'ont rien en commun. Rien du tout, sauf le fait d'être des femmes.

Rebus feuilleta le dossier. Une masse impressionnante de recherches ingrates, sans résultat mis à part un débroussaillage dans les règles de l'art. Flight n'avait pas gravi les échelons au bluff, ni en étant dans les petits papiers de ses supérieurs ou en affichant des signes de brio. Il avait obtenu son poste à la force du poignet.

— Message reçu, dit Rebus en songeant que ça faisait un peu court. Je suis impressionné. Vous avez montré tout ça à quelqu'un d'autre ?

— Ce ne sont que des supputations, John, dit-il en secouant la tête. Un coup d'épée dans l'eau. C'est tout. Ça ne ferait que brouiller les cartes. Et puis, vous vous souvenez de l'histoire du petit garçon qui crie au loup ? Un jour, le loup est vraiment là, mais plus personne ne le croit parce qu'il les a trop menés en bateau.

Rebus sourit.

— Tout de même, ça représente un sacré boulot.

— Vous vous attendiez à quoi ? Un chimpanzé en moto ? Je suis un bon flic, John. Pas un *expert*, mais ça ne me viendrait pas à l'idée de prétendre en être un.

Rebus était sur le point de riposter mais plissa le front.

— Qu'est-ce que vous voulez dire par « en moto » ?

— En costard, quel zozo vous faites ! s'exclama Flight en projetant la tête en arrière dans un éclat de rire. Moto, motard... costard. C'est de l'argot rimé. Bon sang, John, on va devoir faire votre éducation ! Tenez : si on dînait ensemble ce soir ? Je connais un bon grec à Walthamstow.

Flight s'arrêta, l'œil pétillant.

– Je sais que c'est un bon restau, reprit-il, car il est fréquenté par les Incas...

– Incas... et Aztèques, Grecs ?

– Absolument ! Vous apprenez vite ! Alors ? On peut aussi se faire un thaï, un indien, un italien, ce qui vous tente.

Rebus secoua la tête.

– Désolé, George. Je suis pris.

– Ne me dites pas... ironisa Flight avec un mouvement de recul. Vous avez rendez-vous avec *elle*, c'est ça ? Cette fichue psy ? J'avais complètement oublié que vous m'en aviez parlé ce matin. Vous autres Écossais, vous ne perdez pas de temps ! À peine débarqués chez nous, vous nous piquez nos femmes !

Au-delà de la bonne humeur bien réelle de Flight, Rebus devinait quelque chose de plus profond, une tristesse sincère de ne pas partager ce repas.

– Et demain soir, George ?

– Oui. Va pour demain soir. J'ai tout de même un conseil.

– Quoi donc ?

– Attention de ne pas vous retrouver sur le divan !

– Aucun risque ! fit le Dr Lisa Frazer en secouant vigoureusement la tête. Ce sont les psychiatres qui ont un divan. Pas les psychologues. Nous sommes comme le jour et la nuit.

Elle était sublime, sans que cela relève d'un quelconque apprêt. Une tenue sobre, aucun maquillage. Les cheveux coiffés en arrière, retenus par un bandeau. Elle n'en était pas moins splendide, discrète et élégante.

Elle était arrivée à l'hôtel de Rebus pile à l'heure. Bras dessus, bras dessous, ils avaient remonté Shaftesbury Avenue, en passant devant l'endroit où il avait manqué se faire interpeller. Il faisait doux en ce début de soirée, Rebus était ravi de se promener avec cette jeune femme à son bras. Les hommes se retournaient sur leur passage – pour être franc, c'était *elle* qu'on admirait. Il y eut même quelques sifflements. Malgré tout, Rebus se sentait bien. Il portait sa veste en tweed et une chemise. Pourvu qu'elle ne l'emmène pas dans un de ces restaurants chics où la cravate était de rigueur. Ce ne serait vraiment pas de chance. La ville était très animée, surtout des jeunes qui sirotaient des canettes et s'interpellaient de part et d'autre de l'avenue encombrée. Les pubs étaient bondés et les autobus avançaient lentement en recrachant leurs gaz d'échappement. Une pollution invisible qui viendrait se poser sur Lisa Frazer. Rebus se sentait des élans valeureux. Il aurait voulu arrêter la circulation, confisquer leurs clefs à tous les conducteurs pour que le Dr Frazer puisse se balader sans être souillée.

Qu'est-ce qui le prenait de penser des trucs pareils ? D'où venait cette pépite de romantisme ? De quel recoin désespéré de son âme ? Attention, John, ne joue pas les complexés. Qui de mieux placé qu'une psychologue pour s'en apercevoir ? Sois naturel et calme. Sois toi-même.

Elle l'emmena dans Chinatown. Quelques rues bordées de cabines téléphoniques en forme de pagodes, des supermarchés où l'on vendait des œufs de cinquante ans d'âge, des entrées d'immeubles décorées comme à Hong Kong et des plaques portant les noms de rues en chinois aussi bien qu'en anglais. À l'exception de quelques touristes, la rue piétonne était bondée d'Asiatiques à la voix aiguë qui couraient dans tous les sens. C'était un monde à part, comme on s'attendrait à trouver à New York, mais pas du tout en Angleterre. Pourtant, au bout de la rue, on apercevait les théâtres de Shaftesbury Avenue, les bus rouges à impériale, les punks hurlant des obscénités de leur voix adolescente.

– Nous y voici, dit-elle en s'arrêtant devant un restaurant qui faisait l'angle.

Elle ouvrit la porte et lui fit signe d'entrer le premier. La pièce était climatisée. Ils furent aussitôt escortés jusqu'à un box à l'éclairage tamisé. Une serveuse affable leur apporta des menus, et Rebus eut droit à la carte des vins.

– Vous souhaitez boire un apéritif ? leur demanda-t-elle.

Il interrogea Lisa Frazer du regard.

– Un gin tonic, répondit-elle sans hésitation.

– Et la même chose pour moi, dit-il en le regrettant immédiatement.

Le goût chimique du gin ne lui plaisait pas trop.

– Le cas du Loup-Garou me passionne, inspecteur.

– Appelez-moi John. Nous ne sommes plus au poste.

Elle fit oui de la tête.

– Je tiens à vous remercier de m'avoir permis de consulter le dossier. J'ai l'impression que je me fais déjà une idée intéressante.

Ouvrant sa pochette, elle en sortit une douzaine de fiches cartonnées retenues par un gros trombone. Elles étaient recouvertes d'une écriture fine et régulière.

– On ne ferait pas mieux de commander d'abord ?

suggéra Rebus en voyant qu'elle était sur le point d'en entamer la lecture.

Après une seconde d'étonnement, elle sourit.

– Désolée. C'est juste que...

– Ce cas vous passionne. Oui, vous l'avez déjà dit.

– Les policiers ne sont donc pas tout excités quand ils découvrent ce qui pourrait être un indice ?

– Presque jamais, dit-il en faisant mine de s'intéresser à la carte. Nous sommes pessimistes de nature. On se réserve pour le moment où le coupable est condamné et derrière les barreaux.

Elle n'avait toujours pas ouvert son menu. Les fiches étaient posées sur la table.

– C'est étonnant, dit-elle. J'aurais cru qu'il fallait une certaine dose d'optimisme pour aimer le travail de policier. Autrement, vous ne seriez *jamais* confiants dans vos chances de résoudre une enquête.

Toujours plongé dans la carte, Rebus décida de lui laisser le soin de commander pour eux deux. Il releva les yeux.

– Je me soucie le moins possible de savoir si je vais résoudre ou non l'enquête. Je fais mon boulot tant bien que mal, sans brûler les étapes.

Un serveur leur apporta l'apéritif.

– Vous êtes prêts à commander ?

– Pas vraiment, dit Rebus. On peut avoir encore deux minutes ?

Lisa Frazer le fixait. On les avait mis à une toute petite table. La jeune femme avait la main droite posée sur son verre, à deux ou trois centimètres seulement de celle de Rebus. Il sentait ses genoux qui effleuraient quasiment les siens. Les autres tables avaient l'air plus grandes, les box voisins mieux éclairés.

– C'est un nom écossais, Frazer, dit-il.

Un début de conversation qui en valait un autre.

– C'est exact. Mon arrière-grand-père était origi-naire d'un patelin qui s'appelle Kirkcaldy.

Il sourit : elle le prononçait comme ça s'écrivait.

– Je suis né et j'ai grandi pas très loin, dit-il après l'avoir corrigée. À une dizaine de kilomètres, pour être précis.

– Vraiment ? Quelle coïncidence ! Je n'y suis jamais allée mais grand-père me répétait tout le temps que c'était le lieu de naissance d'Adam Smith.

– N'allez pas croire pour autant que c'est moche, répondit-il en secouant la tête. C'est une petite ville plutôt sympa.

Il prit son verre et le fit tourner. Le bruit des glaçons qui s'entrechoquaient était plaisant. Lisa s'intéressait enfin à la carte.

– Qu'est-ce que vous faites ici ? lui demanda-t-elle sans en détacher son regard.

Cette question de but en blanc le prit de court. Qu'entendait-elle par « ici » ? Le restaurant ? Lon-dres ? La planète Terre ?

– Je suis ici pour trouver des réponses.

Il était content de lui. Cette réplique valait pour les trois cas de figure.

– À la psychologie ! dit-il en levant son verre.

Elle leva le sien, les glaçons tintant comme un carillon.

– Aux gens qui ne brûlent pas les étapes ! lança-t-elle.

Chacun but une gorgée.

– Bon, fit-elle en reportant son attention sur le menu. Qu'allons-nous prendre ?

En théorie, Rebus savait manger avec des baguettes, mais ce n'était peut-être pas le soir pour passer à la pratique. Impossible d'attraper une nouille ou un morceau de canard sans que ça tombe sur la table, en répandant de la sauce sur la nappe. À chaque fois ça l'agaçait davantage, et plus il s'énervait, plus ça se produisait. En désespoir de cause, il demanda une fourchette.

– Je n'ai plus aucune coordination, expliqua-t-il.

Elle lui adressa un sourire compréhensif – compatissant ? – et lui resservit du thé. Il sentait qu'elle était impatiente de lui faire part de ce qu'elle pensait avoir appris sur le Loup-Garou. Pendant l'entrée, une soupe au crabe, la conversation était restée prudente et réservée, cantonnée au passé et à l'avenir sans aborder le présent.

– Alors, dit-il en piquant un morceau de viande coopératif, qu'avez-vous trouvé ?

Elle le dévisagea pour être bien sûre qu'elle pouvait y aller. Il lui fit signe que oui et elle posa ses baguettes, prit ses fiches, retira le trombone et s'éclaircit la gorge. Elle ne lut pas ses notes mais s'y reporta de temps à autre.

– Eh bien, dit-elle, le premier élément qui m'a paru révélateur, ce sont les traces de sel sur les cadavres. Je sais que certaines personnes penchent pour de la sueur, mais à mon avis il s'agit de larmes. On peut apprendre beaucoup de choses à partir de la relation qu'un meurtrier, homme ou femme, entretient avec sa victime.

Une fois de plus, on y revenait : homme ou *femme*.

– Pour moi, ces traces de larmes indiquent un sentiment de culpabilité chez l'agresseur, et, qui plus est, une culpabilité qui surgit au moment de l'acte, pas après coup. Ce qui confère une dimension morale au Loup-Garou et nous montre qu'il agit presque contre sa volonté. On pourrait y voir des signes de schizophrénie, la face sombre de sa personnalité se manifestant par intermittence.

Elle était prête à enchaîner mais Rebus se sentait largué.

– Vous êtes en train de me dire que la plupart du temps le Loup-Garou a l'air aussi normal que vous et moi ?

– Oui, dit-elle en opinant vigoureusement du chef. Tout à fait. En fait, je ne me contente pas de dire qu'il a l'air normal, mais qu'il l'est vraiment. Ce qui explique qu'on ait du mal à le trouver. Il ne se trimballe pas dans la rue avec « Loup-Garou » tatoué sur le front.

Rebus hocha lentement la tête. À la réflexion, faire mine de se concentrer sur ce qu'elle disait était le prétexte idéal pour l'observer, admirer ses traits avec des yeux plus précis qu'un bistouri.

– Continuez.

Elle retourna une fiche pour passer à la suivante et inspira longuement.

– Que les sévices soient infligés *après* la mort montre que le Loup-Garou n'éprouve pas le besoin d'exercer un contrôle sur sa victime. Chez certains tueurs en série, le contrôle est un élément essentiel. Pour ces personnes, tuer est le seul moment où elles ont l'impression de maîtriser leur propre vie. Ce qui n'est pas le cas avec le Loup-Garou. Le meurtre lui-même est relativement rapide, entraînant assez peu de douleur et de souffrance chez la victime. Le sadisme n'est donc pas un facteur. On dirait plutôt qu'il met en œuvre un scénario sur le cadavre.

Le flot de paroles, l'enthousiasme de Lisa Frazer, son désir de lui faire partager ses analyses, une fois de plus tout cela passait au-dessus de la tête de Rebus. Comment pouvait-il se concentrer avec une si jolie femme en face de lui ?

– Que voulez-vous dire ?

– Vous allez comprendre.

Elle s'interrompit pour siroter son thé. Elle avait à peine touché à sa nourriture, le monticule de riz était presque intact dans son bol. Il comprit qu'à sa manière elle était aussi nerveuse que lui, mais pas pour les mêmes raisons. Malgré le brouhaha autour d'eux, le restaurant aurait bien pu être vide. Ce box était comme un univers clos. Rebus but une gorgée de thé, qui était encore brûlant. Du thé ! Il aurait été prêt à tout pour un verre de vin blanc bien frais.

– J'ai trouvé intéressant, poursuivit le Dr Frazer, que le légiste... le Dr Cousins... estime que l'attaque initiale se déroule dans le dos de la victime. Il y a donc un refus de la confrontation, une attitude que le Loup-Garou reproduit sans doute dans sa vie sociale et professionnelle. Et nous avons une autre hypothèse : qu'il ne puisse pas regarder ses victimes en face par crainte que leur peur ne perturbe son scénario.

Rebus secoua la tête, perplexe. Le moment était venu de passer aux aveux.

– Je suis un peu perdu.

Elle parut surprise.

– Pour dire les choses simplement, il exerce sa vengeance et sa victime représente celui ou celle dont il veut se venger. S'il la voyait de face, il se rendrait bien compte qu'il ne s'agit pas de la bonne personne.

Pour Rebus, tout n'était pas encore complètement clair.

– Ces femmes sont donc des espèces de doublures ?

– C'est ça, des substituts.

Il hocha la tête. Cela devenait intéressant, suffisamment pour qu'il en oublie d'admirer Lisa Frazer et se concentre davantage sur ses propos. Elle n'avait parcouru que la moitié de ses fiches.

– C'est tout pour le Loup-Garou, dit-elle en passant à la fiche suivante. Mais le choix des emplacements peut aussi nous en apprendre beaucoup sur la psychologie du meurtrier, ainsi que l'âge des victimes, leur sexe, leur race et leur origine sociale. Vous avez remarqué qu'il s'agit exclusivement de femmes, qui ont presque toutes la quarantaine, et trois sur quatre sont des Blanches. Je reconnais que je ne tire pas grand-chose de ces éléments en tant que tels. D'ailleurs, c'est l'absence de schéma qui m'a fait réfléchir de plus près aux localisations. Voyez-vous, chaque fois qu'une constante a l'air d'émerger, un nouvel élément vient rompre avec ce que l'on supputait. L'assassin s'en prend à une femme plus jeune, ou bien il frappe plus tôt dans la soirée, ou il choisit une victime noire.

Ou bien encore il n'attend pas la pleine lune, songea Rebus.

– Je me suis penchée sur le schéma spatial des attaques, poursuivit Lisa. Cela pourrait nous indiquer où le meurtrier frappera la prochaine fois, voire même où il habite. Je vous assure que si, John, insista-t-elle en le voyant dresser les sourcils. On en a apporté la démonstration dans plusieurs affaires.

– Je n'en doute pas. Ce qui m'a fait réagir, c'est l'expression « schéma spatial ».

Il l'avait déjà entendue, au cours de l'épouvantable séminaire de management.

– Oui, reconnut-elle en souriant, c'est du jargon. On en est abreuvé. J'entends par là qu'on retrouve une constante dans les lieux des crimes. Un chemin le long d'un canal, une ligne de chemin de fer, à proximité d'une station de métro. Trois fois sur quatre on se trouve près d'un moyen de transport, mais là encore le quatrième meurtre rompt le schéma. Par contre, les quatre victimes ont été tuées au nord de la Tamise. Cela *ressemble* à une récurrence. Mais, et c'est là où je veux en venir, la rupture de toute récurrence m'a l'air d'être en soi un acte volontaire. Le Loup-Garou fait tout pour que vous disposiez du moins d'éléments possibles. Ce qui indique une grande maturité psychologique.

– C'est ça ! Une maturité de cinglé !

– Je suis sérieuse ! dit-elle en rigolant.

– Je sais.

– Il y a une autre éventualité.

– Laquelle ?

– Le Loup-Garou sait brouiller les pistes parce que le travail de la police lui est familier.

– Familier ?

Elle fit oui de la tête.

– Surtout vos méthodes pour enquêter sur des meurtres en série.

– Vous êtes en train de me dire que c'est un flic ?

Elle rigola de nouveau et secoua la tête.

– Je dis qu'il pourrait avoir un casier.

Rebus repensa au dossier que Flight lui avait montré quelques heures auparavant.

– Oui, eh bien nous avons déjà passé en revue plus d'une centaine de délinquants sexuels. Sans succès.

– Vous n'avez pas pour autant interrogé la totalité

des hommes qui ont été condamnés pour viol, coups et blessures aggravés et j'en passe.

– Je suis d'accord. Mais vous semblez avoir négligé quelque chose : les morsures. C'est un indice très concret. Si le Loup-Garou est malin à ce point, pourquoi nous laisse-t-il à chaque fois de belles empreintes de dents ?

Elle souffla sur son thé pour le refroidir.

– Les morsures sont peut-être... comment dire ? Un leurre ?

Rebus y réfléchit.

– C'est possible, dut-il admettre. Mais ce n'est pas tout. J'ai rencontré aujourd'hui un légiste spécialisé en stomatologie. D'après les traces de morsures, il ne peut pas écarter l'éventualité que le Loup-Garou soit une femme.

– Vraiment ? dit-elle en écarquillant les yeux. C'est très intéressant. Je ne l'avais même pas envisagé.

– Nous non plus, dit-il en prenant une bouchée de riz. Alors, expliquez-moi : pourquoi notre assassin, il ou elle, mord-il ses victimes ?

– J'y ai beaucoup réfléchi, dit-elle en prenant la dernière fiche. La morsure est toujours au ventre. Le ventre féminin, qui porte la vie. Le Loup-Garou a peut-être perdu un enfant. Ou bien il a été abandonné puis adopté, et n'a jamais accepté cet état de fait. Je ne sais pas. De nombreux tueurs en série ont connu des ruptures dans l'enfance.

– Hmm. J'ai lu ça dans les ouvrages que vous m'avez passés.

– Vraiment ? Vous les avez lus ?

– Hier soir.

– Et vous en avez pensé quoi ?

– J'ai trouvé ça intelligent, parfois ingénieux.

– Mais ces théories vous semblent-elles fondées ?

Il haussa les épaules.

– Je vous répondrai si on met la main sur le Loup-Garou.

Elle jouait avec sa nourriture mais n'y touchait pas. La viande dans son bol avait l'air froide et gélatineuse.

– Et les blessures anales, John ? Vous avez une hypothèse là-dessus ?

– Non, finit-il par dire après un instant de réflexion. Mais je sais ce qu'en dirait un psychiatre.

– Oui, mais vous n'êtes pas avec une psychiatre. Souvenez-vous, je suis psychologue.

– Comment voulez-vous que je l'oublie ? Dans votre étude, vous indiquez qu'il y a trente tueurs en série en activité aux États-Unis. C'est vraiment le cas ?

– J'ai écrit cet article il y a plus d'un an. Aujourd'hui, le chiffre a dû augmenter. Ça fait peur, hein ?

Il eut un haussement d'épaules qui dissimulait un frisson.

– Comment trouvez-vous la nourriture ? lui demanda-t-il.

– Quoi ? dit-elle en fixant son bol. Ah... je n'ai pas très faim. Pour tout vous avouer, je me sens... un peu déçue, j'imagine. J'étais tout excitée de vous faire part de mes trouvailles, mais en vous parlant je me rends compte qu'il n'y a presque rien.

Elle feuilleta ses fiches.

– Mais si, lui dit-il. Je suis impressionné, sincèrement. Le moindre élément nous aide. Et vous vous en tenez aux faits établis, ce qui me plaît bien. Je m'attendais à plus de jargon. (Il se souvint de certains termes relevés dans l'ouvrage de MacNaughtie.)

Psychomanie latente, pulsions œdipiennes, et bla-bla-bla.

– Je pourrais donner là-dedans mais je ne pense pas que ça servirait à grand-chose.

– Exactement.

– En plus, c'est surtout du domaine de la psychiatrie. Les psychologues préfèrent la théorie des pulsions, les théories d'apprentissage social, les tests d'évaluation psychométrique...

Rebus se boucha les oreilles avec les mains, ce qui amusa le Dr Frazer. Il arrivait très facilement à la faire rire. Comme Rhona, à une époque, et plus récemment une certaine collègue d'Édimbourg.

– Et les policiers ? dit-il en coupant court à ces souvenirs. Qu'est-ce que vous autres psychologues avez à dire sur notre compte ?

– Eh bien, répliqua-t-elle en se calant dans son fauteuil, vous êtes extravertis, déterminés, conservateurs.

– Conservateurs ?

– Avec un *c* minuscule.

– J'ai lu hier soir que les tueurs en série l'étaient eux aussi.

Elle fit oui de la tête, toujours avec le sourire.

– Bien sûr. Vous vous ressemblez par bien des aspects. Quand je dis « conservateurs », j'entends que vous ne pouvez pas supporter tout ce qui remet en cause le statu quo. D'où vos réticences concernant le recours à la psychologie. Cela interfère avec les principes stricts que vous vous êtes fixés. N'est-ce pas ?

– J'imagine que je pourrais chercher à discuter mais je n'en ferai rien. Bon. Que va-t-il se passer maintenant que vous avez étudié le cas du Loup-Garou ?

– Oh, je me suis contentée de gratter à la surface,

dit-elle en agitant ses fiches. Il y a d'autres tests à effectuer, une analyse de caractère et ainsi de suite. Cela va prendre du temps... Et vous ?

– Eh bien, on va continuer notre tâche besogneuse, les vérifications, les recoupements, sans...

– Sans brûler les étapes ? le coupa-t-elle.

– Tout à fait. Quant à savoir combien de temps je vais participer à l'enquête, qui peut le dire ? On pourrait très bien me renvoyer à Édimbourg dès la fin de la semaine.

– Pourquoi vous a-t-on fait venir à Londres ?

Un serveur vint débarrasser leur table. Rebus se cala dans son fauteuil.

– Vous prendrez un café ou un digestif ? demanda le serveur.

Rebus interrogea Lisa du regard.

– Je veux bien un Grand Marnier, dit-elle.

– Et moi juste un café... Non, attendez. Après tout, moi aussi.

Le serveur fit une courbette et s'éloigna, les bras chargés de vaisselle.

– Vous n'avez pas répondu à ma question, John.

– Oh, ça n'a rien d'extraordinaire. On s'est dit que je pouvais apporter quelque chose. J'ai déjà participé à une enquête sur des meurtres en série, à Édimbourg.

– Ah bon ? dit-elle en se penchant en avant, les coudes posés sur la nappe. Racontez-moi.

Ce qu'il fit. Elle eut droit à un long récit. Il ne savait pas ce qui le poussait à lui donner autant de détails, plus que nécessaire, voire même plus qu'il n'était prudent de confier à une psychologue. Qu'en déduirait-elle sur son compte ? Une trace de psychose ou de paranoïa ? Malgré tout, comme il jouissait de toute son

144

attention, il fit durer son histoire le plus longtemps possible pour profiter du moment.

Cela dura le temps d'une promenade dans la douceur nocturne, après avoir pris deux cafés et réglé l'addition. Ils traversèrent Leicester Square puis Charing Cross Road, et déambulèrent dans St Martin's Lane avant de gagner Covent Garden par Long Acre. Ils firent le tour de l'ancien marché couvert. C'était surtout Rebus qui parlait. À un moment, il s'arrêta devant trois cabines téléphoniques rouges, intrigué par les petits auto-collants blancs qui recouvraient la moindre surface disponible. « Corrections sévères... Leçons très parti-culières de français... Administration orale et anale... Travesti... Trudie, la nymphette qui aime les fessées... Chambre SM... Blonde pulpeuse... » À chaque fois, un numéro de téléphone était indiqué.

Lisa parcourut elle aussi ces petites annonces.

– Voilà des gens très psychologues, fit-elle remar-quer. C'est une sacrée histoire que vous venez de me raconter, John. Personne n'a eu l'idée d'écrire dessus ?

Il haussa les épaules.

– Un journaliste a publié quelques articles.

Jim Stevens. Bon sang, ne s'était-il pas installé lui aussi à Londres ? Rebus repensa à l'article que Lamb lui avait montré, ce papier *non signé*.

– Oui, dit-elle, mais personne n'a envisagé la chose de votre point de vue ?

– Non.

Elle le regardait d'un air pensif.

– Vous avez envie d'étudier mon cas ?

– Pas forcément, répondit-elle. Ah... on est arrivés.

Elle s'arrêta devant un magasin de chaussures. Ils

étaient dans une étroite rue piétonne. Au-dessus de la boutique se trouvaient deux étages d'appartements.

– J'habite ici. Merci. J'ai passé une très bonne soirée.

– Merci pour le repas. C'était très bon.

– De rien...

Elle se tut. Ils étaient à moins d'un mètre l'un de l'autre. Rebus se dandinait.

– Vous saurez retrouver votre chemin ? lui demanda-t-elle. Vous voulez que je vous indique la bonne direction ?

Il jeta un coup d'œil à droite et à gauche. Pas la moindre idée de l'endroit où il était. Il n'y avait pas prêté attention pendant leur flânerie.

– Oh, je vais me débrouiller.

Il sourit et elle en fit autant, sans rien dire.

– Alors, c'est tout ? insista-t-il. On ne me propose pas de monter boire un café ?

Elle le regarda d'un air malicieux.

– Vous avez envie d'un café ?

– Non, reconnut-il en prenant le même air. Pas vraiment.

Elle se retourna et ouvrit la porte à côté de la boutique. Un magasin spécialisé dans la chaussure cousue main et sans cuir. L'interphone de l'immeuble comptait six noms. Sur l'un des boutons était inscrit : « L. Frazer ». Sans le « Dr ». D'un autre côté, inutile d'être dérangé par des malades qui cherchaient un médecin. Parfois, mieux valait taire sa profession.

Lisa retira la clef de la serrure. L'escalier était bien éclairé, ses marches en pierre peintes en bleu barbeau.

– Puisque tu ne veux pas de café, dit-elle en lui faisant face, autant que tu montes...

146

Plus tard, allongée sur le lit avec lui, tout en lui caressant la poitrine, elle lui expliqua qu'elle ne voyait pas à quoi rimaient les petits manèges des gens, toutes ces manières pour en arriver au moment où chacun reconnaissait qu'il n'avait en fin de compte qu'une seule idée en tête : faire l'amour.

Elle l'avait donc conduit au premier étage et entraîné dans une chambre obscure où elle s'était déshabillée et assise dans son lit, les genoux ramenés contre sa poitrine.

– Alors ?

Il s'était donc déshabillé à son tour et l'avait rejointe.

Allongée, elle tendit les mains derrière elle pour se retenir aux montants du lit. Éclairée par un simple réverbère, sa peau avait l'air encore plus mate. Rebus fit remonter sa langue le long des mollets et sur l'intérieur des cuisses. Ses jambes étaient douces. Elle sentait le jasmin, avait un goût de fleurs encore plus capiteuses. Au début, il se sentit embarrassé. Son corps lui faisait honte, comparé à celui de Lisa, bronzé et en pleine forme. (Squash et natation, lui expliqua-t-elle par la suite, ainsi qu'une alimentation équilibrée.) Il parcourut avec ses doigts les pleins et les déliés de son corps. Son ventre était légèrement flasque et on voyait quelques plis à la base de ses seins et dans le cou. Baissant le regard, il contempla son propre torse distendu. Il avait encore un peu de force dans les abdominaux, mais aussi quelques bourrelets. Aucune souplesse, un corps fatigué et vieillissant. Squash et natation... C'était décidé : il s'inscrirait dans un club. Ça ne manquait pas, à Édimbourg.

Il ne demandait pas mieux que de la satisfaire. Le plaisir de Lisa devint son unique but. Il s'y employa sans relâche. La chambre sentait maintenant la sueur. Ils fonctionnaient bien ensemble, avec des gestes fluides, chacun pressentant les réactions de l'autre. À un moment, il alla un tout petit peu trop vite et se cogna le nez dans son menton. Tous deux rigolèrent doucement, en se frottant front contre front. Plus tard, quand il alla chercher une boisson fraîche dans son frigo, elle l'accompagna et goba un glaçon, puis l'embrassa et prolongea son baiser en se laissant tomber à genoux devant lui.

De retour au lit, ils burent du vin blanc frais à la bouteille, s'embrassèrent et remirent ça. L'air avait perdu sa charge de nervosité, ils prirent davantage de plaisir. Elle se mit sur lui et accéléra progressivement le rythme, jusqu'au point où il resta allongé les yeux fermés, imaginant la pièce dans la pénombre, une giclée d'eau fraîche, la peau voluptueuse.

Ou bien une femme. Il se pouvait que le Loup-Garou soit une femme. Cet assassin qui jouait avec les policiers semblait connaître leur façon de penser et leurs méthodes de travail. Une femme ? Une femme policier ? Cath Farraday lui vint à l'esprit, avec son visage teuton, cette mâchoire large mais anguleuse. Il était dans les bras de Lisa et ne pouvait s'empêcher de penser à une autre femme ! Il ressentit une pointe de culpabilité au creux de l'estomac, juste avant une sensation tout autre qui lui fit courber le dos et la nuque, tandis que Lisa plaquait les mains sur son torse, ses genoux lui enserrant la taille.

Ou bien une femme... Pourquoi les morsures ? Aucun autre indice. Pourquoi ? Pourquoi pas une femme ? Pourquoi pas un policier ? Ou bien...

– Oui, oui... se mit-elle à ahaner.

Répété dix, vingt ou trente fois, le mot n'avait plus aucun sens. Oui quoi ?

– Oui, John... Oui, John... Oui, John... Oui.

Après une journée bien remplie, à jouer la comédie, elle s'offre maintenant une nouvelle sortie, une nouvelle partie de chasse. Elle s'y prend de mieux en mieux pour naviguer entre les deux univers. Plus tôt dans la soirée, elle était invitée à un dîner à Blackheath. Raffinement faussement géorgien, portes en pin naturel, discussions sur le prix des écoles privées et l'utilité d'avoir un fax, les taux d'intérêt et les résidences secondaires à l'étranger – et bien sûr le Loup-Garou. On lui avait demandé son avis. Un avis argumenté, intelligent et progressiste. On leur avait servi un chablis frais et un superbe château-montrose 1982. Incapable de choisir, elle s'était autorisé un verre de chaque.

Un des invités était arrivé en retard. Un journaliste d'un quotidien de qualité. Il s'était excusé. Interrogé sur l'actualité du lendemain, il leur en avait livré très volontiers quelques bribes. Un journal qui faisait partie du même groupe que le sien s'apprêtait à titrer : L'HOMOSEXUALITÉ CACHÉE DU LOUP-GAROU. Comme le journaliste était bien placé pour le savoir, il ne s'agissait que d'une ruse pour appâter le tueur. Et elle aussi s'en rend compte, naturellement. Tandis que les convives échangent des sourires autour de la table, elle enroule expertement des spaghettis sur sa fourchette. Quelle bêtise de leur part de faire paraître un article pareil : le Loup-Garou homosexuel ? S'ils savaient !

149

Elle se gausse en portant son énorme verre à vin à ses lèvres. La conversation en vient aux embouteillages, au vin, à l'état du parc de Blackheath[1]. C'est à Blackheath, bien entendu, que l'on enterrait les victimes de la peste, les cadavres entassés les uns sur les autres. La lande noire et la peste noire. Elle sourit discrètement de ce rapprochement.

Après le repas, elle est rentrée en taxi de l'autre côté du fleuve, en se faisant déposer au bout de sa rue. Elle prévoyait de rentrer directement à la maison, mais passe devant chez elle et poursuit son chemin. C'est une imprudence, elle ne devrait pas se trouver là, mais l'envie est trop forte. Après tout, le jouet doit se sentir seul dans la galerie. Il y fait si froid. Un froid à se faire croquer le bout du nez par le Bonhomme Hiver.

Comme lui disait sans doute sa mère. Sa mère... « Comme c'est laid d'avoir du poil au nez, Johnny. Surtout pour un gentleman. » Ou son père, qui entonnait des chansons sans queue ni tête tandis qu'elle se cachait dans le jardin.

– L'art pute, se murmure-t-elle à elle-même dans un sifflement.

Elle sait où se rendre. Pas loin. Un croisement comme il en existe quantité à Londres. Une rue quelconque et une artère beaucoup plus passante. Quelques femmes qui font les cent pas. De temps en temps, elles traversent au feu rouge pour se montrer aux automobilistes, exhiber leurs jambes et leurs corps laiteux. Parfois une vitre se baisse et une femme se penche vers le conducteur pour discuter des conditions. Professionnel mais pas très discret. Elle sait bien que,

---

1. Littéralement, *blackheath* signifie « lande noire ». (*N.d.T.*)

de temps à autre, la police fait vaguement l'effort d'y mettre un terme et que les prostituées comptent beaucoup de policiers parmi leurs clients. D'où le danger de venir ici. Malgré tout, c'est plus fort qu'elle : ça la démange, et puis, de toute façon, ce genre de femme disparaît tout le temps, non ? Sans éveiller le moindre soupçon. Personne ne donne l'alerte. Dans ces quartiers, on a mieux à faire. C'est comme pour sa première victime. Le temps qu'on la retrouve, les rats en avaient fait leur festin. De la bouffe pour animaux ! Elle ricane, est sur le point de dépasser une de ces dames, mais s'arrête brusquement.

– Salut, mon chou, l'interpelle la femme. T'as des envies ?

– C'est combien la nuit ?

– Pour toi, mon chou, ce sera cent livres.

– Très bien.

Elle fait demi-tour et repart en direction de sa rue, de sa propre maison, où l'on sera tellement plus en sécurité. La femme suit bruyamment à quelques mètres, ayant apparemment compris. Elle ne se laisse rattraper qu'une fois devant chez elle, la clef engagée dans la serrure. La galerie les attend. Sauf que ça ne ressemble plus du tout à une galerie.

On dirait une boucherie.

– C'est sympa chez toi, mon chou.

– Silence, dit-elle en mettant un doigt sur sa bouche.

La femme devient méfiante, comme prise d'un doute. Alors elle s'approche d'elle, lui attrape un sein et plante un baiser maladroit et baveux sur ses lèvres bouffies. La prostituée marque un temps de surprise, se ressaisit et affiche un sourire factice.

– Toi, mon chou, t'as rien d'un gentleman !

Elle acquiesce d'un hochement de tête et sourit, ravie de cette remarque. La porte d'entrée est fermée à double tour. Elle se dirige vers la galerie, introduit la clef dans la serrure et ouvre la porte.

– C'est ici, mon chou ?

La femme commence à retirer son manteau en franchissant le seuil. Le vêtement a déjà quitté ses épaules quand elle découvre la pièce. Mais il est trop tard, bien évidemment. Beaucoup trop tard.

Elle fond sur sa proie avec toute l'efficacité d'un ouvrier à la chaîne. La main plaquée sur la bouche, le poignard fermement tenu, décrivant un rapide arc-de-cercle avant de s'enfoncer. Elle se demande si elles ont le temps de voir la lame, à moins qu'elles n'aient déjà fermé les yeux de terreur. Elle imagine leurs yeux écarquillés, fixés sur cette lame pointée vers elles, qui recule puis fuse vers leur visage. Elle pourrait facilement le savoir. Il suffirait d'un miroir bien placé. À prévoir pour la fois suivante.

Des gargouillis. La galerie est le cadre idéal, à mi-chemin entre Apollon et Dionysos. Le corps glisse par terre. Le vrai travail commence. Une petite voix fredonnant « papa-maman, papa-maman » dans son cerveau, elle s'accroupit pour accomplir sa tâche.

– Ce n'est qu'un jeu, murmure-t-elle d'une voix qui n'est guère plus qu'un tremblement au fond de la gorge. Rien qu'un jeu.

Elle se souvient de ce que lui a dit la femme. « T'as rien d'un gentleman. » En effet ! Son rire est dur et cinglant. Soudain, la sensation revient. Non ! Pas déjà ! *La prochaine fois*. Le couteau frétille. Elle n'en a même pas terminé avec celle-là. Tout de même, elle ne peut pas s'en offrir une autre le même soir. Ce serait pure folie ! Mais l'envie est là, une faim absolue et insatiable. Cette fois avec un miroir. Elle se plaque une main ensanglantée sur les yeux.

– Arrêtez ! s'écrie-t-elle. Arrêtez, papa ! maman ! Faites quelque chose ! Je vous en supplie !

Mais tout le problème est là, comme elle ne le sait que trop bien. Personne ne *peut* faire que ça cesse, personne n'y *pourra* jamais rien. Cela doit continuer, soir après soir maintenant. Soir après soir. Pas de répit, pas de repos.

Soir après soir après soir.

Bobards

– Vous plaisantez ou quoi ?

Rebus était trop fatigué pour se mettre vraiment en colère, mais son ton exaspéré n'était pas fait pour rassurer la personne au bout du fil, qui s'était vue confier le soin de lui ordonner de rentrer à Glasgow.

– Le procès n'est pas prévu avant quinze jours, ajouta Rebus.

– La date a été avancée.

Avec un grognement, il se laissa retomber sur le lit, le combiné toujours plaqué contre son oreille, et jeta un coup d'œil à sa montre. Huit heures et demie. Après un sommeil profond, il s'était réveillé à sept heures, habillé en silence pour ne pas réveiller Lisa, et lui avait laissé un mot avant de s'éclipser. Grâce à son flair, il avait regagné l'hôtel en ne se trompant que deux fois. Tout ça pour recevoir ce fichu coup de fil !

– La date a été avancée, répéta la voix. Le procès commence aujourd'hui. On a besoin de votre témoignage, inspecteur.

Comme s'il ne s'en doutait pas ! On ne lui demandait pas grand-chose : se présenter à la barre pour dire qu'il avait vu Morris Gerald Cafferty – plus connu dans certains milieux sous le nom de Big Ger – recevoir cent livres du gérant du City Arms, un pub de Gran-gemouth. Une simple formalité, sauf qu'il devait être présent pour faire sa déposition. Le dossier contre Caf-ferty, patron d'un gang impliqué dans le racket et les jeux, n'était pas sans failles. À vrai dire, il comptait plus de trous que le pouce d'un tailleur aveugle.

Il s'y résigna. Le fallait-il vraiment ? Oui, il le fallait. Demeurait tout de même la logistique.

– Tout est réglé, lui dit la voix. Nous avons cherché à vous joindre hier soir mais vous n'étiez jamais là. Sautez dans le premier avion à Heathrow. Une voiture vous attendra pour vous conduire à Glasgow. Le pro-cureur compte vous faire témoigner vers quinze heures trente, ce qui nous laisse largement le temps. Avec un peu de chance, vous serez de retour à Londres dans la soirée.

– Génial et merci ! lâcha Rebus, la voix tellement chargée d'ironie que les mots avaient peine à sortir.

– De rien.

Il s'aperçut que la ligne Piccadilly allait jusqu'à Heathrow, et qu'il pouvait la prendre juste devant l'hôtel. C'était plutôt de bon augure, même si le trajet s'avéra lent et étouffant. Arrivé à l'aéroport, il acheta son billet et eut le temps de passer au Skyshop. Il prit le *Glasgow Herald*, puis aperçut les autres journaux sur un présentoir. L'HOMOSEXUALITÉ CACHÉE DU LOUP-GAROU... UN DÉSÉQUILIBRÉ QUI DOIT SE FAIRE SOIGNER, D'APRÈS LA POLICE... IL FAUT ARRÊTER CE MALADE...

Cath Farraday s'était bien débrouillée. Il s'offrit la totale et se rendit en salle d'attente. Maintenant qu'il avait l'esprit un peu plus alerte, il remarqua que tout le monde dévorait les gros titres en question et les articles qui les accompagnaient. Et le Loup-Garou : les verrait-il ? Si oui, réagirait-il ? L'affaire était peut-être sur le point de rebondir et voilà qu'il partait à six cents bornes ! Au diable le système judiciaire, les juges, les avocats et toute la clique ! Dire qu'on avait sans doute déplacé le procès Cafferty pour ne pas interférer avec une partie de golf ou une kermesse scolaire ! Être obligé de faire cette cavalcade pour ménager les susceptibilités d'un gosse gâté pourri participant à une course à la cuiller ! Il essaya de se calmer, en inspirant plusieurs bouffées d'air et en expirant lentement. En plus, il n'aimait pas l'avion. Depuis son passage dans les SAS [1], quand on l'avait balancé d'un hélicoptère. Bon sang ! Vous parlez d'une façon de se calmer les nerfs !

– Les passagers du vol pour Glasgow sont priés...

Une annonce impersonnelle et efficace, qui déclencha un mouvement de foule. Les gens se levèrent, rassemblèrent leurs affaires et se dirigèrent vers la porte en question. Quel numéro, d'ailleurs ? Il n'avait pas fait attention. S'agissait-il de son vol ? Il aurait mieux fait d'appeler, pour être sûr qu'une voiture l'attendrait à l'arrivée. Il *ne pouvait pas* supporter l'avion. C'était la raison pour laquelle il était venu en train dimanche. Dimanche ? On n'était que mercredi... Il avait l'impression que plus d'une semaine s'était écoulée. En fait, il n'avait passé que deux jours à Londres.

Embarquement. Merde. Où était passé son billet ? Il n'avait pas de bagage, aucun souci de ce côté-là. Coincés sous son bras, les journaux se tortillèrent,

_____

1. Special Air Service : commando d'intervention spéciale de l'armée britannique. (*N.d.T.*)

désireux de se libérer et de s'éparpiller par terre. Il les remit en ordre et les tint fermement sous son coude. Il devait impérativement se calmer, faire le point sur Cafferty, rassembler ses idées pour que la défense n'y trouve aucune faille. S'en tenir aux faits, oublier le Loup-Garou, et Lisa, Rhona, Sammy, Kenny, Tommy Watkiss, George Flight... Merde ! Il n'avait pas prévenu Flight. On allait se demander ce qu'il fichait. Il lui passerait un coup de fil à son arrivée. Autant ne pas risquer de rater l'avion. Laisse tomber. Concentre-toi sur Cafferty. On lui apporterait son dossier à l'aéroport, pour qu'il puisse relire ses notes avant de faire sa déposition. S'il se souvenait bien, l'accusation ne comptait que deux témoins. Le gérant du pub, qui était terrorisé mais sur qui on avait fait pression, et Rebus. Il se devait d'être solide, confiant et convaincant. Alors qu'il se dirigeait vers la porte d'embarquement, il aperçut son reflet dans un miroir en pied. Il avait les traits de quelqu'un qui a fait la bringue jusqu'à pas d'heure. Le souvenir de sa nuit le fit sourire. Tout allait bien se passer. Il aurait dû appeler Lisa, juste histoire de lui dire... Quoi donc ? Merci... En haut de la passerelle, l'étroite porte flanquée d'un steward et d'une hôtesse, tout sourire.

– Bonjour, monsieur.

– Bonjour madame, monsieur.

Il remarqua une pile de journaux gracieusement offerts aux passagers. Zut, il aurait pu économiser quelques livres !

L'allée était étroite. Il dut se frayer un passage parmi les hommes d'affaires qui fourraient leurs vestes, attaché-cases et sacs de voyage dans les porte-bagages en hauteur. Il trouva son siège côté hublot, s'y laissa tomber et s'escrima avec la ceinture avant d'arriver à la boucler. Dehors, les techniciens au sol étaient toujours à l'œuvre. Un avion décolla élégamment au loin, son rugissement sourd audible malgré la distance. Une femme boulotte s'assit à côté de lui. Âgée d'une quarantaine d'années, elle déploya son journal, en partie sur la jambe droite de Rebus, et se mit à lire. Aucune salutation, aucun signe pour marquer son existence.

TAJT, madame, songea-t-il sans détacher le regard du hublot. Mais quand elle lâcha bruyamment un « Pfff », il se tourna vers elle. Elle le fixait derrière les épais verres de ses lunettes, tout en tapotant un article du doigt.

– Personne n'est à l'abri, de nos jours, dit-elle. Personne !

Rebus vit qu'il s'agissait d'un article fantaisiste sur le Loup-Garou.

– Pas question que ma fille sorte le soir ! poursuivit-elle. Tant qu'on n'aura pas attrapé ce malade, je lui ai dit qu'elle avait la permission de neuf heures. Et quand bien même, on n'est jamais tranquille ! Je veux dire, ça pourrait vraiment être n'importe qui.

À voir le regard que lui décocha la dame, Rebus comprit qu'elle le mettait dans le même sac. Il eut un sourire qui se voulait rassurant.

– Je ne voulais pas partir, enchaîna-t-elle, mais Frank... mon mari... m'a dit que je devais le faire puisque le billet était déjà réservé.

– Vous allez visiter Glasgow ?

– Pas tout à fait. Mon fils y habite. Il est comptable dans le pétrole. C'est lui qui m'a offert mon billet, pour que je voie comment il se débrouille. Je dois dire que je me fais du souci pour lui, installé si loin. Je veux dire, Glasgow est une ville dangereuse, non ? On

158

lit ça dans le journal. On ne sait jamais ce qui pourrait lui arriver là-bas.

Oui, songea Rebus sans abandonner son sourire. Rien à voir avec Londres.

Une sonnerie retentit, genre sonnette électronique, et le message « Attachez vos ceintures » s'alluma, à côté de « Défense de fumer » qui l'était déjà. Il avait vraiment très envie de s'en griller une. Était-il en fumeur ou en non-fumeur ? Il n'aperçut aucune indication et ne se souvenait pas du choix qu'il avait fait au comptoir. De toute façon, avait-on encore le droit de fumer en avion ? Si Dieu avait créé l'homme pour qu'il puisse fumer à six mille mètres, n'aurait-Il pas prévu un cou plus long ? Sa voisine semblait ne pas avoir de cou. Il souhaitait bien du plaisir au pauvre tueur en série qui entreprendrait de lui trancher la gorge !

Quelle pensée ignoble ! Je vous demande pardon, mon Dieu ! En guise de pénitence, il s'obligea à prêter attention à la conversation de la dame, qui lui tint la jambe jusqu'au décollage, quand elle dut se résigner à se taire. Profitant de l'occasion, il glissa ses journaux dans la pochette au dos du siège en face de lui, se cala contre l'appuie-tête et s'endormit aussitôt.

George Flight essaya une nouvelle fois de joindre Rebus à son hôtel, mais on lui répondit que le monsieur était parti « visiblement pressé », après s'être enquis du moyen le plus rapide pour rejoindre Heathrow.

– On dirait qu'il a filé en douce, fit remarquer le constable Lamb. C'est tout vu : notre professionnalisme irréprochable lui a fait peur.

– Tu ne vas pas t'y mettre, Lamb, grommela Flight.

Cela dit, c'est assez mystérieux. Pourquoi serait-il parti sans prévenir ?

– Sauf votre respect, monsieur, parce qu'il est écossais. Sans doute qu'il craignait de recevoir la note.

Flight sourit obligeamment, mais une autre idée lui était venue. La veille, Rebus devait voir cette psychologue, le Dr Frazer, et maintenant il était pressé de quitter Londres. Que s'était-il passé ? Il plissa le nez – une bonne énigme n'était pas pour lui déplaire.

Il se trouvait à l'Old Bailey, pour toucher un mot discret à Malcolm Chambers. Ce dernier était procureur dans une affaire impliquant un de ses indics. Un pauvre crétin qui s'était fait prendre la main dans le sac. Flight lui avait expliqué qu'il ne pouvait pas grand-chose pour lui, mais il ferait son possible. Depuis un an, l'homme lui avait fourni de bons tuyaux qui avaient permis de mettre quelques individus pas franchement recommandables derrière les barreaux. Flight lui devait bien un coup de main. Il en parlerait donc au procureur. Pas pour l'influencer, chose bien évidemment impensable, mais pour lui fournir quelques détails sur l'utile contribution du monsieur au travail de la police et à l'ordre social, une contribution qui risquait malheureusement de s'arrêter si l'on requérait contre lui la peine maximum.

Et cætera.

Sale boulot, mais il fallait bien que quelqu'un s'y colle. En plus, Flight était assez fier de son réseau d'indics. Se dire qu'il pouvait voler en éclats... autant ne pas y penser. L'idée d'aller trouver Chambers, la sébile à la main, ne l'enchantait pas. Surtout après le fiasco concernant Tommy Watkiss. Ce vaurien était de nouveau dans la nature, sans doute en train de raconter son histoire dans tous les pubs de l'East End devant

160

une clientèle amusée. Ce constable qui l'avait arrêté en lui disant : « Salut Tommy. Quel est le problème ? » Flight ne pensait pas que Chambers était près de l'oublier, ni de faire une croix dessus. Tant pis, autant en finir au plus vite avec les suppliques.

– Salut.

Une voix de femme, dans son dos. Se retournant, il fit face au regard félin et aux lèvres rouge vif de Cath Farraday.

– Bonjour, Cath. Quel bon vent t'amène ?

Elle lui expliqua qu'elle avait rendez-vous avec le très influent chroniqueur judiciaire d'un quotidien haut de gamme.

– Il suit un procès pour escroquerie qui n'en est qu'à sa moitié, et ne s'éloigne jamais trop de la salle d'audience.

Flight hocha la tête, se sentant mal à l'aise en la présence de cette femme. Du coin de l'œil, il vit que Lamb s'en amusait. Il prit donc son courage à deux mains pour affronter le faciès de Farraday.

– J'ai vu les articles que vous avez fait paraître dans la presse ce matin, dit-il.

– Je ne peux pas dire que je sois très optimiste quant aux résultats, fit-elle en croisant les bras.

– Les journalistes n'ont pas eu la puce à l'oreille ?

– Quelques-uns se sont doutés qu'on leur racontait des salades, mais leurs lecteurs sont très voraces, il faut bien leur donner quelque chose à se mettre sous la dent ! (Elle décroisa les bras et fouilla dans son sac.) Ce qui donne forcément des rédacteurs en chef affamés eux aussi. Je suis persuadée qu'ils se jetteront sur la moindre miette qu'on leur balancera.

Elle sortit un paquet de cigarettes, s'en alluma une sans en proposer aux autres et remit le paquet dans son sac.

161

– Eh bien, espérons que ça donnera quelque chose.

– Vous m'avez bien dit que c'était une idée de l'inspecteur Rebus ?

– Tout à fait.

– Alors j'ai vraiment des doutes. L'ayant rencontré, je n'ai pas l'impression que la psychologie soit son fort.

– Ah bon ? fit Flight, l'air étonné.

– Il n'a *aucun* point fort ! lança Lamb.

– Je n'irai pas jusque-là, dit Flight d'un ton protecteur.

Lamb se contenta d'afficher un sourire insolent. Flight était en partie embarrassé, en partie furieux. Il comprenait parfaitement la signification du rictus de son subordonné : *on sait très bien pourquoi vous lui collez aux basques, pourquoi vous êtes si copain-copain tous les deux.*

La réplique de Lamb avait fait sourire Cath, mais celle-ci s'adressa à Flight : elle ne daignait pas converser avec les subalternes.

– Ce Rebus est-il toujours dans les parages ?

Flight haussa les épaules.

– J'aimerais pouvoir vous répondre, Cath. Aux dernières nouvelles, il filait vers Heathrow, mais sans ses affaires.

– Bon...

Elle n'avait pas l'air trop déçue. Flight leva soudain la main. Malcolm Chambers aperçut son geste et vint à leur rencontre. D'un pas qui ne semblait requérir aucun effort. Flight se sentit obligé de faire les présentations.

– Monsieur Chambers, je vous présente l'inspecteur Cath Farraday. Elle est chargée de liaison avec la presse dans l'affaire du Loup-Garou.

– Ah, fit Chambers en serrant brièvement la main

de Cath. C'est à madame que nous devons les gros titres effroyables de ce matin ?

– Tout à fait, répondit-elle. Désolée si ça a gâché votre petit déjeuner.

Sa voix avait pris une douceur féminine, comme Flight ne l'avait jamais entendue.

L'impossible se produisit : un sourire se dessina sur les lèvres de Chambers. Cela faisait plusieurs années que Flight ne l'avait pas vu sourire en dehors du prétoire. Décidément, cette matinée lui réservait bien des surprises.

– Pas du tout, dit Chambers. Je me suis beaucoup amusé à les lire. (Il se tourna vers Flight, signifiant par là même à Cath qu'elle était congédiée.) Inspecteur, je peux vous accorder dix minutes, ensuite j'ai une audience. À moins que vous ne préfériez qu'on déjeune ensemble ?

– Dix minutes devraient me suffire.

– Parfait. Vous n'avez qu'à me suivre. (Il jeta un coup d'œil à Lamb, qui boudait encore du mépris de Cath.) Votre jeune homme n'a qu'à nous accompagner, tant qu'à faire.

Et il partit, traversant la galerie à longues enjambées sur ses semelles de cuir chuintantes. Flight adressa un clin d'œil à Cath et lui emboîta le pas, suivi de Lamb qui ne disait rien et ne décolérait pas. Cath sourit, amusée de son humiliation et de la prestation de Chambers. Elle avait entendu parler de lui, naturellement. Ses réquisitoires étaient réputés les plus convaincants de la place, et il avait ce qu'on devait bien appeler ses « groupies » : des gens prêts à suivre le plus ennuyeux ou le plus compliqué des procès simplement pour l'entendre. Par comparaison, sa petite coterie de journalistes lui semblait bien terne.

Comme ça, l'inspecteur Rebus avait regagné ses terres écossaises. Bonne chance à lui.

– Je vous demande pardon...

Une petite silhouette floue se tenait devant elle. Elle plissa les yeux, les réduisant à deux fentes, et découvrit une femme d'une quarantaine d'années vêtue d'une cape noire.

– Vous ne feriez pas partie du jury de la huitième chambre ?

Cath Farraday sourit et fit non de la tête.

– Tant pis, soupira l'huissier en s'éloignant.

Ah, les jurys populaires ! Certains jurés jouissaient d'une popularité toute relative auprès des huissiers.

Cath pivota sur ses talons aiguilles pour aller à son rendez-vous. Pourvu que Jim Stevens n'ait pas oublié... C'était un bon journaliste mais il avait parfois la tête comme une passoire, et cela ne s'arrangeait pas maintenant qu'il était sur le point d'avoir son premier enfant.

Arrivé à Glasgow, Rebus avait encore du temps devant lui. Il aurait pu passer au Horseshoe Bar, se balader dans Kelvinside et même flâner jusqu'à la Clyde. Ou faire signe à un vieux copain, à supposer qu'il en ait un. Glasgow était en pleine mutation. Alors qu'Édimbourg avait tendance à prendre de l'embonpoint depuis quelques années, sa rivale du sud s'employait à retrouver la forme. La ville avait quelque chose de chic et de tonique, un air fringant sans rapport avec l'image d'ivresse titubante qui lui collait à la peau depuis si longtemps.

Cela n'avait pas que de bons côtés. Une partie du

cachet de la ville s'était volatilisé. Les boutiques ruti-
lantes et les bars à vin, les bureaux neufs, tout cela
était d'une qualité identique. Rendez-vous dans n'importe quelle ville prospère à travers le monde et vous
y trouverez des bâtiments similaires. L'éclat doré de
l'uniformité. Rebus ne donnait pas pour autant dans
la nostalgie – rien ne pouvait être pire que le vieux
Glasgow marécageux des années cinquante et soixante.
Et puis, les gens restaient fidèles à eux-mêmes : toujours aussi directs, avec ce merveilleux humour pince-
sans-rire. Les pubs non plus n'avaient pas beaucoup
changé, malgré la clientèle plus chic, et l'adjonction
du *chili con carne* et des lasagnes à la carte aux côtés
de plats plus traditionnels.

Il s'enfila deux tourtes dans un pub, debout au comptoir, le pied gauche appuyé sur la tringle en cuivre.
Histoire de passer le temps. L'avion avait atterri à
l'heure, une voiture l'attendait sur place, ça roulait
très bien jusqu'à Glasgow. Il était arrivé au centre-ville
à midi vingt, et ne devait pas témoigner avant quinze
heures.

Du temps à perdre.

En quittant le pub, il prit ce qu'il espérait être un
raccourci, bien que n'ayant aucune destination précise.
Un passage pavé qui débouchait sur les arcades d'un
pont ferroviaire, des entrepôts délabrés et un terrain
vague jonché d'ordures. Beaucoup de gens traînaient
par là, et il se rendit compte que ce qu'il avait pris
pour des détritus empilés sur le sol humide était en
fait de la marchandise à vendre. Il était tombé sur un
marché aux puces, et, à en juger d'après l'allure de la
clientèle, c'était l'endroit où les déshérités venaient
faire leurs emplettes. Des nippes sales et trempées

165

étaient entassées sens dessus dessous. Les vendeurs se tenaient à côté, se dandinant en silence, un ou deux d'entre eux attisant un feu de fortune autour duquel les autres se réchauffaient. L'ambiance était taciturne. Ça toussotait, ça crachait et ça sifflait, mais sans beaucoup parler. Quelques punks, dont les crêtes resplendissantes semblaient aussi peu à leur place qu'un couple de perroquets dans une cage d'hirondelles, se baladaient sans avoir l'air disposé à acheter grand-chose. Les locaux les observaient avec méfiance. Putains de touristes, semblait dire leur regard collectif. Putains de touristes.

Sous les arcades, une étroite galerie accueillait une enfilade de stands et de tables sur tréteaux. L'odeur y était plus nauséabonde mais Rebus était curieux. Aucun supermarché ne proposait un tel éventail de marchandises : lunettes cassées, vieux transistors (avec des boutons manquants), lampes, chapeaux, couverts en argent noircis, sacs à main, portefeuilles, jeux de dominos et de cartes incomplets. Un stand ne vendait que des bouts de savon usagé, qui semblaient provenir de toilettes publiques. Un autre des dentiers. Un vieillard aux mains tremblantes s'était trouvé une mâchoire inférieure qui lui convenait mais pas celle du haut. Rebus fit la grimace et détourna le regard. Les punks s'intéressaient à une boîte de Cluedo. L'un d'entre eux interpella le vendeur.

– Eh, mec ! Il manque les armes. Où sont le poignard, le flingue et les autres bidules ?

– Vous n'avez qu'à improviser, suggéra le vendeur en fixant la boîte ouverte.

Rebus sourit et poursuivit son chemin. Londres était tellement différent. Ça grouillait de toutes parts, les choses allaient trop vite, la pression et le stress se faisaient sentir partout. Prendre sa voiture pour aller d'un point A à un point B, faire ses courses, sortir le soir : les activités les plus courantes y devenaient épuisantes. Les Londoniens lui semblaient vraiment très soupe au lait. Ici, les gens étaient stoïques. Leur humour faisait barrage à tout ce que les Londoniens devaient endurer sans broncher. Deux mondes à part. Deux civilisations. Glasgow avait été la deuxième ville de l'Empire, la première ville d'Écosse tout au long du vingtième siècle.

– T'aurais pas une clope, mec ?

Un des punks... De plus près, Rebus vit qu'il s'agissait d'une fille. Il avait cru que tous étaient des garçons. Ils se ressemblaient tellement.

– Non, désolé, j'essaie d'arrêter...

Elle s'éloignait déjà, à la recherche de quelqu'un – n'importe qui – susceptible de satisfaire immédiatement son désir. Il consulta sa montre – deux heures passées. Il fallait sans doute compter une demi-heure pour gagner le tribunal. Les punks discutaient toujours avec le vendeur du Cluedo.

– Comment tu veux qu'on joue quand il manque des pièces ? Tu vois ce qu'on veut dire, mec ? Où est le colonel Moutarde ? En plus, le plateau est déchiré. T'en veux combien ?

Celui qui ne voulait pas lâcher le morceau était une espèce de grand échalas, l'impression de maigreur et de grandeur accentuée par sa tenue noire de la tête aux pieds.

Et le Loup-Garou, était-il maigre ou gros ? Grand ou petit ? Vieux ou jeune ? Avait-il un emploi ? Une femme ? Voire un mari ? Un de ses proches connaissait-il la vérité et se taisait-il ? Quand frapperait-il de nouveau ? Où ? Lisa n'était pas capable de répondre à ces questions. Flight n'avait peut-être pas entièrement tort au sujet de la psychologie. Il s'agissait en grande partie de pures conjectures, comme un jeu de société avec des pièces manquantes et dont personne ne connaît les règles. Parfois, on en venait à jouer une partie de sa propre invention, sans rapport avec le jeu d'origine.

Voilà ce dont Rebus avait besoin : de nouvelles règles du jeu pour affronter le Loup-Garou. Des règles à son avantage. Les articles de journaux constituaient le premier coup, mais seulement si le Loup-Garou acceptait de jouer à son tour.

Peut-être que Cafferty échapperait cette fois à la justice, mais d'autres occasions se présenteraient. Le plateau était toujours prêt pour une nouvelle partie.

Rebus fit sa déposition et quitta le tribunal à seize heures. Il rendit le dossier d'enquête à son chauffeur, un sergent à la calvitie naissante, et s'installa sur le siège passager.

– Vous me tiendrez au courant de la suite.

Le chauffeur opina du chef.

– Directement à l'aéroport, inspecteur ?

L'accent de Glasgow pouvait prendre des intonations vraiment sarcastiques. Le sergent était parvenu à ce que Rebus se sente en position d'infériorité. Il fallait reconnaître que les côtes est et ouest d'Écosse ne se portaient pas dans le cœur l'une de l'autre. On aurait pu dresser un mur entre les deux régions qui se livraient depuis toujours leur propre guerre froide. Le chauffeur répéta sa question, un peu plus fort.

– Tout à fait, lui répondit Rebus sur le même ton. La police de Lothian et Borders, ça vaut la jet-set !

Quand il regagna enfin son hôtel de Piccadilly, il avait la tête qui tambourinait. Il avait besoin d'une nuit au calme, seul. Il n'avait pu joindre ni Flight ni Lisa, mais ça attendrait le lendemain. Pour l'instant, il n'avait envie de rien.

Rien que du silence et du calme, allongé sur son lit à fixer le plafond, l'esprit vide.

Une semaine infernale, et qui n'en était qu'à sa moitié. Il prit deux cachets de paracétamol dans le flacon qu'il avait apporté et les avala avec un verre d'eau du robinet. Une eau tiédasse au goût infect. Était-ce vrai qu'à Londres l'eau du robinet avait connu sept paires de reins avant d'aboutir dans votre verre ? Il avait l'impression d'avoir quelque chose d'huileux dans la bouche, rien à voir avec le goût frais et pur qu'avait l'eau d'Édimbourg. Sept paires de reins... Il fixa ses bagages. Il avait emporté trop d'affaires, des choses inutiles dont il ne se servirait jamais. Même la bouteille de whisky était à peine entamée.

Un téléphone sonnait quelque part. Le sien, mais il mit quinze secondes, pas une de moins, avant de s'en apercevoir. Poussant un grognement, il chercha à tâtons sur le mur, finit par trouver le combiné et le porta à son oreille.

– J'espère que vous avez une bonne raison...

– Où étiez-vous passé, bordel de merde ?

La voix de Flight, affolée et en colère.

– Bonsoir à vous aussi, George.

– Il y a eu un nouveau meurtre.

169

Rebus se redressa et posa les pieds par terre.

– Quand ça ?

– Le cadavre a été découvert il y a une heure. Ce n'est pas tout... On a arrêté l'assassin.

– Quoi ? s'écria Rebus en se levant.

– On l'a intercepté alors qu'il prenait la fuite.

Rebus sentit ses genoux flageoler mais les contracta. Sa voix était d'un calme anormal.

– C'est vraiment lui ?

– Ça se pourrait.

– Vous êtes où ?

– Au QG. On l'a transféré ici. Le meurtre a eu lieu dans une maison de Brick Lane, pas très loin de Wolf Street.

– Une maison ?

Surprenant : tous les autres meurtres s'étaient déroulés en extérieur. D'un autre côté, comme Lisa l'avait fait remarquer, le schéma évoluait constamment.

– Oui, répondit Flight. Il y a encore autre chose. L'assassin avait sur lui une somme d'argent dérobée dans la maison. Plus des bijoux et un appareil photo.

Une bizarrerie de plus. Rebus se rassit sur le lit.

– Je vois où vous voulez en venir, dit-il. Mais la méthode...

– Similaire, forcément. Philip Cousins est en route. Il avait un dîner en ville.

– Je vais me rendre sur place. Je passerai vous voir après.

– Très bien.

Apparemment, Flight escomptait cette proposition. Rebus chercha de quoi écrire.

– C'est quoi l'adresse ?

– 110, Copperplate Street.

Rebus la griffonna au dos de son billet d'avion.

– John ?

– Oui, George ?

– Ne vous avisez plus de disparaître comme ça sans prévenir, d'accord ?

– Oui, George... C'est bon, je peux y aller ?

– C'est ça, filez. À tout à l'heure.

Rebus raccrocha et sentit une grande lassitude s'abattre sur lui. Sa tête, ses bras et ses jambes lui paraissaient très lourds. Il inspira longuement à plusieurs reprises, puis se leva et se dirigea vers le lavabo. Il s'aspergea le visage d'eau fraîche et passa sa main trempée sur sa nuque et sa gorge. C'est à peine s'il se reconnut dans le miroir. Poussant un soupir, il écarta les mains de part et d'autre de son visage, comme il avait vu faire Roy Scheider dans un film.

– Que le spectacle commence !

Rebus tomba sur un chauffeur de taxi qui connaissait mille anecdotes sur les frères Kray, Richardson et Jack l'Éventreur. Brick Lane se trouvant être leur destination, il se montra particulièrement éloquent sur ce vieux Jack.

– Il a buté sa première prostituée dans Brick Lane. Richardson, par contre, en voilà un de vraiment diabolique. Il électrocutait ses victimes dans un chantier de ferraille. Chaque fois qu'il était à l'œuvre, l'ampoule à l'entrée du chantier se mettait à clignoter. (Un gloussement, un mouvement de la tête de droite à gauche.) Les frères Kray fréquentaient ce pub, juste à l'angle. Mon benjamin aimait aller y boire un verre.

Comme il se bagarrait quelque chose de bien, je lui ai interdit d'y mettre les pieds. Il bosse à la City... comme coursier, vous savez les types à moto.

Rebus, qui était vautré sur la banquette arrière, empoigna l'appuie-tête du siège avant et se redressa vivement.

– Coursier, vous dites ?

– Ouais. Et il se fait des couilles en or, moi je vous le dis ! En une semaine, il se fait deux fois plus que moi. Il vient de s'acheter un appart' dans les Docklands. Des apparts avec vue sur le fleuve, qu'ils appellent ça ! Quelle plaisanterie ! Je connais quelques types qui bossaient sur ces chantiers. Vite fait, mal fait ! Les vis enfoncées à coup de marteau plutôt qu'avec un tournevis. Du placoplâtre tellement fin qu'on voit quasiment ses voisins, sans parler de les entendre.

– Ma fille a un copain qui travaille comme coursier à la City.

– Ah ouais ? Peut-être que je le connais. Il s'appelle comment ?

– Kenny.

– Kenny ? fit-il en secouant la tête. (Rebus fixait le col de sa chemise, où s'enfouissaient les cheveux argentés du chauffeur.) Non, ça ne me dit rien. Je connais un Kev, et deux Chris, mais aucun Kenny.

Rebus se cala de nouveau dans la banquette. Il ne connaissait même pas le nom de famille de Kenny.

– On est bientôt arrivés ?

– Deux minutes, chef. On va prendre un raccourci qui devrait nous faire gagner du temps. Justement, on va passer devant le chantier de Richardson.

Un attroupement de journalistes attendait dans la ruelle. Façade, trottoir et chaussée, où la police cantonnait la presse – les maisons londoniennes n'avaient-elles jamais de jardin côté rue ? Mis à part les quartiers chics de Kensington, Rebus n'avait toujours pas aperçu le moindre jardin dans la capitale.

– John !

Une voix de femme, s'échappant de la mêlée des reporters. Elle se fraya un chemin vers lui. Il fit signe aux agents d'ouvrir momentanément leur cordon pour la laisser passer.

– Qu'est-ce que tu fais ici ?

Lisa semblait un peu secouée.

– J'ai entendu un flash à la radio. J'ai eu l'idée de passer.

– Je ne suis pas sûr que ce soit une bonne idée, Lisa.

Il repensa au cadavre de Jean Cooper – si celui-ci était dans le même état...

– Vous avez un commentaire ? l'interpella un journaliste.

Rebus distinguait les flashes et les projecteurs des caméras vidéo. D'autres questions fusèrent. Chacun tenait à grappiller quelque chose pour la première édition du matin.

– Viens, dit-il en entraînant Lisa vers la porte du 110.

Philip Cousins n'avait pas pris le temps de se changer – son costume sombre et sa cravate noire étaient du plus parfait funèbre. Isobel Penny était également habillée en noir, une robe longue aux manches moulantes. Elle n'avait pas du tout l'air lugubre mais splendide. Elle sourit à Rebus quand il pénétra dans le salon exigu, et il la salua d'un geste de la tête.

– Ah, inspecteur Rebus, dit Cousins. On m'a prévenu que vous passeriez peut-être.

– Je ne rate jamais un bon cadavre, répondit-il d'un ton pince-sans-rire.

Penché au-dessus de la victime, Cousins lui lança un coup d'œil.

– Tout à fait.

L'odeur était là. Rebus en avait plein les narines et les bronches. Certaines personnes ne sentaient jamais rien, alors que lui la repérait toujours. Une odeur forte et salée, riche et capiteuse, écœurante. Il ne connaissait rien de comparable sur terre. Et un autre parfum flottait en arrière-plan, plus fade, rappelant le suif, la cire et l'eau froide. Les odeurs contrastées de la vie et de la mort. Rebus était prêt à parier que Cousins les sentait, mais pas Isobel Penny.

Âgée de la quarantaine, la victime était étendue sur le sol, les bras et les jambes tordus. On lui avait tranché la gorge. Il y avait quelques signes de lutte : des bibelots renversés et cassés, des traces de main ensanglantée sur un mur. Cousins se releva en soupirant.

– Pas très adroit. Penny, dit-il en jetant un coup d'œil à son assistante qui dessinait un croquis, tu es vraiment ravissante, ce soir. T'avais-je déjà complimenté sur ta tenue ?

Isobel sourit en rougissant, sans rien dire. Cousins s'adressa à Rebus, ignorant la présence silencieuse de Lisa Frazer.

– C'est un imitateur, dit-il avec un nouveau soupir. Mais un imitateur sans grand talent ni intelligence. Il a visiblement lu les descriptions parues dans la presse,

174

qui étaient certes détaillées mais inexactes. Je penche pour un cambriolage interrompu. Il a paniqué, a sorti son poignard, puis s'est dit qu'il avait une chance de se tirer d'affaire en mettant ça sur le dos du Loup-Garou. Pas très malin, dit-il en fixant le cadavre. J'imagine que les vautours sont là ?

— Quand je suis arrivé, une douzaine de journalistes attendaient déjà, acquiesça Rebus. Leur nombre a bien dû doubler. On sait ce qu'ils ont envie d'apprendre, hein ?

— Je crains qu'ils ne soient déçus, dit Cousins en consultant sa montre. Inutile de retourner à notre dîner. Nous avons sans doute raté le porto et le fromage. Une très bonne table, par-dessus le marché ! Quel dommage ! Vous souhaitez voir quelque chose ? demanda-t-il en indiquant le cadavre. L'affaire m'a l'air d'être dans le sac, si j'ose dire.

Rebus sourit. De l'humour aussi noir que le costume du légiste, mais toute plaisanterie était bonne à prendre. L'odeur s'était atténuée, elle évoquait désormais la viande crue et le roux brun. Il secoua la tête. Ici, il en avait terminé. Dehors, par contre, il comptait bien faire sensation. Flight lui en voudrait, comme tout le monde d'ailleurs. Mais peu lui importait. Les émotions fortes avaient toujours du bon. Sans émotions, que restait-il ? Lisa s'était précipitée dans le petit vestibule, où un agent tentait de la réconforter sans savoir comment s'y prendre. Quand Rebus la rejoignit, elle se redressa en secouant la tête.

— Ça va, dit-elle.

— La première fois, c'est toujours un gros choc, lui dit Rebus. Allons-y. Je vais tester mes talents de psychologue avec le Loup-Garou.

Badauds et curieux étaient venus grossir les rangs des journalistes et cameramen. Les policiers s'étaient mis bras dessus, bras dessous pour former une chaîne pas très longue certes, mais infranchissable. La valse des questions commença aussitôt.

– ... Par ici ! On peut vous demander qui vous êtes ? Vous étiez bien au canal ?... Une déclaration... quelque chose à dire... le Loup-Garou... S'agit-il du Loup-Garou ?... Juste quelques mots...

Rebus n'était plus qu'à quelques centimètres de la meute, Lisa à ses côtés. Un des journalistes se pencha vers elle et lui demanda son nom.

– Lisa. Lisa Frazer.

– Vous participez à l'enquête, Lisa ?

– Je suis psychologue.

Rebus se racla bruyamment la gorge. Tels les bâtards d'un chenil, les journalistes se calmèrent rapidement en comprenant que l'écuelle arrivait. Il leva le bras et tout le monde se tut.

– Messieurs, j'ai une courte déclaration à vous faire.

– On pourrait savoir qui vous êtes ?

Mais Rebus secoua la tête. À quoi bon ? Ils le sauraient rapidement. Combien de flics écossais enquê-taient sur le Loup-Garou ? Flight ferait le rappro-chement, ainsi que Cath Farraday, et les journalistes finiraient bien par l'apprendre. Peu importait. Inca-pable de se retenir, un reporter posa la question.

– Vous l'avez arrêté ?

Rebus chercha son regard, mais dans tous les yeux brûlait la même interrogation : s'agit-il du Loup-Garou ?

Cette fois, Rebus opina du chef.

– Oui, déclara-t-il d'une voix solennelle. Nous venons d'arrêter le Loup-Garou.

Lisa le dévisagea bêtement. Les questions fusèrent dans tous les sens mais la chaîne humaine tenait bon devant eux, et, bizarrement, personne ne songeait à la contourner. Rebus regarda derrière son épaule et aperçut Cousins et Isobel Penny figés sur le perron, n'en croyant pas leurs oreilles. Il leur adressa un clin d'œil et entraîna Lisa jusqu'au taxi qui l'avait attendu. Le chauffeur plia son journal et le coinça en le fourrant le long de son siège.

– Eh ben, chef, vous avez mis de l'ambiance ! Qu'est-ce que vous leur avez raconté ?

– Pas grand-chose, dit Rebus qui se cala dans la banquette et sourit à Lisa. Juste quelques bobards.

– Des bobards ! Des bobards ?

Voilà donc à quoi ressemblait Flight quand il se mettait en colère. Il ne voulait pas y croire.

– Vous appelez ça quelques bobards ? Cath Farraday s'arrache les cheveux pour les calmer. Ils sont déchaînés comme des fous. Certains sont prêts à tout imprimer. Et vous osez appeler ça des bobards ? Vous avez pété un câble, Rebus.

Comme ça, on en revenait à « Rebus » ? Libre à lui. Rebus se souvint qu'ils s'étaient promis de dîner ensemble le soir même, mais il doutait fort que l'invitation soit toujours d'actualité.

George Flight avait interrogé le meurtrier. Les joues striées de veines rouges, il avait dénoué sa cravate et en partie déboutonné sa chemise. Il faisait les cent pas malgré l'espace confiné du bureau. Derrière la porte close, Rebus se doutait que les gens écoutaient, pris entre la crainte et l'amusement : les colères du patron étaient redoutées, mais cette fois seul l'Écossais avait à essuyer ses foudres.

Malgré tout, le gros de l'orage était passé ; la voix de Flight avait déjà perdu un demi-décibel.

– Vous dépassez vraiment les bornes ! Qu'est-ce qui vous donne le droit de...

N'en pouvant plus, Rebus frappa du poing sur la table.

– Je vais vous dire ce qui me donne le droit, George. La seule existence du Loup-Garou me donne le droit de faire de mon mieux pour l'enquête.

– De votre mieux ? s'écria Flight, piqué au vif. Il ne manquait plus que ça ! Livrer des conneries pareilles à la presse, c'est ça que vous appelez faire de votre mieux ? Putain, je préfère ne pas voir le pire dont vous êtes capable !

Rebus lui répondit sur le même ton :

– Il est dans la nature et il se fout de notre gueule ! Comme il a l'air de savoir ce qu'on va faire à chaque round, il nous fout une branlée !

Voyant que Flight lui prêtait attention, il baissa le ton.

– Il faut qu'on arrive à le sonner, le forcer à sortir la tête de la tranchée où il se planque, pour voir ce qui se passe. Il faut qu'il se mette en colère, George. Pas contre le monde entier. En colère contre *nous*. Parce que dès qu'il pointera son nez, on sera là pour le décapiter. On l'a déjà accusé d'être tout et n'importe quoi, un pédé aussi bien qu'un cannibale débarqué de Pluton ! Et maintenant, on annonce son arrestation.

Rebus arrivait au bout de sa démonstration. Il baissa encore un peu la voix.

– Je ne crois pas qu'il pourra supporter ça, George.

Vraiment. Il va chercher à prendre contact. Peut-être par voie de presse, ou directement avec nous. Pour qu'on sache.

– Ou bien il tuera de nouveau, objecta Flight. Voilà qui nous tiendrait au courant !

Rebus fit non de la tête.

– S'il frappe encore, on étouffe l'affaire. Silence total dans les médias. Aucune publicité. Tout le monde continue de croire qu'il a été arrêté. Tôt ou tard, il sera obligé de se montrer.

Tous deux étaient parfaitement calmés. Flight se frotta les joues des deux mains, puis le menton. Le regard dans le vide, il réfléchissait. Rebus était convaincu que le plan porterait ses fruits. Cela prendrait peut-être du temps, mais ça marcherait. Le b-a-ba dans les SAS : quand on n'arrive pas à localiser l'ennemi, on le fait sortir du bois. De toute façon, ils n'avaient aucun autre plan.

– John, et si la publicité ne le gênait pas ? La publicité ou l'absence de publicité.

Rebus haussa les épaules. Il n'avait pas de réponse. Juste les enseignements des précédentes affaires et son instinct.

Au bout du compte, Flight secoua négativement la tête.

– Retournez à Édimbourg, dit-il d'une voix lasse. Partez.

Rebus le fixa sans ciller, en espérant qu'il ajouterait quelque chose. Mais George Flight se dirigea simplement vers la porte, l'ouvrit et la referma derrière lui.

C'était donc terminé. Rebus expira longuement. Retour à Édimbourg. D'ailleurs, tous misaient là-dessus depuis le départ, non ? Laine, Lamb et toute la bande.

Pour Flight, allez savoir. Et même peut-être Rebus, au fond de lui. Il était persuadé que sa contribution à l'enquête serait nulle. Ce qui était le cas, alors autant rentrer chez soi, non ?

Pas du tout, et pour une raison simple : cette affaire l'avait pris à la gorge. Impossible de s'y soustraire. Le Loup-Garou, sans corps ni visage, tenait un couteau sur la tempe de Rebus, prêt à enfoncer la lame. Et puis il y avait aussi Londres qui fourmillait d'histoires. Rhona. Sammy. Sammy et Kenny. Sans oublier Kenny, qui avait piqué sa curiosité.

Et Lisa.

Avant tout, il y avait Lisa. Le taxi l'avait déposée chez elle. Malgré ses traits pâles, elle avait soutenu qu'elle se sentait mieux et insisté pour qu'il file directement au QG. Il aurait dû l'appeler, vérifier que tout allait bien. Et puis quoi ? Lui annoncer son départ ? Pas question : il devait tenir tête à Flight. Il ouvrit la porte et passa dans la salle des homicides. Flight ne s'y trouvait pas. Occupés à leur bureau, au téléphone ou à examiner plannings et photos, les visages curieux se tournèrent vers lui. Lui-même ne fixa personne, et surtout pas Lamb qui ricanait en l'observant par-dessus une chemise cartonnée.

Flight était dans le couloir, en pleine conversation avec le sergent de permanence, lequel fit oui de la tête avant de s'éloigner. Rebus vit Flight se voûter, s'adosser au mur et se frotter le visage. Il s'approcha lentement, pour laisser quelques secondes de répit supplémentaires à l'Anglais.

– George ? dit-il doucement.

Flight eut un sourire las.

– Vous n'abandonnez jamais la partie, John.

180

– Je tiens à m'excuser. J'aurais dû vous en parler avant de tenter un coup pareil. Vous n'avez qu'à démentir, si vous voulez.

Flight eut un petit rire désabusé.

– C'est trop tard. Une radio locale a déjà annoncé l'info. Les autres ne vont pas attendre en se croisant les bras. D'ici minuit, toutes les radios en auront parlé. C'est votre boule de neige, John. Maintenant que vous l'avez lancée, elle dévale la colline. On n'a plus qu'à la regarder grossir. Cath va vous faire la peau, mon garçon, affirma-t-il en plantant l'index dans le torse de Rebus. C'est elle qui va porter le chapeau et qui devra s'excuser, sans compter les efforts qu'elle devra déployer pour retrouver leur confiance. (Il agita l'index en souriant.) Mais si quelqu'un en est capable, c'est bien l'inspecteur Cath Farraday. Bon, dit-il en consultant sa montre. Je me suis assez absenté comme ça. Il faut que je retourne en salle d'interrogatoire.

– Ça se passe comment ?

Flight haussa les épaules.

– Il crache autant qu'un vieux 78 tours. On voudrait le faire taire qu'on n'y arriverait pas. Il a trop peur qu'on lui mette sur le dos tous les meurtres du Loup-Garou, alors il passe à table. Je suis même sûr qu'il invente certaines choses.

– D'après Cousins, c'est une imitation du Loup-Garou, sans doute pour maquiller un cambriolage qui aurait mal tourné.

Flight acquiesça d'un hochement de tête.

– Je me dis souvent que Philip a mal choisi son métier. Notre type n'a rien à voir avec le Loup-Garou, c'est un petit cambrioleur. Mais on a tout de même

181

appris quelque chose d'intéressant. Il vend sa camelote à un ami commun.

– Qui ça ?

– Tommy Watkiss.

– Tiens, tiens.

– Vous voulez venir avec moi ? lui proposa Flight en indiquant l'escalier au bout du couloir.

Rebus secoua la tête.

– J'ai un ou deux coups de fil à passer. Je vous rejoindrai peut-être plus tard.

– Comme vous voulez.

Rebus le regarda s'éloigner. Parfois, les hommes tenaient par pur entêtement, longtemps après que la tête et les membres avaient abandonné la partie. Flight était comme un footballeur en train de jouer les prolongations. Rebus lui souhaitait de tenir jusqu'au coup de sifflet final.

Tous les regards se portèrent sur lui quand il retraversa la salle des homicides. Lamb en particulier, le regard pétillant derrière un rapport. Rebus entendit un bruit étrange en provenance de son bureau, une sorte de martèlement à répétition. Poussant la porte, il aperçut un jouet sur son bureau : un dentier grotesque fixé sur des pieds démesurés. Les mâchoires étaient rouge vif et les dents d'un blanc éclatant. Les pieds tournaient sur eux-mêmes en grésillant, tandis que les mâchoires s'ouvraient et se refermaient sans cesse. Clac ! Clac ! Clac !

Furieux de cette blague, Rebus se précipita vers le bureau, s'empara du gadget et écarta les mâchoires, en serrant ses propres dents, jusqu'à ce que le dentier se casse en deux, mais les pieds poursuivirent leur ronde jusqu'à ce que le ressort soit complètement détendu.

Rebus n'en remarqua rien : il fixait les deux mâchoires disjointes. Parfois, les apparences pouvaient être trompeuses. Comme le punk du marché aux puces de Glasgow, qui était en fait une fille. Pas loin du stand où l'on vendait des dentiers en plastique. Self-service, comme au supermarché. Choisissez la taille qui vous convient. Bon sang, il aurait dû piger plus tôt !

Il traversa encore une fois la salle des homicides, d'un pas rapide. Lamb, sans nul doute auteur de la plaisanterie, était sur le point de faire une remarque quand il aperçut l'expression de Rebus, cet air de dire : « Je suis pressé et ce n'est pas le moment de me chercher. » Il courut dans le couloir et dévala l'escalier vers la salle d'interrogatoire. Le lieu de tous les euphémismes. « Un témoin assiste la police dans ses investigations », comme on disait dans la presse. Il frappa et entra. Un policier était en train de changer la cassette du magnétophone. Flight tendait un paquet de cigarettes par-dessus la table à un jeune type dépenaillé qui portait des traces de coups au visage et aux poings.

– George ? dit Rebus en essayant de paraître calme. Je peux vous voir une minute ?

Flight repoussa bruyamment sa chaise et se leva, laissant les cigarettes au prisonnier. Rebus lui tint la porte ouverte et lui fit signe de sortir. Saisi d'une idée, il chercha le regard du prévenu.

– Vous ne connaîtriez pas un certain Kenny ? demanda-t-il.

– J'en connais plein.

– Un type qui circule à moto ?

Le jeune homme fit la moue et prit une cigarette. Aucune réponse ne viendrait et Flight attendait dans le couloir, aussi Rebus ferma-t-il la porte.

– Pourquoi ces questions ? lui demanda Flight.

– Ce n'est peut-être rien du tout. Vous vous souvenez, à l'Old Bailey, quelqu'un s'est mis à crier quand l'audience a été suspendue ?

– Dans la galerie du public ?

– Tout à fait. Eh bien, j'ai reconnu la voix. C'était un certain Kenny. Un jeune qui bosse comme coursier.

– Et alors ?

– Il sort avec ma fille.

– Ah... Et ça vous embête ?

Rebus fit oui de la tête.

– Un peu.

– Et c'est pour ça que vous vouliez me parler.

Rebus parvint à afficher un léger sourire.

– Non, non, pas du tout.

– Alors, qu'est-ce qui vous préoccupe ?

– J'ai passé la journée à Glasgow pour témoigner dans un procès. Comme j'avais un peu de temps à perdre, je me suis baladé dans un marché aux puces, le genre d'endroit où les clochards font leurs commissions.

– Leurs commissions ?

– Leurs courses, expliqua Rebus.

– Et alors ?

– Alors il y avait un stand où l'on vendait de fausses dents. Toutes sortes. Des mâchoires supérieures et inférieures, pas forcément adaptées l'une à l'autre... (Il marqua un temps d'arrêt, pour que ses mots fassent leur effet.) Est-ce qu'il existe ce genre d'endroit à Londres, George ?

Flight hocha la tête.

– À Brick Lane, pour commencer. Il y a des puces tous les dimanches. Dans la rue principale, c'est un marché ordinaire, avec des fruits et des légumes, des fringues. Mais dans les rues adjacentes, les gens vendent tout ce qu'ils ont sous la main. Toute sorte de bric-à-brac et de vieilles cochonneries. C'est l'occasion d'une promenade intéressante mais ne comptez pas y dénicher quoi que ce soit.

– Et on pourrait s'y procurer des dentiers ?

– Oui, répondit Flight après un temps de réflexion. Sans aucun doute.

– Dans ce cas, il s'est montré plus intelligent qu'on ne le soupçonnait, vous ne croyez pas ?

– Vous voulez dire que les morsures n'ont pas été faites par de vraies dents ?

– Je dis que ça ne correspond pas aux dents du Loup-Garou. La mâchoire du bas plus petite que la supérieure ? On se retrouve avec une mâchoire assez bizarre, comme nous l'a montré le Dr Morrison. Vous vous souvenez ?

– Comment voulez-vous que je l'oublie ? J'étais partant pour communiquer le portrait à la presse.

– Ce qui était sans doute exactement ce que recherchait le Loup-Garou. Il s'est rendu au marché de Brick Lane, ou dans un endroit semblable, et s'est acheté deux mâchoires. Elles ne correspondent pas, mais peu importe. Et il s'en sert pour faire ses morsures.

Malgré la moue peu convaincue de Flight, Rebus sentait qu'il avait ferré sa proie.

– Il n'est tout de même pas intelligent à ce point...

– Bien sûr que si, insista Rebus. Il a tout prévu dès le départ... et même *avant* ! Il nous manipule comme on remonte une montre.

– Alors on doit patienter jusqu'à dimanche, dit Flight d'un air pensif. On va passer en revue tous les étalages sur tous les marchés... il ne doit pas y en avoir tant que ça qui vendent des dentiers. Et on posera des questions.

– Qui aurait acheté des fausses dents *sans les essayer* !

Rebus piqua un fou rire. C'était ridicule, il était tombé sur la tête. Pourtant, il était persuadé d'avoir mis le doigt sur la vérité, et que le vendeur s'en souviendrait et leur fournirait un signalement. La plupart des clients essayaient forcément les dents avant de les acheter. C'était leur meilleure piste, peut-être suffirait-elle.

Flight souriait aussi, secouant la tête en pensant à cet épisode grand-guignolesque. Voyant que Rebus lui tendait un poing fermé, il plaça sa main en dessous, paume ouverte. Rebus y laissa tomber les deux mâchoires en plastique.

– Comme une montre qu'on remonte, répéta-t-il. Et on peut remercier Lamb... mais j'aime autant qu'il n'en sache rien.

Flight opina du chef.

– Comme vous voulez, John. Comme vous voulez.

De retour à son bureau, Rebus sortit une feuille vierge. Le Loup-Garou s'était montré vraiment très intelligent. Ce n'était rien de le dire. Il repensa à l'analyse de Lisa, qui suggérait que l'assassin avait peut-être un casier. Pourquoi pas ? À moins que le Loup-Garou ne soit simplement au fait des procédures policières. Il pouvait s'agir, par exemple, d'un policier. Ou bien de quelqu'un qui travaillait pour le compte de la police scientifique. Voire d'un journaliste. Un militant des droits civiques. Un avocat. Un scénariste pour la télévision. Autre possibilité : il avait lu sur le sujet. Ce n'étaient pas les livres

traitant d'affaires criminelles qui manquaient, en bibliothèque et en librairie. Des biographies d'assassins
relatant leur arrestation. En les étudiant, on pouvait
apprendre comment *ne pas* se faire prendre. Rebus avait
beau se creuser la tête, il n'arrivait pas à réduire le champ
des possibles. Cette idée du dentier n'était peut-être
qu'une fausse piste de plus. D'où la nécessité de forcer
le Loup-Garou à sortir du bois.

Il jeta son stylo et décrocha le téléphone. Il composa
le numéro de Lisa mais ça sonna dans le vide. Peut-être
avait-elle pris un somnifère, ou était sortie faire un
tour, ou dormait profondément.

– Petit con !

Cath Farraday se tenait là, dans sa posture favorite
– appuyée au chambranle, les bras croisés. Comme
pour lui montrer qu'elle l'observait depuis un certain
temps.

– Dans le genre crétinerie monumentale !

Rebus afficha un sourire.

– Bonsoir, inspecteur. Que puis-je faire pour vous ?

– Eh bien, dit-elle en pénétrant dans la pièce, pour
commencer vous pourriez la fermer et faire marcher
votre petite cervelle. Ne parlez plus à la presse. Jamais.

Elle le toisait, comme prête à lui mettre un coup de
boule. Il voulut éviter son regard, ses yeux qui auraient
pu vous transpercer un homme, et se mit à fixer sa
coiffure. Les cheveux de Cath n'avaient pas l'air moins
menaçants.

– Compris ?

– TAJT, répondit-il sans réfléchir.

– Pardon ?

– Message reçu, dit-il. C'est bon, message reçu.

Elle hocha lentement la tête, pas franchement

convaincue, puis balança un journal sur le bureau. Il n'avait pas remarqué qu'elle le tenait et y jeta un coup d'œil. Sans occuper toute la première page, la photo ne passait pas inaperçue. On le voyait en train de parler aux journalistes, Lisa se tenant nerveusement à ses côtés. Le titre était nettement plus gros : ARRESTATION DU LOUP-GAROU. Cath Farraday tapota la photo avec son index.

– C'est qui, la potiche ?

Rebus se sentit rougir.

– Une psychologue. Elle nous aide pour l'enquête.

Elle le dévisagea, estimant visiblement que sa bêtise dépassait l'entendement, secoua la tête et pivota sur ses talons.

– Vous pouvez le garder, lança-t-elle en sortant. J'en ai une pile entière.

Elle s'assied et pose le journal devant elle. D'autres sont empilés par terre. Elle tient les ciseaux à la main. Un des articles cite le nom du policier : inspecteur John Rebus. On le décrit comme un « expert des meurtres en série ». Quant à la jeune femme à ses côtés, c'est une psychologue de la police, une certaine Lisa Frazer. Elle découpe la photo, puis donne un dernier coup de ciseau pour séparer Rebus de Frazer. Elle renouvelle l'opération un certain nombre de fois et finit par se retrouver avec deux piles, une de Rebus et une de Frazer. Elle prend une des photos de la psychologue et en découpe la tête. Le sourire aux lèvres, elle entame alors la rédaction de la lettre. Un courrier très délicat, mais qu'importe, elle a tout son temps.

Tout son temps.

Cité Churchill

Réveillé à sept heures par son radio-réveil, Rebus s'assit dans son lit et appela Lisa. Pas de réponse. Bizarre.

En prenant son petit déjeuner, il parcourut la presse. Parmi les quotidiens sérieux, deux consacraient en première page un important article à l'arrestation du Loup-Garou, avec toutefois un luxe de précautions oratoires : « À en croire les inspecteurs... » « On suppose... » « La police aurait déjà arrêté le meurtrier sanguinaire. » Seuls les journaux à sensation reproduisaient des photos de Rebus donnant sa conférence de presse improvisée. En dépit de leur goût pour le sensationnel, eux aussi restaient prudents ; comme s'ils n'en croyaient rien. Cela n'avait pas grande importance. Le but était atteint : le Loup-Garou était peut-être en ce moment en train de lire le récit de sa capture.

Il ou elle ? Rebus n'arrivait pas à se défaire de l'idée qu'il s'agissait d'un homme. Pourtant, une partie de lui-même était soucieuse de ne pas restreindre sans raison le champ des suspects. Pour l'instant, rien ne permettait d'affirmer que le Loup-Garou n'était pas une femme. Il fallait garder l'esprit ouvert. D'ailleurs, cela avait-il la moindre importance ? En fait, probablement que oui.

Beaucoup de Londoniennes étaient prêtes à patienter des heures pour rentrer chez elles, à la sortie d'un pub ou d'une soirée, dans un taxi conduit par une femme : à quoi bon si l'assassin n'était pas forcément un homme ? Partout dans Londres, les gens prenaient des mesures pour se protéger. Des milices privées patrouillaient dans les quartiers. Un pauvre innocent s'était fait tabasser pour s'être aventuré dans une cité où il avait demandé son chemin. Son crime ? Être noir et avoir mis les pieds dans un quartier blanc. Flight avait prévenu Rebus : Londres était très raciste, surtout les quartiers du sud-est. « Un basané qui s'aventure dans certaines cités est sûr d'en sortir émasculé. » Rebus en avait fait personnellement l'expérience, en affrontant la xénophobie particulière de Lamb.

Bien entendu, le racisme était loin d'être aussi développé en Écosse. Pas besoin : les Écossais se contentaient d'être bigots.

Une fois la lecture de la presse terminée, il se rendit au QG. Il était encore assez tôt, à peine huit heures et demie. Quelques personnes étaient déjà à leur poste dans la salle des homicides, mais les petits bureaux étaient tous déserts. Trouvant que ça sentait le renfermé, il ouvrit la fenêtre. Il faisait doux et une légère brise pénétra dans la pièce. Au loin, on distinguait le bruit d'une imprimante et les téléphones qui commençaient à sonner. Dehors, la circulation avançait au ralenti, rien de plus qu'un murmure. Machinalement, Rebus posa sa tête sur son bras. De si près, on sentait l'odeur de bois et de vernis du bureau, mêlée à celle de la mine de crayon. Ça lui rappelait l'école primaire.

Il se réveilla en sursaut – quelque part, quelqu'un

frappait à une porte. Puis un toussotement, pas naturel mais diplomatique.

– Je vous demande pardon, monsieur...

Il releva brusquement les yeux. Une jeune femme en uniforme glissait la tête par la porte entrebâillée. Il s'était endormi la bouche ouverte. De la salive avait coulé à la commissure des lèvres, jusque sur le bureau.

– Oui ? dit-il, toujours dans le cirage. Qu'est-ce qu'il y a ?

Un sourire sympathique. Tout le monde n'était pas comme Lamb, surtout ne pas l'oublier. Ce genre d'enquête soudait une équipe, on se sentait très proches les uns des autres, parfois plus encore que de son meilleur ami.

– Il y a quelqu'un qui souhaite vous voir, monsieur. Enfin, cette dame souhaite s'entretenir avec un inspecteur à propos des meurtres, et vous êtes le seul présent.

Il jeta un coup d'œil à sa montre – neuf heures moins le quart. Il ne s'était pas assoupi très longtemps. Tant mieux. Il sentait qu'il pouvait se confier à cette policière.

– J'ai pas trop mauvaise mine ? demanda-t-il.

– La joue sur laquelle vous étiez appuyé est rouge, mais ça peut aller.

Elle sourit de nouveau. Un peu de douceur dans un monde de brutes.

– Merci. C'est bon, faites-la entrer, je vous prie.

– D'accord. (La tête disparut mais réapparut aussitôt.) Je peux vous proposer un café ?

– Ce serait génial. Merci.

– Lait ? Sucre ?

– Juste du lait.

Elle partit en fermant la porte. Rebus chercha quelque

chose à faire pour se donner l'air occupé. Pas compliqué : une nouvelle pile de papiers attendait d'être consultée. Les rapports du labo. Les résultats – négatifs – du porte-à-porte après le meurtre de Jean Cooper, et des interrogatoires des personnes qui se trouvaient au pub en même temps qu'elle le dimanche soir. Il venait de prendre le premier document quand on frappa à la porte, si délicatement qu'il faillit ne rien entendre.

– Entrez !

La porte s'ouvrit lentement. La jeune femme qui se tenait là jeta un coup d'œil à droite et à gauche, avec une timidité qui n'était pas loin de virer à la crainte. Dans les vingt-neuf, trente ans, cheveux bruns coupés court. Pour le reste, c'était une gageure que de la décrire. Le plus simple était de dire ce qu'elle n'était pas : pas grande, mais pas franchement petite. Pas maigre, sans pour autant être grosse. Un visage dépourvu de tout ce qui aurait pu passer pour un trait de personnalité.

– Bonjour, dit Rebus en faisant mine de se lever.

Il lui indiqua une chaise et l'observa refermer la porte, puis actionner la poignée pour s'en assurer, le tout avec une lenteur confondante. Après quoi elle se retourna enfin pour regarder Rebus, ou du moins dans sa direction – elle fixa le côté de son visage, pour ne pas le regarder droit dans les yeux.

– Bonjour, murmura-t-elle.

Apparemment, elle était prête à rester debout tout du long. Rebus lui fit de nouveau signe de s'asseoir.

– Je vous en prie, prenez un siège.

Elle se positionna enfin devant la chaise et y prit place délicatement. Rebus avait l'impression de conduire un entretien d'embauche : la pauvre fille était dans tous ses états tant elle avait envie de décrocher le poste.

– Vous souhaitiez parler à quelqu'un ? lui demanda-t-il d'un ton qui se voulait doux et sympathique.

– Oui.

Bien. C'était un début.

– Je suis l'inspecteur Rebus. Et vous êtes... ?

– Jan Crawford.

– Bon, Jan. Que puis-je faire pour vous ?

Elle avala sa salive, le regard fixé sur la fenêtre derrière l'oreille gauche de Rebus.

– Les meurtres. On l'appelle le Loup-Garou.

Rebus était indécis. Peut-être s'agissait-il d'une mythomane, mais elle ne donnait pas cette impression. Elle était surtout très nerveuse. Peut-être avait-elle une bonne raison de l'être.

– C'est exact, confirma-t-il d'un ton encourageant. La presse l'appelle comme ça.

– Oui, dit-elle en s'excitant, prise d'une soudaine volubilité. Et on a annoncé hier soir à la radio, et ce matin dans les journaux...

Elle prit un article dans son sac. On y voyait la photo de Rebus et de Lisa Frazer.

– C'est bien vous, n'est-ce pas ?

Il fit oui de la tête.

– Alors vous savez... je veux dire, forcément... dans le journal, on dit qu'il a encore frappé et que vous l'avez arrêté, enfin peut-être, personne n'est sûr...

Elle s'interrompit, haletante. Son regard demeurait rivé sur la fenêtre. Rebus resta silencieux, pour lui laisser le temps de se calmer. Elle avait les yeux luisants. Quand elle se remit à parler, une larme jaillit au coin d'un œil et glissa le long de sa joue, jusqu'au menton.

– Personne ne sait si vous l'avez arrêté, mais moi si. Enfin, je pense que je pourrai le dire avec certitude. Je n'ai pas... enfin, je veux dire, j'avais tellement peur que je n'ai rien dit. Je ne voulais en parler à personne, je ne voulais pas que papa et maman sachent, je voulais tirer un trait dessus. Mais c'est idiot, non ? Alors qu'il risque de recommencer si on ne l'arrête pas. Alors j'ai décidé... je veux dire, peut-être que je peux...

Elle commença à se lever, mais se ravisa et serra les poings très fort.

– Vous pouvez quoi, miss Crawford ?

– L'identifier, murmura-t-elle.

Elle prit un mouchoir glissé dans la manche de son chemisier et se moucha. La larme tomba sur son genou.

– L'identifier, répéta-t-elle. S'il se trouve bien ici, si vous l'avez arrêté.

Rebus la fixa et parvint enfin à croiser son regard. Ses yeux marron embués. Il avait déjà eu affaire à un certain nombre de fabulateurs. Difficile de savoir ce qu'il en était dans le cas présent.

– Qu'est-ce que vous voulez dire, Jan ?

Elle renifla, reporta son regard sur la fenêtre et déglutit.

– Il a failli m'avoir, répondit-elle. J'ai été la première, avant les autres. J'ai failli être sa première victime.

Elle pencha la tête en arrière. Rebus ne comprit pas tout de suite pourquoi, puis il aperçut la cicatrice rose foncé, longue d'à peine deux ou trois centimètres, en forme de croissant qu'elle avait sous l'oreille droite.

Le genre de blessure que fait un couteau.

Cette jeune femme aurait dû être la première victime du Loup-Garou.

– Alors, vous en pensez quoi ?

Ils se faisaient face de part et d'autre du bureau. Dix centimètres de paperasse étaient venus s'ajouter à la pile des en-cours, qui menaçait dangereusement de se répandre par terre. Rebus savourait un sandwich oignon-fromage commandé chez Gino's. De la nourriture plaisir. Un des charmes du célibat : pouvoir s'empiffrer d'oignons, de Branston pickle, d'énormes saucisses, de sandwichs aux œufs durs et à la sauce tomate, de toasts aux haricots rouges nappés de sauce curry, et autres mets succulents chers à la gent masculine.

– Alors ?

Flight sirotait une canette de Coca, en réprimant un rot de temps à autre. Il avait écouté le récit de Rebus et rencontré Jan Crawford. Celle-ci avait été conduite dans une salle d'interrogatoire, où une policière lui apporterait boisson chaude et réconfort tandis qu'on prenait sa déposition. Flight et Rebus espéraient qu'elle n'aurait pas affaire à Lamb.

– Alors ?

Flight se frotta l'œil droit sans desserrer le poing.

– Je ne sais pas trop, John. Cette enquête vire au n'importe quoi. Vous racontez des salades à la presse, votre photo est partout en première page, on se retrouve avec notre premier... et peut-être pas dernier... meurtre d'imitation, et vous nous sortez cette idée de dentiers et de marchés aux puces. Et maintenant cela... Ça fait un peu beaucoup !

Il écarta les bras, l'air d'implorer qu'on l'aide à remettre un peu d'ordre dans son univers.

Rebus croqua une bouchée de sandwich et mastiqua lentement.

– Mais ça colle bien, non ? D'après ce que j'ai lu sur

les tueurs en série, la première tentative rate souvent. Ils ne sont pas tout à fait prêts, ils ont mal calculé leur coup. Quelqu'un se met à crier, ils paniquent. Sa technique n'était pas encore au point. Il ne lui a pas couvert la bouche, elle a poussé des cris. Et puis, il s'est aperçu que la peau et les muscles sont plus résistants qu'il n'y paraît. Sans doute qu'il avait vu trop de films d'horreur, il s'imaginait que ça rentrerait comme dans du beurre. Il l'a frappée, mais pas assez fort pour la blesser grièvement. Peut-être que la lame n'était pas assez pointue. Qui sait ? En tout cas, il a pris peur et s'est enfui.

Flight se contenta de hausser les épaules.

– Et elle n'a pas porté plainte. C'est ça qui me chiffonne.

– Elle le fait maintenant. Dites-moi, George : combien de victimes de viol viennent trouver la police ? Moins d'un tiers, ai-je entendu dire. Jan Crawford est un petit bout de femme timide, morte de trouille. Elle a voulu tout oublier, mais ça n'a pas marché. Sa conscience la travaillait. C'est ce qui l'a poussée à venir.

– Je ne suis pas convaincu pour autant, John. Ne me demandez pas pourquoi.

Rebus termina son sandwich et se frotta ostensiblement les mains.

– Votre instinct de flic ? suggéra-t-il avec une pointe de sarcasme.

– Peut-être, dit Flight qui ne sembla pas relever son ton railleur. Quelque chose me gêne chez elle.

– Faites-moi confiance. Je lui ai parlé. Elle m'a tout raconté. Et je la crois, George. Je pense que c'était bien lui. Le 12 décembre, l'année dernière. Sa première tentative.

– Peut-être pas. Il est possible qu'il y en ait d'autres qui ne se sont pas manifestées.

– D'accord. Ce qui compte, c'est qu'une l'ait fait.

– Je ne vois toujours pas en quoi cela nous aide, dit Flight qui prit une feuille sur le bureau et lut le signalement griffonné. « Il était blanc, dans les un mètre quatre-vingts, et je crois bien qu'il avait les cheveux châtains. Comme il était de dos quand il s'est enfui, je n'ai pas pu voir son visage... » Voilà qui réduit considérablement le nombre des suspects ! lança-t-il en la reposant.

Rebus aurait volontiers soutenu que oui. Parce que maintenant je sais que j'ai affaire à un homme. Avant, je n'en étais pas certain. Mais il garda cette réflexion pour lui. Il en avait déjà fait voir bien assez à ce pauvre Flight depuis quelques jours.

– Ce n'est pas le problème, se contenta-t-il de dire.

– Alors c'est quoi, nom de Dieu ?

Flight, qui avait terminé son Coca, balança la canette dans une corbeille métallique. Le bruit résonna pendant ce qui parut une éternité.

Rebus attendit que le silence soit rétabli pour s'exprimer.

– Ce qui compte, c'est que le Loup-Garou ne sait pas, lui, qu'elle ne l'a pas bien vu. Il faut qu'on persuade Mlle Crawford de faire une déclaration publique. Que les caméras de télé s'en donnent à cœur joie avec elle. La rescapée. Ensuite, on explique qu'elle nous a fourni un signalement. Si le lascar ne panique pas pour de bon, rien n'y fera.

– Le faire paniquer, vous n'avez que ces mots-là à la bouche ! En quoi ça fait avancer les choses ? Et s'il prenait peur ? Et s'il arrêtait de tuer et disparaissait dans la nature ?

– Ce n'est pas son genre, déclara Rebus avec aplomb. Il continuera à commettre des meurtres parce que c'est plus fort que lui. Vous n'avez pas remarqué que les délais sont de moins en moins espacés ? Peut-être même qu'il est déjà repassé à l'acte depuis Lea Bridge, et qu'on n'a pas encore retrouvé le cadavre. Il est possédé, George.

Flight le dévisagea, se demandant s'il plaisantait, mais Rebus était parfaitement sérieux.

– Je le pense vraiment, George.

Flight se leva et s'approcha de la fenêtre.

– On n'est même pas sûrs que ce soit le Loup-Garou qui l'ait agressée.

– C'est vrai, reconnut Rebus.

– Et si elle refuse de faire une déclaration publique ?

– Peu importe. On sort tout de même la nouvelle. En précisant qu'on a un signalement.

– Vous la croyez ? lui demanda Flight en se détournant de la fenêtre. Vous ne pensez pas qu'elle fabule ?

– C'est une possibilité, mais je ne pense vraiment pas. Son histoire est très plausible. Pour les détails, elle est restée vague, juste ce qu'il fallait. Ça remonte tout de même à trois mois. On peut se renseigner sur elle, si vous voulez.

– Oui, ce serait une très bonne chose.

Plus aucune émotion ne filtrait dans la voix de Flight. Cette enquête lui pompait toute son énergie.

– Je veux connaître son passé, sa situation actuelle, ses amis, sa famille, son dossier médical.

– Je pourrais même demander à Lisa Frazer de lui faire passer des tests, suggéra Rebus, non sans malice.

– Pas la peine, dit Flight avec un léger sourire. Juste ce que j'ai dit. Confiez ça à Lamb. On sera débarrassés de lui un moment.

– Vous ne l'appréciez donc pas ?

– Qu'est-ce qui vous fait dire ça ?

– Pourtant, il m'a confié que vous étiez un vrai père pour lui.

La tension avait disparu. Rebus avait le sentiment d'avoir remporté une petite victoire. Tous deux rigolèrent, complices dans leur antipathie pour Lamb.

– Vous êtes un bon policier, John.

Rebus rougit malgré lui.

– Allez vous faire voir, vieille canaille ! rétorqua-t-il.

– Ce qui me fait penser, hier je vous ai dit de rentrer chez vous. Vous avez l'intention d'obéir ?

– Pas du tout.

Flight hocha la tête après un silence.

– Tant mieux. Tant mieux pour l'instant, dit-il en se dirigeant vers la porte où il s'arrêta et se retourna vers Rebus. Ne vous mettez pas à jouer en solitaire, John. C'est mon territoire. J'ai besoin de savoir où vous êtes et ce que vous faites. Et ce qui se passe là-dedans, dit-il en se tapotant la tempe. OK ?

Rebus opina du chef.

– D'accord, George. Pas de problème.

Mais dans son dos, il croisait les doigts. Il aimait travailler seul, et avait le sentiment que Flight le tenait à l'œil pour d'autres motifs que la camaraderie cockney. En plus, s'il s'avérait que le Loup-Garou était un flic, on ne pouvait écarter personne. Personne.

Rebus appela une nouvelle fois chez Lisa, toujours sans succès. À l'heure du déjeuner, il traînait dans les couloirs du poste quand il tomba sur Joey Bennett, le constable qui l'avait interpellé dans Shaftesbury

Avenue le soir de son arrivée à Londres. D'abord sur ses gardes, Bennett finit par le reconnaître.

– Oh, bonjour monsieur. C'est bien vous dont j'ai vu la photo dans le journal ?

Rebus répondit par l'affirmative.

– Ce n'est pas votre secteur, si je ne m'abuse ? s'étonna-t-il.

– Non, monsieur. Pas exactement. Je suis juste de passage, si l'on peut dire. Je déposais un prévenu. Je repense à cette photo... la dame qu'on y voit à côté de vous... elle avait l'air très...

– Vous êtes en voiture ?

Bennett prit de nouveau l'air méfiant.

– Oui, monsieur.

– Et vous retournez en ville ?

– Oui, monsieur. Dans le West End.

– Parfait. Dites, ça ne vous dérange pas de me déposer quelque part ?

– Euh... pas du tout, monsieur. Très volontiers, monsieur.

Bennett afficha un sourire peu convaincu, digne d'un numéro de natation synchronisée.

Tandis qu'ils se rendaient à sa voiture, ils croisèrent Lamb.

– Les dents ont arrêté de claquer ? demanda-t-il.

Rebus n'était pas d'humeur à lui répondre. Sans se laisser démonter, Lamb revint à la charge.

– Vous sortez ?

Dans sa bouche, cette question innocente prenait des allures de menace. Rebus s'arrêta, fit demi-tour et s'approcha de lui, plantant son visage à quelques centimètres du sien.

– Oui, Lamb. Avec votre permission, je me rends quelque part.

Puis il rejoignit Bennett. Lamb les regarda s'éloigner, dévoilant ses dents en une espèce de rictus.

– Prenez soin de vous ! lança-t-il. Vous voulez que je prévienne l'hôtel pour qu'on prépare vos bagages ?

En guise de réponse, Rebus lui fit un signe de la main, accéléra le pas et murmura :

– TAJT...

– Pardon, monsieur ? fit Bennett, intrigué.

– Ce n'est rien. Rien du tout.

Ils mirent une demi-heure pour atteindre Bloomsbury. Un immeuble sur deux semblait arborer une plaque bleue circulaire commémorant tel ou tel écrivain ayant vécu là. Rebus connaissait très peu des noms. Il finit par trouver l'endroit qu'il cherchait et salua Bennett d'un geste de la main. C'était le département de psychologie de University College, situé dans Gower Street. Mis à part la secrétaire, il n'y avait pas âme qui vive dans les locaux à une heure de l'après-midi.

– Est-ce que je peux vous aider ?

– J'espère que oui. Je cherche Lisa Frazer.

– Lisa... ? répéta la secrétaire, l'air incertain. J'y suis... Lisa. Mon Dieu, je ne sais pas si je vais pouvoir faire grand-chose. Ça fait plus d'une semaine que je ne l'ai pas vue. Vous pourriez essayer la bibliothèque. Ou bien Dillon's.

– Dillon's ?

– C'est une librairie. Juste au bout de la rue. Lisa y passe beaucoup de temps. Elle adore les livres. Et puis vous avez la British Library, vous pouvez toujours y faire un tour au cas où elle y serait.

Il quitta le bâtiment avec une nouvelle énigme. La secrétaire lui avait paru très distante, évasive. Mais peut-être que c'était son imagination. Il avait tendance à prêter trop de sens au moindre détail. Il trouva la librairie et y entra. Au lieu de la petite librairie de quartier, il se retrouva dans un lieu gigantesque. Renseignement pris sur un panneau mural, la psychologie était au troisième étage. Une quantité affolante de bouquins ! Beaucoup plus qu'un homme ne pouvait en lire au cours d'une vie. Il s'efforça de déambuler parmi les rayonnages sans se laisser distraire. S'il se mettait à lire les titres, sa curiosité serait piquée et il en achèterait forcément. Il avait déjà une cinquantaine de livres chez lui, empilés à côté de son lit, en prévision de cette semaine de vacances qu'il n'arrivait jamais à prendre, une occasion de penser à autre chose qu'au boulot. Collectionner des livres. C'était son seul passe-temps. Sans pour autant en faire une manie. Il ne s'intéressait pas aux éditions originales, aux exemplaires dédicacés. En général, il se contentait de livres de poche. Et ses goûts étaient très éclectiques : n'importe quel sujet était susceptible de l'intéresser.

Il fit donc comme s'il portait des œillères et finit par trouver le rayon psychologie. C'était une pièce parmi d'autres en enfilade. Pas de Lisa. Par contre, il repéra un endroit où elle avait dû se constituer une partie de sa bibliothèque. Près de la caisse, une étagère était consacrée à la violence et la criminalité. Un des ouvrages qu'elle lui avait prêtés y figurait. Il le prit, le retourna pour voir le prix, et cligna des yeux de stupéfaction. Une telle somme pour un livre de poche ? Certes, les ouvrages universitaires étaient toujours très chers. Curieux, à vrai dire : ces livres n'étaient-ils pas destinés avant tout aux étudiants, qui n'avaient pas les moyens de se les offrir ? Une question à soumettre à un psychologue, ou à un économiste avisé.

À côté du rayon criminologie se trouvaient des livres sur l'occultisme, la sorcellerie, ainsi que des tarots divinatoires. Rebus sourit de ce curieux mariage : le travail de la police et la cartomancie. Il feuilleta un livre sur les rituels. Une jeune femme élancée à la chevelure rousse, vêtue d'une robe bouffante en satin, s'arrêta à côté de lui pour prendre un jeu de tarots qu'elle alla régler à la caisse. Eh bien, il faut de tout pour faire un monde, n'est-ce pas ? Elle avait la mine plutôt sérieuse, mais l'époque n'était pas franchement drôle.

Les rituels... Se pouvait-il que la folie meurtrière du Loup-Garou tienne d'un rituel ? Jusqu'ici, il cherchait une explication dans le psychisme de l'assassin : et s'il s'agissait d'une sorte de rite ? Le massacre et la souillure des innocents, ce genre de chose. Charles Manson et sa croix gammée tatouée sur le front. Certains prétendaient que les méthodes de Jack l'Éventreur comportaient une dimension maçonnique. La folie et le mal. Parfois on en trouvait la cause, parfois non.

Trancher la gorge.

Transpercer l'anus.

Mordre le ventre.

Les deux extrémités du tronc humain, et son centre en quelque sorte. Cette figure constituait-elle un indice ?

Il y a des indices partout [1].

Un monstre du passé, surgi des eaux troubles de la

---

1. Voir *L'Étrangleur d'Édimbourg*, Le Livre de Poche, n° 37 028.

mémoire. Une enquête qui l'avait pris dans ses griffes, mais ce n'était rien comparé à la présente. Il envisageait que le Loup-Garou soit une femme. Et voici qu'une femme se présentait à point nommé pour affirmer qu'il s'agissait d'un homme. Vraiment très à point nommé. George Flight avait raison d'être sur ses gardes. Rebus devrait en prendre de la graine. L'Anglais faisait tout dans les règles, avec une attention scrupuleuse pour les détails. Lui ne se précipitait pas dans le couloir en brandissant une mâchoire gadget dans sa main poisseuse. Il était du genre à s'asseoir pour réfléchir à tête reposée. Ce qui faisait de lui un bon flic, meilleur que Rebus, parce qu'il ne passait pas son temps à prendre les vessies pour des lanternes. Mieux que ça, c'était quelqu'un de méthodique, et les gens méthodiques ne laissaient jamais rien passer.

Rebus sortit de chez Dillon's avec un petit nuage noir au-dessus de la tête et un sac rempli de livres à la main droite. Il prit Gower Street puis Bloomsbury Street et, après avoir tourné à gauche au hasard à un croisement, se retrouva devant le British Museum où, d'après son souvenir, se trouvait la British Library. À moins que le déménagement annoncé dans la presse n'ait déjà eu lieu.

Mais il apprit que la British Library n'était pas accessible aux « non-lecteurs ». Il tenta d'expliquer qu'il était un grand lecteur, mais apparemment il fallait être titulaire d'une carte de lecteur. Après coup, il se dit qu'il aurait dû sortir sa carte de flic et prétendre être à la poursuite d'un déséquilibré. Il se contenta de hausser les épaules en secouant la tête, et alla faire un tour au British Museum.

Le musée était plein à craquer, envahi par les touristes et les groupes scolaires. Il se demanda si les enfants, avec leur imagination encore très fertile, étaient aussi époustouflés que lui par les salles égyptiennes et assyriennes. Vastes panneaux de pierre gravés, immenses portes en bois, objets de toutes sortes. La pierre de Rosette suscitait le plus gros attroupement. Rebus en avait entendu parler, sans vraiment savoir de quoi il s'agissait. Il put combler cette lacune. Portant des inscriptions en trois langues, cette pierre avait permis aux historiens de percer le mystère des hiéroglyphes.

Il était prêt à parier que ça ne s'était pas fait en une nuit, ni même en un week-end. Un boulot lent, fastidieux, comme le travail d'enquêteur, aussi pénible que le sort d'un mineur ou d'un maçon. Et au bout du compte, cela se jouait souvent grâce au coup de pouce du destin. Combien de fois avait-on interrogé l'Éventreur du Yorkshire avant de le relâcher ? Ce genre de choses arrivait beaucoup plus souvent qu'on voulait bien le faire savoir au public.

Il traversa une série de salles spacieuses et lumineuses contenant des statuettes et des vases grecs, puis franchit une porte en verre à double battant et découvrit les marbres du Parthénon. Bizarrement, on ne les appelait plus les marbres d'Elgin [1]... Il fit le tour de cette vaste galerie, avec le sentiment de parcourir un temple des temps modernes. À l'autre bout de la salle, des enfants étaient assis en tailleur devant des statues qu'ils s'évertuaient à dessiner. Leur professeur circulait parmi eux, en essayant d'imposer le silence à ces

---

1. Marbres du Parthénon, rapportés à Londres par lord Elgin en 1801 – ce qui fit scandale à l'époque et encore de nos jours. (*N.d.T.*)

artistes récalcitrants. C'était Rhona ! Même à cette distance, il la reconnaissait. Sa façon de marcher, de pencher la tête, de se tenir les mains dans le dos quand elle faisait une remarque... Il tourna sur ses talons et se retrouva nez à nez avec un cheval. Les veines saillantes sur l'encolure, la gueule ouverte dévoilant les dents rendues toutes lisses par l'usure. Aucun risque de morsure. Rhona apprécierait-elle qu'il vienne l'interrompre en pleine classe, juste pour échanger des platitudes ? Non, sans doute que non. Et si elle l'apercevait ? Filer en douce, c'était passer pour un lâche. De toute manière, il n'était que ça, non ? Un lâche... Autant s'y faire et battre en retraite vers les portes en verre. Ni vu ni connu. Et même si elle l'apercevait, elle n'allait pas se mettre à l'appeler. Oui, mais il y avait Kenny... Qui était mieux placé pour le renseigner que Rhona ? La réponse était simple : *tout le monde*. Par exemple, il pouvait interroger Samantha. Exactement... il en toucherait un mot à Sammy.

Il fit discrètement demi-tour et gagna la sortie au pas de charge. Soudain, tout cet étalage de vases et de statues lui parut ridicule. À quoi bon les entasser derrière des vitres pour que les gens y jettent un coup d'œil distrait ? N'était-il pas préférable d'aller de l'avant, de laisser tomber l'histoire ancienne ? Ne ferait-il pas mieux de suivre le conseil mal intentionné de Lamb ? On croisait trop de fantômes à Londres. Beaucoup trop. Jusqu'au journaliste Jim Stevens. Rebus traversa la cour du musée comme une flèche et ne ralentit qu'après avoir franchi la grille. Les gardiens le dévisagèrent d'un air méfiant, avec un regard appuyé sur son sac en plastique. Rien que des livres, était-il tenté de leur dire. Mais lui-même était bien placé pour savoir qu'un livre pouvait dissimuler beaucoup de choses, quasiment n'importe quoi. Il en avait fait la cuisante expérience.

Quand on se sent abattu, il faut se montrer culotté. Tendant la main, il héla avec succès le premier taxi noir qui passait. Il ne se souvenait pas du nom précis de la rue, mais peu importait.

– Covent Garden, indiqua-t-il au chauffeur.

Tandis que celui-ci effectuait un demi-tour d'une légalité douteuse, il plongea la main dans son sac de bouquins et en sortit une première récompense.

Il se balada une vingtaine de minutes à Covent Garden, observa un magicien de rue et des cracheurs de feu, puis partit à la recherche de l'appartement de Lisa. Il n'eut pas trop de mal. À sa grande surprise, il reconnut une boutique de cerfs-volants, et une autre où l'on vendait exclusivement des théières. Une fois à gauche, deux fois à droite, et il se retrouva dans sa rue, devant le magasin de chaussures où il y avait beaucoup de monde. La clientèle était très jeune, tout comme les vendeuses ; personne n'avait l'air d'avoir plus de vingt ans. On entendait un air de jazz au saxophone. Peut-être une cassette, ou un musicien de rue qui jouait quelque part au loin. Il porta son regard vers la fenêtre de Lisa, avec son store jaune vif. Quel âge avait-elle ? Difficile à dire.

Il s'approcha enfin de la porte et appuya sur le bouton de l'interphone. Le haut-parleur grésilla.

– Oui ?

– C'est moi... John.

– Oui ?... Je ne vous entends pas...

– C'est John ! dit-il assez fort, l'air de s'adresser à la porte.

Il jeta un coup d'œil autour de lui, mais personne ne lui prêtait attention. Les badauds admiraient la vitrine en grignotant des trucs bizarres qui ressemblaient à des légumes.

– John ?

Comme si elle l'avait déjà oublié...

– Ah... John... Je t'ouvre, tu peux monter.

Le système d'ouverture crépita. Au premier, la porte de l'appartement était entrebâillée et il la referma derrière lui. Lisa finissait de mettre un peu d'ordre dans son « studio », comme elle l'appelait pompeusement. À Édimbourg, personne n'aurait songé à appeler ça un studio ! On aurait plutôt parlé de « cagibi ». Mais on était à Covent Garden...

– J'ai essayé de t'appeler, lui dit-il.

– Moi aussi.

– Ah bon ?

Elle se tourna vers lui, notant la pointe d'incrédulité dans sa voix.

– On ne t'a pas prévenu ? J'ai bien dû laisser une demi-douzaine de messages à ce... comment s'appelait-il ? Shepherd ?

– Lamb[1] ?

– C'est ça.

Rebus sentit sa haine pour le gaillard décupler.

– Quand j'ai appelé il y a environ une heure, poursuivit-elle, on m'a dit que tu étais rentré en Écosse. Je dois dire que j'ai pris la mouche, à l'idée que tu étais parti sans dire au revoir.

---

1. En anglais, *shepherd* signifie « berger ». (*N.d.T.*)

Bande de salopards ! songea Rebus. Ils ne pouvaient vraiment pas le souffrir. *Notre expert du Nord...*

Lisa avait terminé d'empiler soigneusement les journaux qui traînaient par terre et sur le lit. Elle remit en place la couette et la couverture sur le divan. Un peu essoufflée, elle s'approcha de lui. Il la prit par la taille et l'attira contre lui.

– Salut, dit-il en lui faisant la bise.

– Salut, dit-elle en l'embrassant à son tour.

Elle se dégagea de son étreinte et alla dans la kitchenette. Il l'entendit qui remplissait la bouilloire.

– J'imagine que t'as vu les journaux ? lui lança-t-elle.

– Oui.

Elle pencha la tête hors de l'alcôve.

– C'est un ami qui m'a appelée pour me prévenir. Je n'y ai pas cru : ma photo en première page !

– Enfin la célébrité.

– L'infamie, tu veux dire ! Une psychologue de la police ? Merci bien ! Ils auraient pu se renseigner. Dans un des journaux, je suis même Liz Frazier.

Elle brancha la bouilloire, l'alluma et revint dans la pièce. Rebus était assis sur l'accoudoir du canapé.

– Alors, lui demanda-t-elle, comment avance l'enquête ?

– On a quelques rebondissements intéressants.

– Vraiment ? dit-elle en s'asseyant sur le lit. Raconte-moi ça.

Il lui parla de son hypothèse sur les dentiers et de Jan Crawford. Lisa suggéra d'hypnotiser la jeune femme pour l'aider à se rappeler ce qui s'était passé. Elle employa l'expression d'« amnésie rétrograde ». Mais Rebus savait que de telles preuves n'étaient pas recevables devant les tribunaux. Sans compter qu'il avait lui-même été hypnotisé, et que ce souvenir lui faisait encore froid dans le dos.

Ils burent du Lapsang Souchong ; Rebus avoua que le goût de ce thé lui rappelait le sandwich au bacon. Elle avait mis de la musique classique, quelque chose de reposant. À la longue, ils se retrouvèrent assis par terre sur le tapis indien, adossés au canapé. Elle lui caressa les cheveux et la nuque.

– Ce qui s'est passé entre nous l'autre soir, demanda-t-elle, tu le regrettes ?

– Tu veux dire : est-ce que je regrette que ce soit arrivé ?

Elle fit oui de la tête.

– Bien sûr que non ! Au contraire... Et toi ?

Elle réfléchit avant de répondre.

– C'était bien, dit-elle avec beaucoup de concentration, ses sourcils se touchant presque.

– J'ai cru que tu me fuyais.

– Moi aussi.

– Tout à l'heure, je suis passé à l'université pour voir si tu n'y étais pas.

Elle se dégagea pour mieux le dévisager.

– Vraiment ?

Il fit oui de la tête.

– Et on t'a dit quoi ?

– J'ai parlé à une secrétaire. Avec des lunettes accrochées à un sautoir et une sorte de chignon.

– Millicent. Alors, qu'est-ce qu'elle t'a raconté ?

– Juste qu'on ne t'avait pas beaucoup vue ces derniers temps.

– Rien d'autre ?

– Que tu étais peut-être en bibliothèque ou chez

Dillon's. (Il pointa le menton vers la porte d'entrée, où le sac de livres était posé en équilibre contre le mur.) Elle m'a dit que tu aimais les livres, alors je suis allé y faire un tour.

Elle le fixait toujours droit dans les yeux. Soudain, elle éclata de rire et l'embrassa dans le cou.

– Tu n'as pas trouvé Millicent adorable ?

– Si tu le dis...

Pourquoi tant de soulagement dans son rire ? Arrête de voir des mystères partout, John. Arrête ça tout de suite.

– T'as acheté quoi ? lui demanda-t-elle en se déplaçant à quatre pattes jusqu'au sac.

Il se souvenait seulement du livre entamé dans le taxi. *Hawksmoor*, de Peter Ackroyd. Il admira sa croupe et ses jambes. Ses chevilles étaient ravissantes. Très fines, avec l'arrondi parfait de l'os.

– Tiens donc ! s'exclama-t-elle en sortant un livre de poche. Eysenck.

– Tu approuves ?

Une fois de plus, elle rumina sa réponse.

– Pas entièrement. Même pas du tout, en fait. Toutes ces histoires de patrimoine génétique... je ne sais pas trop.

Elle en prit un autre et poussa un cri.

– Skinner ! Le chantre du béhaviorisme ! Mais qu'est-ce qui... ?

Il haussa les épaules.

– J'ai juste reconnu quelques noms cités dans les bouquins que tu m'as prêtés, alors je me suis dit...

– *King Ludd* ! dit-elle en brandissant un troisième ouvrage. Tu as lu les deux premiers ?

– Ah bon ? dit-il d'un ton déçu. Ça fait partie d'une trilogie ? C'est juste le titre qui m'a accroché.

Elle se tourna vers lui, l'air intrigué, puis piqua un fou rire. Il se mit à rougir. Elle se moquait. Il détourna les yeux et fixa les motifs du tapis, en caressant les poils rugueux du bout des doigts.

– Mon Dieu, dit-elle en revenant vers lui. Je ne voulais pas te faire de la peine. Pardon.

Agenouillée devant lui, s'appuyant sur ses jambes, elle pencha la tête jusqu'à ce qu'il soit forcé de croiser son regard. Elle affichait un sourire contrit.

– Pardon, articula-t-elle du bout des lèvres.

Il sourit malgré lui.

– Pas grave.

Elle s'inclina vers lui et l'embrassa sur la bouche, laissant sa main glisser le long de sa cuisse, et un peu plus haut.

Il ne put s'échapper qu'en début de soirée. « Échapper » était un terme un peu excessif : s'extraire des membres endormis de Lisa fut un effort presque insurmontable. Le parfum de son corps, l'odeur agréable de ses cheveux, son ventre tiède et parfait, ses bras, ses fesses. Elle ne se réveilla pas quand il se glissa hors du lit et enfila ses habits. Ni quand il lui écrivit un mot comme la fois précédente, prit son sac de livres, ouvrit la porte, jeta un dernier coup d'œil au lit et referma derrière lui.

Arrivé à la station de métro Covent Garden, il eut le choix : faire la queue pour prendre l'ascenseur ou descendre à pied les trois cents et quelques marches en colimaçon. Il opta pour l'escalier. Ça tournicotait à n'en plus finir. Pris d'un léger tournis, il se mit à

212

imaginer ce que ça devait faire de s'enfoncer dans ce tire-bouchon pendant la guerre. Des parois en céramique blanche, comme dans les toilettes publiques. Le grondement au-dessus de sa tête, l'écho des pas.

Il pensa aussi au Scott Monument, à Édimbourg, qui avait son propre escalier en colimaçon, beaucoup plus étroit et angoissant que celui-ci. Il arriva enfin en bas, devançant l'ascenseur de justesse. La rame était bondée, ce qui ne le surprenait plus. À côté d'une affiche « Le baladeur, ça ne se partage pas », un jeune blanc-bec aux dents assorties à sa parka verte faisait partager ses goûts musicaux au reste de la voiture. Le regard parfaitement vide, il sirotait une bière fortement alcoolisée. Rebus lui aurait bien fait une remarque mais se retint. Il n'en avait que pour une station. Si les autres passagers se contentaient de lui lancer des regards noirs sans rien dire, tant pis pour eux.

Il parvint à s'extraire de la voiture à Holborn, pour se frayer une place dans une autre rame de la ligne Central. Une fois de plus, quelqu'un avait mis son baladeur à pleins tubes, mais comme la personne se trouvait à l'autre bout du wagon, Rebus n'entendait que *cht cht* – sans doute la batterie. Rompu à l'art du transport en commun, il savait maintenant fixer son regard dans l'espace et non sur le visage des autres voyageurs, en vidant son esprit pour la durée du trajet. Dieu seul savait comment ces gens arrivaient à supporter ça jour après jour...

Il venait de sonner quand il se rendit compte qu'il n'avait aucun prétexte pour se trouver là. Creuse-toi la cervelle, John !

La porte s'ouvrit.

– Ah, c'est toi...

Elle paraissait déçue.

– Bonsoir, Rhona.

– Qu'est-ce qui nous vaut l'honneur ?

Elle resta au milieu du passage, dans l'entrée, pour l'obliger à demeurer sur le seuil. Elle était légèrement maquillée et sa tenue n'avait rien à voir avec les vêtements décontractés qu'on enfile après le boulot. Manifestement, elle était sur le point de sortir. Elle attendait un « ami » qui devait passer la prendre.

– Rien de spécial. Je me suis juste dit que je passerais comme ça. On n'a pas eu trop l'occasion de se parler l'autre soir.

Devait-il lui dire qu'il l'avait aperçue au British Museum ? Non.

De toute façon, elle secoua négativement la tête.

– Bien sûr que si. C'est juste qu'on n'a rien à se dire.

Aucune amertume dans la voix. Elle se contentait d'énoncer une vérité.

– J'arrive au mauvais moment, dit-il en fixant le seuil. Désolé.

– Inutile de t'excuser.

– Est-ce que Sammy est là ?

– Elle est sortie avec Kenny.

– Eh bien, fit-il en hochant la tête, amuse-toi bien, puisque je vois que tu es sur le point de sortir.

Mon Dieu, voilà qu'il se sentait jaloux ! Après tant d'années, il avait peine à le croire. C'était à cause du maquillage. Rhona ne se maquillait pas souvent. Il fit mine de partir, puis s'arrêta.

– Ça te dérange si j'utilise tes toilettes ?

Elle le fixa, soupçonnant quelque ruse ou coup fourré, mais il afficha son plus attendrissant sourire de chien battu et elle céda.

– Vas-y. Tu connais le chemin.

Il posa son sac devant la porte, se faufila entre Rhona et le chambranle et s'engagea dans l'escalier.

– Merci.

Elle patienta au rez-de-chaussée. Arrivé à l'étage, il se dirigea vers les toilettes, en ouvrit la porte et la referma bruyamment, sans y pénétrer. Il traversa le palier sur la pointe des pieds, jusqu'au téléphone qui reposait sur une chose en verre et en cuivre, de couleur verte, franchement hideuse, avec des glands rouges qui pendouillaient. Des annuaires étaient empilés sous le guéridon, mais Rebus s'empara du répertoire téléphonique posé à côté de l'appareil. Pour certains noms, il reconnut l'écriture de Rhona. Qui pouvaient bien être Tony, Tim, Ben et Graeme ? Toutefois, la plupart avaient été inscrits par Sammy, d'une plume plus assurée et stylisée. À la lettre « K », il trouva ce qu'il cherchait.

KENNY en lettres capitales, un numéro à sept chiffres en dessous, le tout entouré d'un cœur. Il sortit un calepin et un stylo de sa poche, recopia le numéro, reposa le répertoire, puis retourna discrètement aux toilettes, tira la chasse d'eau, se lava rapidement les mains et redescendit l'air de rien. Rhona scrutait la circulation, sans doute inquiète de voir débarquer son amoureux alors que son ex-mari se trouvait là.

– Salut, dit-il en prenant son sac au passage.

Il marcha en direction de la rue principale. Il était presque arrivé au croisement quand une Ford Escort blanche tourna dans la rue de Rhona et passa lentement devant lui. Le conducteur avait la mine rusée, le visage

215

fin et la moustache généreuse. Rebus s'arrêta à l'angle et l'observa se garer devant la maison de Rhona. Elle avait déjà fermé la porte à clef et se précipita vers la voiture. Il se retourna avant qu'elle n'embrasse l'inconnu prénommé Tony, Tim, Ben, Graeme ou Dieu sait comment.

Dans un pub près du métro, une salle immense aux murs rouges, Rebus se fit la réflexion qu'il n'avait toujours pas essayé les bières locales. George Flight l'avait emmené boire un verre, mais il s'était contenté d'un whisky. Il examina la série de tireuses, sous le regard du barman qui tenait jalousement en main l'une d'elles. Rebus pointa le menton vers l'endroit où se tenait la main en question.

– Elle est bonne ?

– De la Fuller's, mon gars ! grogna le type. Et comment qu'elle est bonne !

– Mettez-m'en une pinte, je vous prie.

Malgré son aspect aqueux de thé froid, elle avait un goût agréable et malté. Comme le barman l'observait, il eut un hochement de tête approbateur puis se dirigea dans l'angle où se trouvait un téléphone à pièces. Il composa le numéro du QG et demanda à parler à Flight.

– Il est rentré chez lui.

– Dans ce cas, passez-moi quelqu'un qui puisse me renseigner à la Brigade criminelle. J'ai besoin de l'adresse correspondant à un numéro de téléphone.

Ce genre de requête était soumise à des règles et des conditions très strictes, longtemps bafouées mais depuis peu mieux respectées. Il fallait faire une demande en bonne et due forme, sans être sûr de décrocher l'information. Certains services de police avaient plus de poids pour obtenir gain de cause. Ce qui devait être le cas de Scotland Yard et de la Metropolitan Police. Pour mettre toutes les chances de son côté, Rebus ajouta tout de même :

– Ça concerne le Loup-Garou. Peut-être une piste très sérieuse.

On lui demanda de répéter le numéro.

– Rappelez d'ici une demi-heure, lui dit la voix.

Il s'installa à une table et sirota sa bière. C'était ridicule mais l'alcool lui montait déjà à la tête, alors que son verre était encore à moitié plein. Quelqu'un avait laissé un exemplaire plié et taché de l'édition de la mi-journée du *Standard*. Il fit mine de s'intéresser aux pages sportives, et s'essaya même aux mots croisés. Puis il rappela, et on lui passa quelqu'un qu'il ne connaissait pas, qui le transféra à son tour à un autre inconnu. Une bande de types bruyants au physique de maçons étaient entrés dans le bar. L'un d'eux s'approcha du juke-box : *Born to be Wild* de Steppenwolf résonna bientôt sur les murs, le barman récalcitrant refusant de « pousser le son » comme on l'y invitait.

– Si vous voulez bien patienter une minute, inspecteur Rebus, je crois bien que l'inspecteur en chef Laine souhaite vous toucher un mot.

– Mais... Bon sang, je ne veux pas...

Trop tard : la voix avait disparu au bout du fil. Il fixa le combiné d'un regard noir.

Laine finit par prendre la communication. Rebus se boucha une oreille avec un doigt, plaquant l'autre contre l'écouteur.

– Ah, inspecteur Rebus. Je tenais à vous dire un mot

tranquillement. Ce n'est pas facile de mettre la main sur vous. À propos du petit incident d'hier soir...

Sa voix incarnait le bon sens plein de pondération.

– ... vous êtes à un poil de cul d'une réprimande officielle. Compris ? Refaites un coup pareil et je veillerai personnellement à ce que vous soyez rapatrié en Écosse dans la soute à bagages d'un car National Express.. Compris ?

Rebus resta silencieux et tendit l'oreille. Il imaginait très bien l'air narquois de Cath Farraday assise dans le bureau de Laine.

– Je vais me répéter : avez-vous compris ?

– Oui, monsieur.

– Bien. (Un bruissement de feuilles.) Je crois que vous avez demandé une adresse, c'est bien ça ?

– Oui, monsieur.

– Une piste, vous dites ?

– Oui, monsieur.

Rebus se demanda si le jeu en valait la chandelle. Pourvu que oui. Si on découvrait qu'il abusait ainsi du système, il n'aurait plus qu'à pointer au chômage avec des perspectives aussi souriantes que celles d'un cireur de chaussures sur une plage de nudistes.

Mais Laine lui fournit l'adresse, et en prime le nom de famille de Kenny.

– Watkiss. L'adresse : tour Pedro, cité Churchill, E5. Je crois que ça se trouve à Hackney.

– Merci, monsieur.

– Soit dit en passant, inspecteur...

– Oui, monsieur ?

– D'après ce que je sais de la cité Churchill, il vaudrait mieux que vous nous préveniez si vous envisagez de vous rendre là-bas. On vous fournira une escorte.

– C'est un peu chaud, monsieur ?

– Ce n'est pas peu dire. On y envoie les SAS pour les former, ça vaut bien Beyrouth.

– Merci pour le conseil, monsieur.

Rebus aurait volontiers ajouté qu'il avait fait un passage dans les SAS à leur base d'Hereford et qu'il doutait fort que la tour Pedro lui réserve quelque chose de pire. Néanmoins, mieux valait être prudent. Les maçons jouaient au billard. Leur accent était un mélange d'irlandais et de cockney. *Born to be Wild* était terminé. Rebus se commanda une nouvelle pinte.

Kenny Watkiss... Il existait donc un lien, et pas des moindres, entre Tommy Watkiss et le copain de Samantha. Comment pouvait-on se sentir à ce point claustrophobe dans une ville de dix millions d'habitants ? Rebus avait l'impression que quelqu'un l'avait bâillonné et cagoulé.

– À votre place, j'irais mollo, lui conseilla le barman en lui tendant sa bière. Elle cogne dur.

– Sauf si c'est moi qui la descends en premier ! rétorqua Rebus avec un clin d'œil en portant le verre à ses lèvres.

Le chauffeur de taxi refusa de l'emmener jusqu'à la cité Churchill.

– Je vous déposerai deux rues avant et je vous indiquerai le chemin. Moi, pas question que je m'aventure dans ce guêpier !

– Pas de problème.

Une fois déposé par le taxi, il termina donc à pied. Le quartier n'avait pas l'air si méchant que ça. Il avait vu pire dans la banlieue d'Édimbourg. Béton triste, sol jonché d'éclats de verre, fenêtres condamnées et noms de gangs tagués un peu partout. *Jeez Posse* semblait être le plus répandu, sans compter ceux qu'il n'arrivait pas à déchiffrer tant leurs motifs étaient complexes. Des gamins faisaient du skate-board sur un terrain de fortune aménagé avec des cagettes, des planches et des briques. Le génie créatif ne se laisse jamais brider. Il s'arrêta un moment pour les observer – pas besoin de les regarder longtemps pour comprendre qu'ils maîtrisaient leur art haut la main.

Puis il se dirigea vers l'entrée d'une des quatre tours de la cité. Il cherchait le moyen de l'identifier quand quelque chose s'écrasa à côté de lui. Apparemment, un sandwich au salami. Penchant la tête en arrière, il scruta les étages, juste à temps pour voir une tache sombre qui grossissait à vue d'œil, à mesure qu'elle fondait sur lui.

– Putain de merde !

Il se réfugia dans l'entrée de l'immeuble, à l'instant même où le téléviseur s'écrasait par terre dans une explosion de plastique, de métal et de verre. Les gamins applaudirent sur leurs skate-boards. Rebus ressortit, sur ses gardes, et regarda en l'air mais ne vit personne. Il émit un léger sifflement. De quoi vous impressionner, et vous ficher un peu la trouille. Le vacarme n'avait suscité aucune curiosité. Il se demanda quelle émission avait bien pu mettre le propriétaire du poste dans une telle colère.

– Chacun joue les critiques, murmura-t-il. TAJT.

Il entendit s'ouvrir la porte d'un ascenseur. Une jeune femme en sortit. Cheveux gras, teints en blond, un clou doré dans une narine et trois dans chaque oreille, tatouage toile d'araignée dans le cou. Elle sortit avec une poussette. Une poignée de secondes plus tôt et elle se trouvait sous la télé.

– Excusez-moi, l'interpella-t-il, assez fort pour se faire entendre par-dessus les cris du jeune passager de la poussette.

– Ouais ?

– Est-ce que c'est ici, la tour Pedro ?

– Là-bas, dit-elle en pointant un ongle très pointu en direction d'une des trois autres tours.

– Merci.

Elle jeta un coup d'œil aux restes du téléviseur.

– C'est les gamins, dit-elle. Ils s'introduisent dans un appart' et jettent un sandwich par la fenêtre. Dès qu'un chien vient le bouffer, ils lui balancent la téloche dessus. C'est pas jojo !

Ç'avait presque l'air de l'amuser. Presque.

– Heureusement que j'aime pas le salami, dit Rebus.

Mais elle était déjà partie, contournant les débris avec la poussette.

– Si t'arrêtes pas de brailler, je t'en colle une ! beugla-t-elle à l'enfant.

D'un pas un peu hésitant, Rebus se dirigea vers la tour Pedro.

Que fichait-il ici ?

Tout cela lui avait paru tomber sous le sens, d'une parfaite cohérence. Maintenant qu'il se trouvait au rez-de-chaussée nauséabond de la tour Pedro, il se rendait compte qu'il n'avait vraiment aucune raison d'être là. Rhona lui avait dit que Sammy était sortie avec Kenny. Il y avait tout de même peu de chances qu'ils aient décidé de passer leur soirée dans la tour Pedro, non ?

Même à supposer que Kenny soit chez lui, comment Rebus s'y prendrait-il pour trouver le bon appartement ? Les gens du coin flaireraient le flic à cent mètres. Ses questions demeureraient sans réponse. Comment appelait-on cela, en termes intellectuels ? Une impasse ? Il pouvait toujours attendre, bien entendu. Kenny finirait par rentrer. Mais où se planquer ? Ici ? Non, c'était trop exposé, trop répugnant. Dehors ? Trop froid, trop à découvert, trop de critiques en canapé au-dessus de sa tête dans le ciel nocturne. Ce qui le menait où exactement ? Oui, c'était bien ce qu'on appelait une aporie. Il s'écarta du bâtiment, le regard toujours fixé en l'air, prêt à retourner vers les gosses en skate-board, quand un cri transperça la nuit, de l'autre côté de la tour Pedro. Il se précipita dans la direction du bruit et arriva à temps pour assister à la fin d'une dispute. La femme, en fait une gamine de dix-sept ou dix-huit ans, flanqua un direct du droit à un type tout vêtu de jean qui partit à la renverse. Puis elle s'éloigna d'un pas furieux, tandis qu'il l'insultait tout en se tenant la joue, et s'assurait qu'il n'avait aucune dent cassée.

Rebus ne s'intéressait pas particulièrement à eux. Son regard s'était porté derrière eux, sur un édifice bas et mal éclairé, une construction en préfabriqué au milieu d'une vague pelouse. Une enseigne branlante annonçait le Fighting Cock. Un pub ? Dans ce trou paumé ? Pas le genre d'endroit indiqué pour un flic, qui plus est un flic *écossais*. Oui, mais... Et si... Non, ça ne pouvait pas être aussi simple. Sammy et Kenny ne pouvaient pas se trouver là, jamais ils ne viendraient ici. Sa fille méritait mieux. Ce qu'il y avait de mieux.

Oui, mais à ses yeux à elle, Kenny Watkiss était ce qu'il y avait de mieux. Et peut-être l'était-il pour de bon. Rebus s'arrêta net. Que fichait-il ? D'accord, ce Kenny ne lui revenait pas. En le voyant manifester sa joie à l'Old Bailey, il avait tiré la conclusion qui s'imposait : Kenny était de mèche avec Watkiss. Sauf que maintenant il apprenait l'existence d'un lien de parenté entre eux, ce qui expliquait le hourrah devant le tribunal, non ?

Tous les manuels de psychologie le proclamaient : un flic avait toujours tendance à chercher la pire interprétation aux événements. La stricte vérité. Ça ne lui plaisait pas que Kenny Watkiss fréquente sa fille. Le garçon aurait pu être l'héritier de la Couronne que ça n'aurait rien changé à ses soupçons. Sammy était sa fille. Il ne la voyait quasiment plus depuis l'adolescence. À ses yeux, c'était toujours une enfant qu'il fallait choyer, aimer et protéger. Alors qu'elle était devenue une grande fille, avec des ambitions, de l'énergie, un joli minois et un corps de femme. Impossible d'y échapper : elle avait grandi. Et ça lui faisait peur. Parce qu'il s'agissait de Sammy, sa petite Sammy. Parce qu'il n'avait pas été présent au fil des ans pour la mettre en garde, lui expliquer comment s'y prendre et réagir.

Peur parce qu'il vieillissait...

Le mot était lâché : il vieillissait. Il avait une fille de seize ans, en âge d'arrêter l'école, de travailler, de faire l'amour et de se marier. Trop jeune pour entrer dans un pub, mais ça ne la freinerait pas. Trop jeune pour savoir y faire avec un type de dix-huit ans aussi dégourdi que Kenny Watkiss. Mais une grande fille tout de même, et qui avait grandi sans lui. Tandis que lui vieillissait.

Bon sang, le poids des ans se faisait sacrément sentir ! Il plongea la main gauche dans sa poche, la droite tenant toujours le sac de la librairie, et tourna le dos au pub. Il avait repéré un arrêt de bus pas très loin de l'endroit où le taxi l'avait déposé. Il irait là où le bus voudrait bien l'emmener. Les gosses en skate-board arrivaient dans sa direction. L'un d'entre eux, particulièrement doué, slalomait sur le chemin sans perdre l'équilibre. Au moment où il arriva à sa hauteur, le garçon propulsa sa planche en l'air et celle-ci fit un tour complet devant lui. Il en saisit l'extrémité arrière à deux mains et la fit tournoyer. Trop tard, Rebus comprit le but de la manœuvre : la lourde planche en bois le frappa en pleine tempe dans un craquement sec.

Il vacilla et tomba à genoux. La meute s'abattit sur lui, sept ou huit gamins, les mains lui faisant les poches.

– Putain, mec, t'as pété ma planche ! Regarde ! Putain, t'as fait une fente de quinze centimètres !

Rebus prit un coup de basket dans le menton et partit à la renverse. Il employait toute sa concentration à ne pas perdre connaissance, à tel point qu'il oublia de se battre, de crier ou de se défendre. Puis une grosse voix retentit.

– Eh ! Qu'est-ce que vous foutez ?

Ils détalèrent, faisant glisser leur planche jusqu'à ce qu'ils aient pris assez de vitesse, les roues grinçant sur le goudron. Comme le shérif dans un vieux western, songea Rebus en souriant.

– Ça va, mec ? Viens, essaie de te relever.

L'homme l'aida à se mettre debout. Retrouvant la vue claire, Rebus vit que l'individu avait la lèvre fendue et du sang sur le menton. Celui-ci remarqua qu'il s'en était rendu compte.

– Ma gonzesse, expliqua-t-il, l'haleine chargée

d'alcool. Elle m'en a flanqué une bonne, hein ? J'ai perdu deux dents. De toute façon, elles étaient pourries. Ça me permet d'économiser une fortune chez le dentiste ! dit-il en rigolant. Allez, je t'emmène au Cock. Un ou deux cognacs et tu seras remis.

– Ils m'ont volé mon argent, bafouilla Rebus.

Il tenait le sac de livres contre lui, comme un bouclier.

– T'en fais pas, lui dit son bon Samaritain.

Les gens furent aux petits soins. On l'installa à une table, et de temps à autre quelqu'un lui apportait un verre. « C'est de la part de Bill. » Ou Tessa, Jackie... Des gens vraiment très sympas. Ils se cotisèrent et lui donnèrent cinq livres pour rentrer en taxi à l'hôtel. Il leur expliqua qu'il était touriste, en visite à Londres. Il s'était débrouillé pour se perdre, et s'était retrouvé là après être descendu d'un bus au hasard. Et ces âmes généreuses le crurent.

Ils ne se donnèrent pas la peine d'appeler les flics.

– Les salopards ! cracha quelqu'un. Ce serait une perte de temps. Ces connards ne viendraient pas avant demain matin, et ils feraient que dalle ! Crois-moi, la moitié des larcins du coin sont commis par des flics !

Il le croyait volontiers. Un autre verre arriva, un godet de cognac.

– Santé, hein ?

Ça jouait aux cartes et aux dominos, une clientèle animée, rien que des habitués. La télé braillait (un jeu musical), le juke-box résonnait et le bandit manchot sonnait et cliquetait, déversant par moments quelques rares gains. Dieu merci, Sammy et Kenny n'étaient pas là ! Comment auraient-ils pris la chose ? Il préférait ne même pas y penser.

À un moment, il s'excusa pour aller aux toilettes. Une espèce de miroir triangulaire était cloué au mur. Sa tempe et son oreille étaient toutes rouges ; il aurait sans doute de sacrés bleus. Sa mâchoire lui ferait mal quelques jours. Une belle marque violacée était déjà apparue là où la chaussure l'avait frappé. Rien de plus. Rien de très grave. Pas de canif ni de lame de rasoir. Pas de meute sauvage. Du travail propre, de pro. L'adresse du gamin qui avait projeté sa planche pour la saisir au vol. Très professionnel. Du grand art. Si d'aventure Rebus le croisait, il le féliciterait pour un des plus beaux gestes qu'il ait jamais vus... Avant de lui défoncer la tronche d'un coup de pied qui lui planterait ses dents de lait dans l'intestin grêle.

Il glissa la main dans son pantalon et en sortit son portefeuille. Fort de la mise en garde de Laine et bien conscient de s'aventurer en terrain inconnu, il avait pris la précaution de le dissimuler. Pas de peur de se le faire chiper. Pour que personne ne mette la main sur sa carte de flic. Déjà que les étrangers n'étaient pas bien vus dans le coin, alors un flic... Il avait donc glissé son portefeuille dans la ceinture élastique de son pantalon. Il l'y replaça. Après tout, il n'avait pas encore quitté la cité Churchill. La nuit était loin d'être terminée.

Il tira la porte et retourna à sa table. Le cognac faisait effet. Il avait la tête légère, les membres détendus.

– Ça va, l'Écossais ?

Il détestait qu'on l'appelle comme ça, mais sourit malgré tout.

– Ça va. Ça va très bien.

226

– Génial. Tiens, voilà de la part de Harry, le type au bar...

Après avoir posté sa lettre, elle se sent beaucoup mieux. Elle travaille un peu, mais bientôt ça recommence à la démanger. C'est devenu une envie qu'il faut satisfaire. Mais c'est aussi une forme d'art. Un art ? Art de merde. Un gentleman n'a pas de poils au nez. L'art d'un gentleman de merde n'a pas de poils au nez. Un gentleman d'art n'a pas de poils de merde au nez... Ils se disputaient, se chamaillaient, se bagarraient tout le temps. Non, ce n'est pas vrai. Elle conserve ce souvenir, mais ce n'est pas la réalité. Cela n'a duré qu'un temps, après ils ont complètement cessé de communiquer. Sa mère. Son père. Une mère à fort caractère, dominatrice, déterminée à devenir peintre, une grande aquarelliste. Elle travaillait tous les jours obstinément à son chevalet, ignorant son enfant qui avait besoin d'elle, qui s'introduisait discrètement dans l'atelier et s'accroupissait dans un coin, en essayant de ne pas se faire remarquer. Dès qu'on s'apercevait de sa présence, on la renvoyait méchamment, les joues ruisselant de larmes.

– Je ne t'ai jamais voulue ! criait sa mère. Tu es un accident ! Pourquoi n'es-tu pas une *vraie* petite fille ?

Elle s'enfuyait de l'atelier en courant, dévalait l'escalier, traversait le petit salon et sortait dans le jardin. Son père calme, inoffensif, civilisé et cultivé. Installé dans sa chaise longue, les jambes croisées dans son élégant pantalon, il lit son journal.

– Et comment se porte mon petit trésor, ce matin ?

– Maman m'a grondée.

– Vraiment ? Je suis sûr que ce n'est rien. Tu sais bien qu'elle est très irritable quand elle peint. Viens sur mes genoux, tu vas m'aider à lire les nouvelles.

Personne ne venait jamais, ils ne recevaient aucune visite. Pas de famille, pas d'amis. Au début, elle allait à l'école, mais par la suite on l'avait gardée à la maison, ils s'étaient occupés de son éducation. C'était la mode chez les gens d'un certain milieu. Son père avait hérité d'une grand-tante. Une somme suffisante pour vivre confortablement, à l'abri du besoin. Il jouait les érudits. Quand on avait rejeté ses travaux, fruit de longues recherches, il avait vu la réalité en face. Les disputes s'étaient envenimées. Avec des coups.

– Laisse-moi tranquille ! Je n'ai rien à faire de toi, seul mon art compte.

– Ton art ? Un art de merde !

– Je ne te permets pas !

Un bruit sourd. Un coup. Quel que soit l'endroit de la maison, elle les entendait. Sauf au grenier. Mais elle n'osait pas s'y rendre. C'était là que... Enfin, elle ne pouvait vraiment pas s'y réfugier.

– Je suis un garçon, murmurait-elle en se cachant sous son lit. Je suis un garçon... un garçon... un garçon...

– Ma chérie ? Où es-tu ?

La voix du père, sucrée et chargée de soleil. Une voix comme une projection de diapositives, comme une balade l'après-midi en voiture.

On prétend que le Loup-Garou est homosexuel. C'est faux. On raconte qu'on l'a arrêté. En lisant la nouvelle, elle a manqué s'étrangler. Elle leur a posté une lettre. On verra bien leur réaction ! Elle se moque bien d'être retrouvée. Elle ou il ? Tous deux n'en ont que faire. En revanche, lui supporte mal qu'elle s'empare de son esprit après son corps.

Chérie... *Oranges et citrons chantent les cloches de* [1]...

Comme c'est laid d'avoir du poil au nez. Sa mère disait cela en parlant de son père. Comme c'est laid d'avoir du poil au nez, Johnny. Surtout pour un gentleman ! Pourquoi avait-elle retenu cette phrase en particulier ? Comme. C'est. Laid. Poil. Au. Nez. Johnny.

Le nom de papa : Johnny. Ce père qui criait sur sa mère. Art de merde. « Merde » était un gros mot. De ces mots proscrits à l'école, comme une formule magique susurrée du bout des lèvres.

Elle sort de nouveau, alors qu'elle sait bien qu'il faudrait faire quelque chose pour la galerie-boucherie. Il y a grandement besoin d'y faire le ménage. Des toiles déchiquetées un peu partout. Déchirées et maculées. Peu importe : elle ne reçoit aucune visite. Pas de famille, pas d'amis.

Elle en trouve donc une autre. Une idiote.

– Tant que vous êtes pas le Loup-Garou ! s'esclaffe-t-elle.

Le Loup-Garou rigole à son tour. Il ? Elle ? Peu importe. Il et elle ne font plus qu'un. La blessure est guérie. Il a l'impression d'être un tout, une entité. Ce n'est pas une sensation agréable, bien au contraire. Mais on arrive à l'oublier un instant.

De retour chez lui.

– Vachement sympa, chez toi ! pavoise la pouffiasse.

---

1. Allusion à une comptine qui énumère les clochers de Londres. (*N.d.T.*)

Il sourit, lui prend son manteau et le pend.

– Mais il y a comme une odeur... T'aurais pas une fuite de gaz ?

Non, aucune fuite de gaz. Un autre genre de fuite, façon de parler. Il glisse la main dans sa poche, s'assure que les dents sont bien là. Bien sûr que oui, elles ne lui font jamais défaut. Des dents pour mordre. Comme on le mordait.

– Ce n'est qu'un jeu, mon ange.

Un jeu. Une morsure pour rire. Sur le ventre. Une petite morsure, du bout des lèvres. Malgré tout, ça faisait mal. Il se touche le ventre. Même après tant d'années, la douleur est encore présente.

– Tu veux faire ça où, chéri ?

– Là, ce sera parfait.

Il sort la clef, l'introduit dans la serrure. Le miroir n'était pas une bonne idée. La précédente a vu ce qui se passait dans son dos, a presque eu le temps de crier. Le miroir a été retiré. La porte s'ouvre.

– Tu fermes à clef ? Qu'est-ce que tu caches là-dedans ? Les bijoux de la Couronne ?

Dévoilant ses crocs, le Loup-Garou sourit.

J' te dis, gonzesse

Rebus se réveilla dans sa chambre d'hôtel, ce qui était assez inouï étant donné qu'il n'avait aucun souvenir d'être rentré. Il était affalé sur son lit, tout habillé, les mains plaquées contre les cuisses. Le sac de bouquins était posé à côté de lui. Il était sept heures – du matin, à en juger d'après la lumière qui s'infiltrait par les fenêtres dont les rideaux n'étaient pas tirés. Voilà pour les bonnes nouvelles. En revanche, il souffrait d'un mal de crâne à deux vitesses : horrible les yeux fermés, épouvantable les yeux ouverts. Avec les paupières closes, le monde lui semblait bizarrement penché. Ouvertes, les choses avaient simplement l'air de flotter sur un plan différent.

Il gémit et tenta de décoller sa langue pâteuse de son palais. Trébuchant jusqu'au lavabo, il laissa couler l'eau froide quelques instants, puis s'aspergea le visage et recueillit de l'eau dans le creux de ses mains en la lapant comme un chiot. Elle avait un goût douceâtre et chloré. Il s'efforça de ne pas penser aux reins des Londoniens. Sept paires de reins... Il s'agenouilla devant les toilettes et vomit. La cuvette, grand combiné blanc des communications divines. Combien s'en était-il enfilé ? Sept cognacs, six rhums bruns... après,

231

il avait perdu le compte. Il mit deux centimètres de dentifrice sur sa brosse à dents et se frotta vigoureusement les gencives et les dents. Puis il trouva enfin le courage de se regarder dans la glace.

Deux types de douleurs : celles de la gueule de bois et celles de l'agression. On lui avait fauché une vingtaine de livres, peut-être même trente. Mais il avait perdu plus gros : sa fierté, qui n'avait pas de prix. Il gardait en mémoire le signalement assez précis de deux ou trois membres du gang, surtout le chef de la bande. Il communiquerait tout ça au poste local dans le courant de la matinée. Avec un message simple : à retrouver et à exterminer. Mais pourquoi se leurrer ? Les flics préféreraient protéger leur racaille plutôt que filer un coup de main à un collègue étranger. *Notre homme du Nord. L'Écossais.* Ces voyous n'allaient tout de même pas s'en tirer impunément... Et puis merde.

Il se frotta la mâchoire. Elle n'avait pas l'air trop amochée, mais ça lui faisait tout de même très mal. Une marque jaune pâle sur la joue et une égratignure au menton. Heureusement, c'était la mode des baskets. Au début des années soixante-dix, il aurait eu droit à un coup de ranger – nettement moins folichon.

N'ayant plus grand-chose à se mettre, il lui faudrait faire quelques emplettes ou passer dans une laverie. Il n'avait prévu de rester que deux ou trois jours. Le temps que la Metropolitan Police comprenne qu'il n'apporterait rien à l'enquête. Au lieu de quoi, il dénichait des pistes, se rendait utile, se faisait casser la figure, jouait les pères protecteurs, s'offrait une aventure avec une charmante universitaire.

Il pensa à Lisa, à l'attitude de la secrétaire d'University College. Quelque chose le chiffonnait dans cet épisode. La belle Lisa qui dormait d'un sommeil si profond, la conscience tranquille.

Quelle était cette odeur qui s'infiltrait dans sa chambre ? Ça sentait la graisse et le café. Les parfums du petit déjeuner. Quelque part au rez-de-chaussée, on s'affairait devant les fourneaux, on cassait des œufs qui grésillaient à côté de grosses saucisses et de tranches de bacon rose et gris. Son estomac fit un tour de montagnes russes. Il avait faim, mais la seule idée du graillon l'écœurait. Il sentit un goût de bile dans sa bouche toute propre.

Quand avait-il mangé pour la dernière fois ? Un sandwich avant de passer chez Lisa. Deux paquets de chips au Fighting Cock. Mais oui, il avait l'estomac dans les talons ! Il s'habilla rapidement (notant mentalement d'acheter un pantalon, des chemises et des chaussettes) et descendit à la salle à manger, serrant dans sa main trois cachets de paracétamol. Une poignée de dollars.

Le service n'avait pas commencé mais il expliqua qu'il voulait juste des céréales et du jus de fruit, et la serveuse (un nouveau visage chaque matin) accepta de le conduire à une table où le couvert était mis pour une personne.

Il dévora deux petits paquets de céréales. Un *céréales killer*, songea-t-il avec un sourire grinçant en se levant pour se resservir du jus de fruit à la table à tréteaux. Plusieurs verres. Le breuvage avait une odeur vaguement artificielle, et un goût vraiment fadasse. Mais c'était rafraîchissant et la vitamine C était tout indiquée pour son mal de tête.

La serveuse lui apporta deux quotidiens. Il n'y trouva rien d'intéressant. Flight n'avait pas encore exploité l'idée du signalement précis. Peut-être l'avait-il soumise à Cath Farraday. Se pouvait-il que celle-ci la tienne sous le coude par dépit ? Après tout, elle n'avait pas franchement apprécié son dernier coup. Peut-être avait-elle choisi de faire la sourde oreille, juste histoire de lui montrer qui décidait. Eh bien, qu'ils aillent tous se faire voir ! D'ailleurs, qui d'autre à part lui suggérait quoi que ce soit ? Ils craignaient tous de se tromper et préféraient ne rien faire plutôt qu'être pris en faute. Bon sang !

Dès que le premier client digne de ce nom fit son entrée et commanda des œufs au bacon, Rebus vida son verre et partit.

Dans la salle des homicides, il s'installa devant une machine à écrire pour rédiger le signalement de ses agresseurs. Même en grande forme, il n'avait jamais été très doué pour la dactylographie. Ce matin-là, sans compter la gueule de bois, il dut affronter une machine électrique d'une complexité diabolique. Il essaya en vain de fixer une longueur de ligne raisonnable, les tabulations refusaient de marcher, et chaque fois qu'il se trompait de touche, ce maudit appareil sonnait rageusement.

– Bip toi-même ! s'énerva-t-il en essayant une nouvelle fois de la régler en interligne simple.

Tant bien que mal, il finit malgré tout par obtenir un document dactylographié. On aurait dit le travail d'un enfant de dix ans mais ça ferait l'affaire. Il l'emporta dans son bureau. Flight lui avait laissé un message.

John,
Cela m'arrangerait bien que vous arrêtiez de vous volatiliser comme ça. J'ai fait des vérifications sur les

personnes disparues. Cinq femmes ont été portées dis-
parues au nord de la Tamise depuis quarante-huit
heures. Deux disparitions pourraient s'expliquer, mais
les trois autres m'ont l'air plus inquiétantes. Vous avez
peut-être vu juste : le Loup-Garou est sans doute de
plus en plus affamé. Mais pour l'instant, aucun retour
sur les articles de presse. À plus, dès que vous aurez
fini de sauter la prof.

C'était signé « GF ». Comment Flight était-il au courant de son escapade de la veille ? Le nez creux, ou bien quelque chose de plus retors et sournois ? Cela n'avait pas grande importance. Contrairement à ces disparitions. Si l'intuition de Rebus était bonne, alors le Loup-Garou était de moins en moins maître de la situation, ce qui signifiait qu'il allait tôt ou tard commettre une erreur. Il suffisait de le titiller un peu plus. Le témoignage de Jan Crawford ferait peut-être l'affaire. Rebus devait absolument convaincre Flight de cela, et Farraday. Leur faire comprendre que c'était le bon coup au bon moment. Trois femmes. Sept au total. Sept meurtres... impossible de dire jusqu'où cela irait. Il se frotta la tempe. Le mal de crâne refaisait surface, plus féroce que jamais.

– John ?

Elle se tenait dans l'embrasure, tremblante, les yeux écarquillés.

– Lisa ? dit-il en se levant lentement. Lisa... Qu'est-ce qu'il y a ?

Elle s'approcha d'un pas hagard. Ses yeux étaient chargés de larmes et ses cheveux collés de transpiration.

– Dieu merci, murmura-t-elle en s'accrochant à lui. J'ai cru que... Je ne savais pas quoi faire, où aller. À ton hôtel, on m'a dit que tu étais déjà parti. Le sergent de permanence a bien voulu me laisser monter. Il m'a reconnue à cause de la photo dans le journal.

Soudain, les larmes jaillirent. Tièdes, brûlantes, entrecoupées de sanglots. Il lui tapota le dos et essaya de la réconforter, se demandant ce qui avait pu arriver.

– Lisa, dit-il doucement. Tu n'as qu'à tout me raconter.

Il la fit s'asseoir sur une chaise, tout en lui caressant le cou. Elle était en nage.

Elle prit son sac sur ses genoux, sortit une enveloppe d'un des trois soufflets et la tendit silencieusement à Rebus.

– C'est quoi ?

– Je l'ai reçue ce matin, expliqua-t-elle. Adressée à mon nom, chez moi.

Il examina l'adresse, le timbre affranchi pour un envoi à vitesse rapide et le cachet. On l'avait postée la veille en matinée, dans la zone postale EC4.

– Il sait où j'habite, John. Quand je l'ai décachetée ce matin, j'ai cru que j'allais mourir sur place. Il fallait à tout prix que je sorte de chez moi mais je n'arrêtais pas de me dire qu'il était peut-être en train de m'épier.

Ses yeux s'embuèrent à nouveau mais elle bascula la tête en arrière pour refouler ses larmes. Fouillant dans son sac, elle y prit un paquet de mouchoirs et en sortit un. Rebus resta silencieux.

– C'est une menace de mort, déclara-t-elle.

– Une *menace de mort* ?

Elle fit oui de la tête.

– De qui ? C'est signé ?

– Oh oui, c'est signé ! C'est le Loup-Garou, John. Il dit que je suis la prochaine.

Le plus urgent était de pratiquer des analyses. Compte tenu des circonstances, le laboratoire se montra très coopératif. Les mains dans les poches, Rebus les observait en plein travail. Un bruissement de papier lui rappela qu'il avait sur lui le signalement des voyous. Il avait plié la feuille en quatre avant de la fourrer dans sa poche ; il s'en servirait peut-être en temps voulu. Pour l'heure, il avait des préoccupations plus pressantes.

Les faits n'avaient rien de compliqué. Lisa s'était affolée en recevant la lettre, surtout à l'idée que le Loup-Garou savait où elle habitait. N'arrivant pas à joindre Rebus, elle avait complètement paniqué et fui de chez elle, consciente que le tueur était peut-être en train de l'épier, prêt à lui sauter dessus à tout moment. Il était dommage, comme le laboratoire l'avait déjà signalé à Rebus, qu'elle ait contaminé la lettre en la serrant dans sa main pendant qu'elle s'enfuyait. Elle avait sans doute effacé les éventuelles traces ou empreintes qui pouvaient se trouver sur l'enveloppe. Malgré tout, les techniciens feraient de leur mieux.

À supposer que le Loup-Garou soit bien l'auteur de cette lettre, et non un plaisantin de mauvais goût, on pouvait espérer y recueillir des indices : salive (au dos du timbre et sur le rabat de l'enveloppe), fibres, empreintes digitales. Outre ces éléments matériels, on avait d'autres pistes plus subtiles. À commencer par la machine à écrire, qu'on chercherait à identifier. Certaines fautes d'orthographe ou tournures stylistiques révélaient parfois des indices. Et *quid* du cachet postal ? Le Loup-Garou s'était joué d'eux par le passé : le cachet constituait-il une fausse piste de plus ?

Les procédés auxquels on faisait appel prenaient du temps. Le labo avait beau faire vite, on ne pouvait pas accélérer les réactions chimiques. Lisa et George Flight avait accompagné Rebus, mais s'étaient installés quelque part dans le bâtiment pour boire du thé et revoir les choses en détail pour la quatrième ou cinquième fois. Pour sa part, il ne se lassait pas d'observer les laborantins et leurs manipulations. Ça correspondait tout à fait à l'idée qu'il se faisait du travail de limier. Et il trouvait reposant d'observer quelqu'un en train de faire quelque chose de minutieux. D'autant qu'il avait vraiment besoin de se calmer les nerfs.

Son plan avait marché à merveille. À force de le provoquer et de l'asticoter, il avait poussé le Loup-Garou à réagir. Malgré tout, il aurait dû se douter que Lisa courait un danger. Pour commencer, les journaux avaient publié sa photo et dévoilé son identité. Qui plus est, on l'avait présentée à tort comme une « psychologue de la police » : elle faisait donc partie de ces experts d'après lesquels le Loup-Garou devait être homosexuel ou transsexuel, entre autres provocations glissées dans les fausses fuites reprises par la presse. Lisa Frazer était devenue la cible du Loup-Garou, et c'était lui qui l'avait attirée dans ce guêpier. Quel crétin tu fais, John ! Et si le Loup-Garou avait choisi d'aller directement chez elle, et... Non ! Non ! Non ! Il refusait d'y penser.

Toutefois, la presse avait simplement révélé l'identité de Lisa, pas son adresse. Comment l'assassin se

238

l'était-il procurée ? Voilà qui était nettement plus mystérieux.

Et qui faisait froid dans le dos.

Pour commencer, elle était sur liste rouge. Comme il était très bien placé pour le savoir, cela ne constituait pas un obstacle pour certaines personnes investies d'un minimum de pouvoir. Un policier, par exemple. Merde... Pouvait-il *vraiment* s'agir d'un collègue ? Ce n'était pas les candidats qui manquaient : le personnel et les étudiants d'University College, d'autres psychologues... tous ces gens connaissaient Lisa. Et puis tous ceux qui pouvaient retrouver une adresse à partir d'un nom : fonctionnaires, services municipaux, fisc, compagnies de gaz et d'électricité, le facteur, les voisins, de nombreux listings publicitaires et autres réseaux informatiques, la bibliothèque du quartier... Par où commencer ?

– Tenez, inspecteur.

Un laborantin lui tendit une photocopie de la lettre.

– Merci.

– On est en train de scanner l'original pour voir si on y relève quoi que ce soit d'intéressant. Je vous tiendrai au courant.

– D'accord. Et l'enveloppe ?

– L'analyse de salive prend du temps. On devrait en savoir plus d'ici deux heures. Il y a aussi la photo, mais ça ne passe pas très bien à la photocopieuse. On a identifié de quel journal elle provenait. Elle a été découpée avec de petits ciseaux, peut-être des ciseaux à ongles, à en juger d'après les contours.

Rebus hocha la tête, fixant la photocopie.

– Merci encore.

– Pas de problème.

239

Pas de problème ? Bien sûr que si ! Les problèmes ne manquaient pas. Il lut le document dactylographié. Des lettres bien nettes et régulières, comme si on s'était servi d'une machine récente, ou tout du moins de bonne qualité, comme celle sur laquelle il avait tapé les signalements. Quant au contenu, c'était tout autre chose.

T'ES PAS COOL, GONZESSE, JE SUIS PAS HOMOSSEXUEL, OK ? LE LOUP-GAROU, IL EST CE QU'IL FAIT. ET LE LOUP-GAROU, TU SAIS CE QU'IL VA FAIRE ? TE BUTER. T'EN FAIS PAS, ÇA VA PAS FAIRE MAL. LE LOUP-GAROU, IL FAIT PAS MAL ; LE LOUP-GAROU FAIT JUSTE CE QU'IL EST. J' TE DIS, GONZESSE : LE LOUP-GAROU TE CONNAÎT, IL CONNAÎT TA TRONCHE ET TON ADRECE. DIS LA VÉRITÉ ET TU N'AURAS RIEN À CRAINDRE.

Le texte était tapé sur une feuille au format A4 pliée en quatre pour tenir dans l'enveloppe. Le Loup-Garou avait également découpé la photo de Lisa dans le journal. Mais avant de la joindre à son courrier, il avait retiré la tête et dessiné un cercle au crayon sur le ventre.

– Salopard, siffla Rebus. T'es vraiment qu'un salopard.

Il emporta la photo dans le couloir, prit l'escalier et débarqua dans la salle où Flight était assis, en train de se frotter les joues comme à son habitude.

– Où est Lisa ?

– Aux toilettes.

– Est-ce que vous la trouvez...

– Elle est secouée mais elle a déjà repris du poil de

la bête. Le médecin l'a mise sous calmants. Qu'est-ce que c'est ?

Rebus lui tendit la photocopie.

– Vous en pensez quoi ? lui demanda Flight après l'avoir lue rapidement mais attentivement.

Rebus s'assit sur la chaise encore tiède de Lisa, reprit le document et se positionna pour qu'ils puissent l'examiner ensemble.

– Eh bien, je ne suis pas sûr. À première vue, on dirait l'œuvre d'un quasi-analphabète.

– En effet.

– Mais d'un autre côté, on y sent une certaine maîtrise. Regardez la ponctuation, George. Rien à redire, aucune virgule ne manque. Il utilise même le point-virgule. Comment peut-on écrire « adresse » avec un *c* et manier le point-virgule ?

Flight relut la lettre en secouant la tête.

– Continuez.

– Voyez-vous, Rhona... mon ex-femme... est enseignante. Elle passait son temps à se plaindre que l'école ne se soucie plus d'enseigner les règles de base de la grammaire et de la ponctuation. Elle disait que les enfants d'aujourd'hui se passent très bien des virgules et des points-virgules, et ne savent même plus à quoi ça correspond. Je dirais donc qu'on a affaire soit à quelqu'un de jeune qui a fait de bonnes études, soit à quelqu'un de plus âgé qui était sur les bancs de l'école à une époque où on y enseignait encore la ponctuation.

– Je vois que vous vous êtes encore plongé dans vos manuels de psycho, fit remarquer Flight avec un sourire.

– Ça ne se résume pas à de la magie noire, George. C'est surtout une question de bon sens et de manière d'appréhender les problèmes. Vous voulez entendre la suite ?

– Je suis tout ouïe.

– Il y a autre chose, dit Rebus en parcourant la lettre du doigt. Quelque chose qui me fait dire que cette lettre vient bien de l'assassin et pas d'un cinglé.

– Ah oui ?

– À vous de jouer, George, dit-il en lui tendant la lettre. Trouvez-moi l'indice.

L'Anglais sourit mais prit la feuille.

– J'imagine que vous voulez parler de la façon dont il parle de lui à la troisième personne.

– Dans le mille du premier coup, George. C'est exactement ça.

– Au fait, dit George en le dévisageant, qu'est-ce qui vous est arrivé ? Vous vous êtes battu ? Je pensais que les bleus étaient passés de mode en Écosse.

– Je vous raconterai ça un autre jour, répondit Rebus en effleurant sa mâchoire endolorie. Mais regardez : dans la première phrase, l'auteur parle de lui à la première personne. Il a pris très personnellement notre petite provocation sur son homosexualité. Par contre, dans le reste de la lettre il parle du Loup-Garou à la troisième personne. Un trait récurrent chez les tueurs en série.

– Et la faute d'orthographe à « homosexuel » ?

– Il peut s'agir d'une faute authentique, ou bien d'un leurre. En tapant vite et avec deux doigts, on peut facilement taper deux fois le s. A fortiori si on est en colère... (Il se souvint du signalement dans sa poche.) ... Je parle d'expérience.

– D'accord.

– Maintenant, reprenons ce qu'il dit. « Le Loup-Garou, il est ce qu'il fait. » D'après les manuels, l'assassin se forge une identité à travers ses meurtres. C'est exactement le sens de cette phrase.

– Certes, dit Flight en expirant bruyamment, mais ça ne nous avance guère, hein ? (Il proposa une cigarette à Rebus.) Je veux dire, on peut s'amuser tout ce qu'on veut à dresser le portrait psychologique le plus précis de ce monstre, ça ne nous fournira pas pour autant un nom et une adresse.

Rebus se pencha en avant sur sa chaise.

– Mais peu à peu on réduit le champ des suspects, George. On finira bien par n'avoir plus qu'un seul nom. Regardez la dernière phrase...

– « Dis la vérité et tu n'auras rien à craindre », récita Flight.

– Vous ne trouvez pas que ça a quelque chose de... comment dire ?... de très formel ?

– Je ne vois pas où vous voulez en venir.

– À ceci : j'ai l'impression que c'est le genre de phrase qu'on pourrait employer, vous et moi.

– Un flic ? dit Flight en se calant contre son dossier. Allons, John. Vous vous foutez de moi ?

Rebus s'exprima doucement, d'un ton persuasif.

– Quelqu'un qui connaît l'adresse de Lisa Frazer, George. Réfléchissez bien. Un individu qui détient ce genre de renseignement, ou sait comment se le procurer. On ne peut pas exclure...

Flight se leva.

– Désolé, John, mais c'est non. Je ne veux même pas envisager que... qu'un flic puisse être au cœur de cette affaire. Non, je ne marche pas.

– OK, dit Rebus avec un haussement d'épaules. Comme vous voulez, George.

Mais il sentait qu'il avait planté une graine dans

l'esprit de l'Anglais, et qu'elle germerait forcément. Flight se rassit, avec l'impression d'avoir pour une fois marqué le point.

– Autre chose ?

Rebus relut la lettre en tirant sur sa cigarette. Ça lui rappelait l'école, quand il adorait faire des explications de texte.

– Oui, finit-il par dire. En fait, oui. Cette lettre ressemble plutôt à un avertissement, un coup de semonce. Il commence par dire qu'il va la tuer, mais après il se tempère. Il lui dit qu'elle ne risque rien à condition de dire la vérité. À mon avis, il attend une rétractation. Je pense qu'il veut qu'on fasse dire à la presse qu'il n'est pas homosexuel.

– Il n'est pas au bout de ses émotions, dit Flight en consultant sa montre.

– Qu'est-ce que vous voulez dire ?

– Les éditions de la mi-journée vont bientôt sortir. Je crois savoir que Cath Farraday a balancé l'histoire de Jan Crawford.

– Vraiment ?

Rebus révisa son jugement sur Cath Farraday. Tout compte fait, ce n'était peut-être pas une vieille chouette rancunière.

– Maintenant, on annonce qu'on a un témoin vivant, reprit-il, et il va bien se rendre compte que c'est la vérité. Je pense que ça pourrait suffire à lui faire péter les plombs pour de bon. Pour qu'il devienne complètement mordu, comme dirait Lamb.

– Vous pensez ?

– Oui, George. Il faut que tout le monde soit d'une vigilance extrême. Il est capable de tout.

– Ça me donne froid dans le dos.

– Une dernière chose, George, dit Rebus en fixant la lettre. EC4 : c'est quelle partie de Londres ?

– La City, répondit-il après un temps de réflexion. Une partie, en tout cas. Farringdon Street, les environs du pont de Backfriars... Ludgate, la cathédrale St Paul.

– Hmm. Il s'est déjà joué de nous, en nous faisant croire à des récurrences qui n'en étaient pas. Les dents, par exemple. Je suis sûr d'avoir raison sur ce coup-là. Mais maintenant qu'on l'a déstabilisé...

– Vous croyez qu'il habite la City ?

– Qu'il y habite, qu'il y travaille, qu'il y passe en allant au boulot... je ne sais pas...

Il secoua la tête, préférant garder pour lui l'image qui venait de lui traverser l'esprit. Un coursier basé dans la City, capable sur sa moto de circuler tout autour de la ville. Comme il en avait aperçu un sur le pont au-dessus du canal, le soir de son arrivée.

Kenny Watkiss, par exemple.

– Enfin, tout est possible, se contenta-t-il de dire. Une pièce de plus à ajouter au puzzle.

– Si vous voulez mon avis, ça en fait beaucoup trop. Il doit y avoir des pièces en trop.

Flight reprit une cigarette.

– Tout à fait d'accord, convint Rebus en écrasant son mégot. Mais à mesure que l'image prendra forme, on saura lesquelles écarter, non ?

Il continuait à examiner la lettre. Il sentait quelque chose d'autre. Quoi donc ? Ça le travaillait quelque part dans sa tête, un détail enfoui au fond de sa mémoire. Un souvenir brièvement ravivé par la lecture de la lettre... Peut-être que cela lui reviendrait s'il arrêtait d'y penser, comme quand il avait un nom d'acteur sur le bout de la langue.

La porte s'ouvrit.

– Lisa... Comment ça va ?

Ils se levèrent en même temps pour lui laisser leur chaise, mais elle fit signe qu'elle n'avait pas envie de s'asseoir. Le trio resta debout, un triangle figé dans la pièce grande comme une boîte à chaussures.

– J'ai encore vomi. Je n'ai plus grand-chose à rendre, dit-elle en souriant. J'ai l'impression que j'en suis au petit déjeuner d'hier matin.

Les deux hommes sourirent à leur tour. Rebus lui trouvait les traits tirés, la mine défaite. Heureusement qu'elle avait bien dormi la veille. Elle aurait sans doute du mal à trouver le sommeil pendant une dizaine de jours, avec ou sans calmants. Flight fut le premier à parler.

– Docteur Frazer, je vous ai trouvé un lieu de résidence temporaire. Moins de gens seront au courant, mieux ce sera. Vous n'avez rien à craindre, vous y serez parfaitement en sécurité. On va vous mettre sous protection rapprochée.

– Et son appartement ? s'enquit Rebus.

– J'ai deux hommes qui surveillent l'endroit, dit Flight avec un hochement de tête. Un dans l'appartement et un dans la rue, tous les deux dissimulés. Croyez-moi, si le Loup-Garou se présente, ils sauront se débrouiller.

– Arrêtez de parler comme si je n'étais pas là ! s'emporta Lisa. Je suis concernée, moi aussi.

Un silence glacial s'abattit sur la pièce.

– Désolée, fit-elle en plaquant sa main gauche sans bagues sur ses yeux. Mais je n'arrive pas à croire à quel point j'avais *peur* chez moi ! J'ai l'impression...

246

Encore une fois, elle inclina la tête en arrière – les larmes étaient trop précieuses pour être versées.

– Tout va bien se passer, la rassura Flight en posant la main sur son épaule. Ne vous en faites pas, docteur Frazer.

Lisa eut un sourire désabusé. Il continua à lui parler avec douceur mais elle ne l'écoutait pas. Elle et Rebus se fixaient droit dans les yeux. Rebus comprenait très bien ce qu'elle lui disait par son seul regard. Une supplique de la plus haute importance : « Retrouve le Loup-Garou. Arrête-le au plus vite et fais-le disparaître. Fais ça pour moi, John. Je t'en supplie. »

Elle cilla, rompant le contact visuel. Il hocha la tête très légèrement, de façon presque imperceptible, mais cela suffit. Elle lui sourit et soudain ses yeux secs devinrent deux pierres étincelantes. Percevant le changement, Flight retira sa main du bras de la jeune femme et interrogea Rebus du regard. Mais celui-ci examinait de nouveau la lettre, en se focalisant sur la première phrase. Qu'est-ce qui le chiffonnait ? Il sentait quelque chose, juste à la lisière de son esprit. Il n'arrivait pas à mettre le doigt dessus.

Pour l'instant.

Deux inspecteurs passèrent prendre Lisa pour l'emmener en lieu sûr – un type bâti comme un pilier de rugby flanqué d'un grand échalas taciturne. Malgré ses protestations, Rebus ne put connaître leur destination. Flight prenait cette affaire très au sérieux. Mais avant de la laisser partir, les types du labo relevèrent ses empreintes et quelques échantillons de fibres de ses vêtements, à des fins de comparaison. Ses deux gardes du corps l'accompagnèrent.

Épuisés, Rebus et Flight se dirigèrent vers un distributeur de boissons dans un long couloir à l'éclairage aveuglant. Ils y introduisirent les quelques pièces qui donnent droit à du thé et du café en poudre.

– Vous êtes marié, George ?

Flight parut surpris, peut-être que la question ne lui ait pas été posée plus tôt.

– Oui. Ça fait douze ans. Marion. C'est l'épouse numéro deux. Mon premier mariage a été un fiasco... Ma faute à moi.

Rebus hocha la tête tout en attrapant le gobelet brûlant du bout des doigts.

– Vous aussi, vous m'avez parlé d'un mariage, enchaîna Flight.

– Tout à fait, dit Rebus en opinant une nouvelle fois du bonnet.

– Et alors, qu'est-ce qui s'est passé ?

– Je ne sais plus trop. Rhona disait que c'était comme la dérive des continents : ça s'est fait tellement lentement qu'on s'en est aperçu trop tard. Elle sur son île et moi sur la mienne, séparés par un putain d'océan.

Flight sourit.

– Vous disiez qu'elle était prof.

– Oui, et elle l'est toujours. Elle habite à Mile End avec ma fille.

– Mile End ? Merde alors ! Un quartier de gangs, tout juste un peu embourgeoisé. Pas le genre d'endroit pour la fille d'un flic.

Rebus s'amusa de l'ironie du sort. Le moment était venu de passer aux aveux.

– Pour tout vous dire, George, j'ai découvert qu'elle sortait avec un certain Kenny Watkiss.

– Aïe... Qui ça ? La mère ou la fille ?

248

– Ma fille. Samantha.

– Comme ça, elle sort avec Kenny Watkiss ? Il a quel âge ?

– Il est plus âgé qu'elle. Dans les dix-huit, dix-neuf ans. Il bosse comme coursier à la City.

– C'est lui qui s'est manifesté dans la galerie du public ? dit Flight qui commençait à comprendre. Voyons... d'après ce que je sais de la famille Watkiss, Kenny doit être le neveu de Tommy. Lenny, le frère de Tommy, est à l'ombre en ce moment. Mais c'est un gars gentil, comparé au frangin. Il s'est fait pincer pour escroquerie, fraude fiscale, manipulation de compteur de voitures, chèques en bois, faux en écritures... Rien que des broutilles, mais quand ça s'accumule et qu'on se retrouve à la barre avec tout ça qui vous pend au nez, on est sûr de plonger. Normal, hein ?

– C'est pareil en Écosse.

– Oui, j'imagine que oui. Alors, vous voulez que je me renseigne sur ce coursier ?

– Je sais déjà où il habite. La cité Churchill, c'est un ensemble de HLM situé...

Flight pouffa.

– Pas la peine d'expliquer à un flic londonien où se trouve la cité Churchill, John ! Les SAS s'en servent comme camp d'entraînement.

– Oui, c'est ce que Laine m'a laissé entendre.

– Laine ? Qu'est-ce qu'il vient faire là-dedans ?

Quitte à passer aux aveux... songea Rebus.

– J'avais le numéro de téléphone de Kenny et je voulais son adresse.

– Et Laine vous l'a obtenue ? Vous lui avez fourni quel prétexte ?

– J'ai dit que ç'avait un rapport avec l'enquête du Loup-Garou.

Flight tressaillit, le visage renfrogné.

– John, vous n'arrêtez pas d'oublier que vous êtes notre *hôte*. Vous n'avez pas le droit de faire des coups pareils. Quand Laine apprendra ça...

– Si Laine...

Mais Flight secoua négativement la tête.

– J'ai bien dit « quand ». Croyez-moi, ça n'a rien d'hypothétique. Quand il va apprendre ça, il ne se donnera pas la peine de vous appeler. Ni même votre supérieur immédiat. Il s'adressera directement à votre superintendant d'Édimbourg, qui aura droit à une sacrée engueulade. Je l'ai déjà vu faire.

Faites du bon boulot, John. N'oubliez pas que vous représentez nos services.

Rebus souffla sur son café. L'idée du paysan Watson recevant une engueulade était presque amusante.

– J'ai toujours eu envie de redevenir flic en tenue.

Flight le fixait. Finie la rigolade.

– Il y a des règles, John. On peut se débrouiller pour en enfreindre quelques-unes, mais certaines sont sacro-saintes, gravées dans la pierre par Dieu tout-puissant. En particulier, on ne se paie pas la tête d'un type du niveau de Laine juste pour satisfaire sa curiosité personnelle.

Il était en colère et tenait à exprimer son point de vue, ce qui ne l'empêchait pas de chuchoter pour éviter d'être entendu. Rebus, qui n'en avait plus rien à faire, se mit lui aussi à parler tout bas, l'air vaguement amusé.

– Alors, je fais quoi, moi ? Je lui dis la vérité ? Salut, chef ! Ma fille treuille un gars qui me revient pas. Vous

250

seriez bien aimable de me communiquer l'adresse du jeune homme pour que je lui casse la gueule. C'est comme ça que je dois m'y prendre ?

Flight resta muet, puis fronça les sourcils.

– « Treuille » ?

Il souriait à son tour, en s'efforçant de le cacher. Rebus piqua un fou rire.

– Ça veut dire sort avec elle ! Vous allez peut-être me dire que vous ne savez pas non plus ce que « hourdé » veut dire ?

– Eh oui ! dit Flight qui se mit à rire lui aussi.

– Bourré, expliqua Rebus.

Ils sirotèrent leurs boissons en silence. Rebus se félicitait de cette barrière du langage, sans quoi il aurait été privé de ces quiproquos amusants qui désamorçaient la tension. Il y avait deux solutions pour l'évacuer : plaisanter ou en venir aux mains. Le rire ou la baston. À une ou deux reprises, ils avaient failli échanger des coups de poing mais avaient finalement opté pour un sourire.

Quelle bénédiction que le rire !

– Mais bon, je me suis rendu hier soir à Hackney en espérant y trouver Kenny Watkiss.

– Et vous avez reçu ça pour vos peines ? dit Flight en pointant ses bleus du menton.

Rebus fit la moue.

– Ça vous apprendra ! Vous savez, quelqu'un m'a raconté qu'en français « hackney » désignait une haridelle. On ne dirait pas du français, hein ? Malgré tout, ça explique la lenteur des fiacres[1].

_____

1. En anglais, *hackney coach* désigne un fiacre. (*N.d.T.*)

Hackney. Haquenée. Haridelle. Le cheval du British Museum, aux dents élimées. Rebus tenait à parler des traces de morsure à Morrison.

Flight termina sa boisson le premier et jeta le gobelet dans la poubelle à côté du distributeur.

– Il faut que je trouve un téléphone, dit-il en consultant sa montre. Pour prendre des nouvelles au camp de base. Lamb a peut-être appris quelque chose sur cette Jan Crawford.

– Cette Jan Crawford est une victime, George. Arrêtez d'en faire une criminelle.

– *Peut-être* une victime. Il est préférable de vérifier les faits avant de sortir les mouchoirs et de faire infuser le thé. D'ailleurs, je ne savais pas que vous faisiez partie d'une association de soutien aux victimes, John. Vous savez très bien comment on est obligés de procéder. Ce n'est pas toujours agréable mais ça évite les malentendus.

– Joli discours.

– Écoutez, dit Flight qui soupira en fixant le bout de ses chaussures, vous ne vous dites jamais qu'il existe d'autres voies ?

– La voie du zen ?

– Je veux dire, d'autres façons de faire que la vôtre. Vous pensez vraiment qu'on est tous des crétins et que vous êtes le seul flic de l'univers à savoir mener une enquête ? Ça m'intéresserait de connaître la réponse.

Comme il le redoutait, Rebus se mit à rougir, étant donné qu'il voulait à tout prix l'éviter. Il chercha la bonne repartie mais, comme aucune ne lui venait à l'esprit, il garda le silence.

– Allons trouver ce téléphone, dit Flight en hochant la tête d'un air satisfait.

Rebus prit son courage à deux mains.

– George, j'ai besoin de savoir : qui m'a fait venir ici ?

Flight le dévisagea, hésitant à répondre. Il pinça les lèvres et trancha le dilemme. Après tout...

– Moi, répondit-il. C'était mon idée.

– Vous ? fit Rebus, interloqué.

L'Anglais fit oui de la tête.

– Tout à fait. J'ai suggéré votre nom à Laine et à Pearson. Une nouvelle tête, du sang frais, et patati.

– Mais comment aviez-vous entendu parler de moi ?

Flight était dans ses petits souliers.

– Eh bien... Vous vous souvenez du dossier que je vous ai montré, celui où je passe en revue toute une série d'hypothèses ? En plus de ça, j'ai lu sur les tueurs en série. On pourrait appeler ça des recherches. Je suis tombé sur quelques coupures de presse à propos de votre fameuse enquête. J'ai été impressionné.

Incrédule, Rebus le pointa du doigt.

– Vous avez lu des ouvrages sur les tueurs en série ?

L'Anglais acquiesça d'un hochement de tête.

– Sur les aspects *psychologiques* ?

– Oui, dit Flight en haussant les épaules, entre autres.

Rebus écarquillait les yeux.

– Et tout ce temps-là vous vous foutiez de *moi* parce que j'étais d'accord avec Lisa Frazer ? Alors là, je n'en crois pas mes oreilles !

Flight se mit à rire. Le farouche adversaire de la psychologie dévoilait son vrai visage.

– Il fallait bien que j'étudie toutes les approches, se justifia-t-il en observant Rebus balancer son gobelet vide dans la poubelle. Allez, je dois vraiment passer ce coup de fil.

Secouant toujours la tête, Rebus le suivit dans le couloir. Sous sa bonne humeur apparente, il cogitait fort. Flight l'avait berné avec une facilité déconcertante. Les faux-semblants s'arrêtaient-ils là ? Avait-il enfin droit au vrai George Flight ou bien à un masque de plus ? Sifflotant, Flight faisait mine de shooter dans un ballon imaginaire. Non, décida Rebus en un quart de seconde. Pas George Flight. Jamais de la vie.

Se rendant aux services administratifs où ils pourraient téléphoner, ils tombèrent sur le Dr Philip Cousins. Élégant comme à son habitude avec un costume gris et une cravate bordeaux, il était installé à un bureau, en pleine conversation avec un des responsables du labo.

– Philip !

– Bonjour, mon cher George. Comment vas-tu ?... Ah, inspecteur Rebus. La Calédonie continue de nous apporter son soutien ?

– On fait ce qu'on peut.

– Et mieux que ça, renchérit Flight. Alors, qu'est-ce qui t'amène ici, Philip ? Isobel n'est pas là ?

– Malheureusement, Penny est très occupée. Elle sera navrée de t'avoir raté, George. Pour ma part, je tenais à vérifier certains éléments concernant un meurtre du mois de décembre. Tu t'en souviens peut-être, le cadavre dans la baignoire.

– Maquillé en suicide ?

– Tout à fait.

Philip Cousins avait la voix riche et onctueuse comme de la crème fraîche épaisse. Rebus se disait que le terme « raffiné » avait dû être inventé pour lui.

– Je dois témoigner aujourd'hui au tribunal, reprit le légiste. Je vais prêter mon concours à Malcolm Chambers pour que l'épouse du défunt soit condamnée au moins pour meurtre.

– Chambers ? dit Flight en secouant la tête. Je ne t'envie pas !

– Vous êtes pourtant bien dans le même camp, intervint Rebus.

– Certes, inspecteur, vous avez tout à fait raison. Mais Chambers est quelqu'un d'excessivement méticuleux. Il exigera un témoignage irréfutable de ma part, sans quoi il aura plus vite fait de m'étriller que l'avocat de la défense. Malcolm Chambers cherche la vérité, pas un verdict.

– En effet, acquiesça Flight. Je me souviens d'un procès où j'ai dû essuyer ses foudres à la barre parce que je n'arrivais pas à me rappeler de but en blanc quel genre d'horloge se trouvait dans le salon. Le dossier a failli capoter.

Flight et Cousins échangèrent un sourire complice.

– Je viens d'apprendre que vous aviez de nouveaux éléments dans l'enquête du Loup-Garou. Raconte-moi ça.

– Ça commence à prendre forme, Philip. Et mon collègue ici présent y est pour une grande part.

Il posa brièvement la main sur l'épaule de Rebus.

– Je suis impressionné, dit Cousins d'un ton neutre.

– J'ai eu de la chance, dit Rebus qui n'en savait rien mais estimait que c'était la chose à dire.

Le regard de Cousins était glacial. Chaque fois que Rebus le sentait posé sur lui, la température semblait chuter de plusieurs degrés.

– Alors, qu'en est-il ?

– Eh bien, répondit Flight, nous avons une femme qui prétend avoir été agressée par le Loup-Garou mais lui avoir échappé.

– La bienheureuse créature, fit remarquer Cousins.

– Et, poursuivit Flight, une... une personne participant à l'enquête a reçu ce matin une lettre soi-disant envoyée par le Loup-Garou.

– Mon Dieu...

– Ça nous a l'air authentique.

– En effet, c'est ce qu'on appelle du nouveau. Attendez un peu que je prévienne Penny. Elle va être enchantée.

– Philip, on ne tient pas à ce que ça s'ébruite...

– Je n'en soufflerai pas un mot, George. Pas un mot. Tu me connais, ça entre d'un côté, ça ne sort jamais de l'autre. Mais de toute évidence, Penny doit être mise au courant.

– Oh, tu peux tout à fait mettre Isobel au parfum, mais dis-lui bien qu'elle doit n'en souffler mot à personne.

– Le secret absolu. Je comprends très bien. Motus et bouche cousue. De qui s'agit-il, d'ailleurs ?

Flight ne parut pas comprendre.

– À qui était adressée cette lettre de menaces ?

Flight était sur le point de lui répondre mais Rebus le devança.

– À quelqu'un qui participe à l'enquête, comme vous l'a dit l'inspecteur Flight.

Il afficha un sourire pour essayer d'atténuer son ton cassant. Pour le coup, son cerveau était en ébullition : personne n'avait indiqué à Cousins qu'il s'agissait d'une lettre de menaces. Comment le savait-il ? Certes,

256

on pouvait facilement se douter qu'il ne s'agissait pas de la lettre d'un admirateur, mais tout de même.

– Bon, dit le légiste qui préféra ne pas insister. Maintenant, messieurs, si vous voulez bien m'excuser, la huitième chambre m'attend.

Il s'empara de deux chemises cartonnées posées sur le bureau, les glissa sous son bras et se leva, ses genoux craquant sous l'effort.

– Inspecteur Rebus, dit-il en tendant sa main libre. On dirait que l'enquête touche à sa fin. Au cas où nous n'aurions pas le plaisir de nous revoir, transmettez mon meilleur souvenir à votre charmante ville. À bientôt, George. Vous devriez passer dîner, avec Marion. Appelle Penny et on essaiera de trouver une date à laquelle nous serons libres tous les quatre. Au revoir.

– Au revoir, Philip.

– Au fait, dit Cousins en s'arrêtant sur le seuil et en se retournant vers Flight. Tu n'aurais pas une voiture libre, George ? C'est la croix et la bannière pour trouver un taxi à cette heure de la journée.

– Voyons... dit Flight en réfléchissant, j'ai une idée. Si tu peux patienter quelques minutes, Philip, j'ai deux hommes qui se trouvent ici même, dans le bâtiment.

Il se tourna vers Rebus, qui le fixait en écarquillant les yeux.

– Ça ne devrait pas embêter Lisa, n'est-ce pas, John ? Je veux dire, qu'ils déposent Philip à l'Old Bailey ?

Rebus ne put faire autrement que hausser les épaules.

– Parfait ! se réjouit Cousins en se frottant les mains. Je ne saurais trop te remercier.

– Je vais t'accompagner, lui dit Flight, mais d'abord je dois passer un coup de fil.

– Et moi, je vais faire un tour au petit coin, dit Cousins en pointant le menton vers le couloir. Je reviens dans une seconde.

Ils le regardèrent sortir. Flight souriait et secouait la tête, l'air médusé.

– Vous savez, je l'ai toujours connu comme ça. Je veux parler de ses manières d'ambassadeur, de vieil aristocrate. Il n'a pas changé.

– En effet, c'est un parfait gentleman.

– Mais justement : il vient d'un milieu aussi ordinaire que vous et moi. (Il s'adressa au laborantin.) Je peux utiliser votre téléphone ?

Sans attendre la réponse, il décrocha et composa un numéro.

– Allô ?... Qui est à l'appareil ? Ah... salut, Deakin. Lamb est dans les parages ?... Vous pouvez me le passer ? Merci...

Tandis qu'il patientait, Flight retira des poussières imaginaires de son pantalon tellement élimé qu'il brillait. Rebus se fit la remarque que tout chez l'Anglais avait un aspect usé. Son col de chemise encrassé était trop serré, comprimant la peau flasque du cou qui formait des plis verticaux. Rebus était fasciné par ce spectacle, ces touffes de poils gris négligés par le rasoir. Des signes de mortalité aussi implacables que des mains serrées autour d'un cou. Dès que Flight aurait raccroché, Rebus lui reprocherait d'avoir laissé partir Cousins avec Lisa. Des manières d'*ambassadeur*, de vieil *aristocrate*... Un des premiers tueurs en série était d'origine noble.

– Salut, Lamb. Qu'as-tu appris sur Mlle Crawford ?...

Flight écouta, le regard fixé sur Rebus, prêt à lui transmettre toute information intéressante.

– Hmm... OK, je vois... Oui. D'accord...

En même temps qu'il parlait, ses yeux indiquaient à Rebus que toutes les vérifications concordaient : Jan Crawford était quelqu'un de fiable, elle disait la vérité. Soudain, Flight marqua de l'étonnement.

– Attends, tu peux me répéter ça ?...

Il écouta attentivement, cessant d'observer Rebus pour examiner le téléphone.

– ... Voilà qui est intéressant...

Rebus s'agita nerveusement. Qu'est-ce qui était « intéressant » ? Mais Flight en était revenu aux monosyllabes.

– ... Hmm... Ouais... Tant pis, je sais... Oui, j'en suis sûr...

Son ton était résigné.

– OK... Merci de m'avoir prévenu. Non, on devrait rentrer d'ici... je ne sais pas, une heure environ. Bon. On se voit tout à l'heure.

Il tendit le combiné au-dessus de l'appareil, mais ne le reposa pas. Il se contenta de le tenir en l'air.

Rebus ne pouvait plus contenir sa curiosité.

– Alors ? Qu'est-ce qu'il y a ? Quel est le problème ?

Tiré de sa rêverie, Flight reposa le combiné.

– Ah !... C'est Tommy Watkiss.

– Quoi donc ?

– Lamb vient d'apprendre qu'il n'y aura pas de second procès. On ne connaît pas encore les motifs. Le juge estimait peut-être que les charges n'en valaient pas la peine, auquel cas il en aura touché un mot au procureur de la Couronne.

– *Pas la peine*, une agression contre une femme ?

Rebus en oublia complètement ses soupçons envers Philip Cousins.

– Ça coûte cher d'organiser un second procès, dit Flight avec un haussement d'épaules. Même ne serait-ce qu'*un seul*. On a fait une connerie la première fois et on n'aura pas droit à une deuxième chance. Ce sont des choses qui arrivent, John. Vous le savez très bien.

– Bien sûr. Mais l'idée qu'un rat comme Watkiss puisse s'en sortir impunément après avoir fait un truc pareil...

– Ne vous en faites pas, il n'est pas fichu de se tenir à carreau. Faire des conneries, il a ça dans le sang. On le serrera à la première incartade et je veillerai à ce qu'on ne salope pas le boulot, vous pouvez me faire confiance.

Rebus soupira. En effet, cela arrivait, on perdait parfois. Un peu trop souvent. L'incompétence, un juge trop coulant, un jury influençable, un témoin en béton pour la défense. Et, certaines fois, quand le procureur général estimait tout bonnement qu'un second procès ne justifiait pas la dépense. Quelques défaites. Qui vous poursuivaient comme une rage de dents.

– Je parie que Chambers ne décolère pas, fit remarquer Rebus.

– Ça oui ! dit Flight en souriant. Je vois d'ici la fumée qui s'échappe de ses boutons de manchette !

Mais ce rebondissement ferait au moins un heureux, songea Rebus. Kenny Watkiss allait jubiler.

– Et Jan Crawford ? demanda-t-il.

Encore une fois, Flight haussa les épaules.

– Elle m'a l'air pure comme de l'eau de roche. Pas de casier, aucun trouble psychologique, une vie tranquille, des voisins qui semblent plutôt l'apprécier.

Comme dit Lamb, quelqu'un d'aussi propre ça fait peur.

En effet, c'était souvent le cas avec les gens tout lisses. De quoi inquiéter un flic, comme un explorateur qui tombe sur une espèce inconnue au cœur de la jungle : la peur de la nouveauté, de la différence. On en venait à soupçonner que tout le monde avait quelque chose à cacher : l'instituteur qui rapporte des cassettes pornos d'Amsterdam, l'avocat qui prend de la coke dans les soirées, le week-end, le parlementaire heureux en ménage qui couche avec sa secrétaire, le magistrat qui a une prédilection pour les petits garçons, la bibliothécaire qui cache un vrai squelette dans son placard, les chérubins qui immolent par le feu le chat du voisin.

Parfois, les soupçons étaient fondés.

Pas toujours. Cousins était réapparu dans l'embrasure, prêt à partir. Flight posa la main sur son bras. Rebus se souvint qu'il voulait parler à Flight, mais comment formuler la chose ? Pouvait-il se contenter de lui dire que Philip Cousins lui semblait presque trop propre, avec ses mains froides et parfaitement manucurées de chirurgien, et ses airs d'ambassadeur ? Rebus se posait la question, *sérieusement*.

Tandis que Flight et le légiste partaient à la recherche de Lisa et de ses gardes du corps, Rebus retourna au laboratoire et s'enquit des premiers résultats.

– Désolé, lui dit un jeune laborantin.

Sous sa blouse blanche, on apercevait un tee-shirt noir avec le logo d'un groupe de hard rock.

– Je ne pense pas qu'on va être chanceux du côté de la salive. Pour l'instant, on ne trouve que H_2O. De l'eau du robinet. La personne qui a collé l'enveloppe a dû se servir d'une éponge ou d'un rouleau comme on en utilisait dans le temps. Pas la moindre trace de salive.

– Et les empreintes ? dit Rebus en expirant longuement.

– Négatif pour l'instant. Les deux qu'on a pu relever ont l'air de correspondre à celles du Dr Frazer. Et ça ne donne rien non plus du côté des fibres et des taches de gras. Je dirais que la personne portait des gants. On n'a jamais rien vu d'aussi nickel.

Le Loup-Garou sait ce qu'il fait, songea Rebus. Il a prévu toutes les pistes qu'on pourrait exploiter. Vachement malin.

– Bon. Merci quand même.

Le jeune homme haussa les sourcils et tendit les mains, paumes en l'air.

– Je regrette mais on ne peut rien faire de plus.

Si, pensa Rebus. Tu pourrais t'offrir une coupe de cheveux, l'ami. Tu ressembles vraiment trop à Kenny Watkiss.

– Faites ce que vous pouvez, dit-il en soupirant. Ce que vous pouvez.

Pivotant sur ses talons, il sentit monter en lui une bouffée à la fois de colère et d'impuissance, un accès de frustration enragée. Le Loup-Garou était trop fort. Il arrêterait de commettre ses meurtres avant qu'on lui mette la main dessus, ou bien il tuerait à n'en plus finir. Plus personne ne serait à l'abri. Surtout Lisa.

Lisa...

Le Loup-Garou la tenait pour responsable des fabulations de Rebus. Or elle n'y était pour rien. Et si le Loup-Garou parvenait à la retrouver, ce serait de sa faute à lui, non ? Où allait-on la conduire ? Il n'en savait rien. Flight jugeait cela préférable. Mais Rebus n'arrivait pas à se défaire de l'idée que le Loup-Garou était peut-être un policier. *N'importe lequel.* Par exemple, le type baraqué chargé d'escorter Lisa, ou son comparse tout maigre et silencieux. Lisa les avait suivis en s'imaginant qu'ils la protégeraient. Et si elle s'était jetée dans la gueule du... Et si le Loup-Garou connaissait l'endroit précis... ? Et si Philip Cousins... ?

Un haut-parleur dissimulé dans le plafond transmit une annonce.

– Appel à l'inspecteur Rebus... L'inspecteur Rebus est prié de se présenter à la réception.

Il se précipita dans le long couloir, franchit en courant la porte battante. Il ignorait si Flight se trouvait toujours sur place et n'en avait que faire. Un cortège d'atrocités défilait dans sa tête. Le Loup-Garou... Lisa... Rhona... Sammy... La petite Sammy, sa fille adorée... Elle avait déjà connu assez d'horreurs comme ça. Par la faute de son père. Il ne voulait plus qu'elle souffre, plus jamais.

En l'apercevant, la réceptionniste décrocha le combiné et le lui tendit. Quand il s'en fut saisi, elle appuya sur un bouton pour lui passer la communication.

– Allô ? dit-il, à bout de souffle.

– Papa ?

Nom de Dieu, c'était bel et bien Sammy. Il se mit presque à crier.

– Sammy ? Qu'est-ce qu'il y a ?

– Papa...

Elle pleurait. Un souvenir défila sous ses yeux, aveuglant. Un coup de téléphone, des cris...

– Qu'est-ce qui t'est arrivé, Sammy ? Dis-moi !

– C'est... balbutia-t-elle. C'est Kenny.

– Kenny ? dit-il en plissant le front. Qu'est-ce qui lui est arrivé ? Il a eu un accident ?

– Non, papa. Il... il a juste *disparu*.

– Où es-tu, Sammy ?

– Je t'appelle d'une cabine.

– OK, je vais te donner l'adresse d'un poste de police et tu vas m'y rejoindre. Prends un taxi si tu veux, je réglerai à ton arrivée. Compris ?

– Papa... dit-elle en reniflant pour retenir ses larmes. Il faut que tu le retrouves. Je suis inquiète. Retrouve-le, papa. Je t'en supplie ! Vraiment, je t'en *supplie* !

Quand George Flight arriva à la réception, Rebus était déjà parti. La réceptionniste lui fournit les explications qu'elle pouvait, tandis qu'il frottait sa mâchoire qui commençait à piquer. Il venait d'avoir une discussion animée avec Lisa Frazer mais cette garce était très têtue, et jolie, il fallait bien le reconnaître. Elle était partante pour les gardes du corps, par contre pas question de rester cachée en « lieu sûr ». Elle avait rendez-vous à l'Old Bailey, avec deux personnes en fait, il s'agissait d'interviews pour un travail de recherche.

– Il m'a fallu plusieurs semaines pour les décrocher, avait-elle expliqué. Je n'ai pas l'intention de tout annuler maintenant !

– Mais, chère mademoiselle, était intervenu Philip Cousins de son ton distingué, c'est justement là que nous nous rendons.

Consultant impatiemment sa montre, il était pressé qu'on mette un terme aux débats. Apparemment, Cousins et Lisa s'étaient rencontrés à propos du meurtre de Copperplate Street. Ils avaient des points communs, des choses à se dire, et tous deux ne demandaient qu'à filer.

Flight avait donc pris sa décision. Après tout, que risquait-elle à se rendre à l'Old Bailey ? Peu d'endroits étaient mieux protégés. Elle devrait patienter quelques heures avant son premier rendez-vous, mais ça n'avait pas l'air de la gêner. L'idée de flâner dans le tribunal l'amusait même. Les deux policiers attendraient avec elle, puis la conduiraient au « lieu sûr » choisi par Flight. Et Cousins avait abondé dans le sens de Lisa Frazer, déclarant : « Le raisonnement ne présente aucune faille, Votre Honneur. » On avait donc tranché la question, avec un sourire de leur part et un hausse-ment d'épaules de la sienne. Flight avait regardé la Ford Granada s'éloigner, les deux policiers à l'avant et leurs passagers à l'arrière. Un lieu sûr, songeait-il.

Et maintenant, ce Rebus qui détalait une fois de plus. Il finirait bien par le retrouver. Il ne regrettait pas d'avoir fait venir Rebus, pas une seconde. Malgré tout, il n'oubliait pas que l'idée était venue de *lui* seul, et que sa hiérarchie ne l'avait appuyé que du bout des lèvres. Au moindre cafouillage, ce serait sa tête qui tomberait. Il en était tout à fait conscient, sans parler de ses collègues. C'était pour ça qu'il n'avait pas lâché Rebus les premiers jours, pour s'assurer du bonhomme. Conclusion ? Il préférait ne pas répondre à cette ques-tion, même comme ça, juste pour sa propre gouverne. Rebus était comme le ressort d'un piège, prêt à sauter dès que quoi que ce soit atterrissait sur l'appât. En plus, il était écossais, et Flight ne faisait plus confiance aux Écossais depuis qu'ils avaient choisi par voie d'urne leur maintien dans le Royaume-Uni...

– Papa !

Elle se jeta dans ses bras. Il la serra contre lui, et se rendit compte qu'il n'avait plus besoin de se baisser beaucoup pour le faire. Oui, elle avait grandi, et pourtant elle lui faisait l'impression d'une enfant comme jamais auparavant. Il l'embrassa sur le sommet du crâne, huma ses cheveux propres. Elle tremblait. Il sentait les tressaillements qui parcouraient ses bras et sa poitrine.

– Chut, murmura-t-il. Chut, ma biquette...

Elle s'écarta de lui, renifla et sourit.

– Tu m'appelais toujours comme ça. Ta biquette. Maman jamais. Seulement toi.

Il sourit à son tour et lui caressa les cheveux.

– Oui. Ta maman me le reprochait. Elle disait que tu n'étais pas un animal. Elle avait parfois des idées bizarres.

Les souvenirs lui revenaient.

– Tu sais, papa, ça lui arrive toujours !

Soudain, elle se rappela pourquoi elle était là et ses yeux s'emplirent de larmes.

– Je sais que tu n'aimes pas Kenny...

– Pas du tout ! Qu'est-ce qui te...

– Mais moi je l'aime, papa...

Il sentit son cœur faire la pirouette.

– ... et j'ai trop peur qu'il lui soit arrivé quelque chose !

– Qu'est-ce qui te fait dire ça ?

– Ces derniers temps il était différent, comme s'il me cachait des choses. Maman aussi l'a remarqué. Ce n'est pas moi qui ai tout imaginé. Mais maman pensait

266

qu'il se préparait peut-être à me demander en mariage. (Elle secoua la tête en le voyant écarquiller les yeux.) Je n'y ai pas cru. Je sais qu'il y a autre chose. Je me suis dit... juste que... je ne sais pas...

Pour la première fois, il s'aperçut qu'un public les observait. Jusque-là, il n'avait prêté aucune attention à ce qui se passait autour d'eux. Ils auraient tout aussi bien pu se trouver enfermés dans une boîte. Il y avait le sergent de permanence, l'air tout étonné, deux policières serrant de la paperasse contre leur poitrine, qui observaient la scène avec une sorte de tendresse maternelle, et deux types mal rasés, affalés sur des fauteuils contre un mur.

– Viens, Sammy. On va se mettre dans mon bureau.

Ils n'avaient pas encore atteint la salle des homicides que Rebus se ravisa : ce n'était peut-être pas l'endroit idéal pour une adolescente. Il ne s'agissait pas seulement des photos exposées sur les murs. Une dose d'humour était nécessaire pour tenir le coup sur une enquête comme celle du Loup-Garou, et cela se traduisait par des dessins, des blagues et des pastiches d'articles accrochés aux panneaux ou au bord des écrans d'ordinateur. Le langage n'était pas toujours très châtié, et c'était sans compter les conversations téléphoniques avec la morgue : « ... Déchiré... l'a pas ratée... un couteau de cuisine, d'après eux... tranchée à partir de l'oreille... perforée... anus... cette ordure de salopard... certains autres paraissent presque humains à côté... » On échangeait des anecdotes sur les tueurs en série, les suicidés ramassés à la petite cuiller sur les rails, les chiens policiers jouant à la balle avec une tête décapitée.

Non, vraiment pas l'endroit où amener sa fille. En plus, il risquait d'y croiser Lamb.

Il se rabattit sur une salle d'interrogatoire déserte. Elle servait de débarras temporaire en attendant la fin de l'enquête. On y avait entassé des cartons, des chaises, des lampes cassées, des claviers d'ordinateur et une grosse machine à écrire. Un jour ou l'autre, les ordinateurs de la salle des homicides regagneraient leurs cartons, les dossiers seraient classés et empilés, oubliés dans un coin pour y prendre la poussière.

Ça sentait le renfermé ? Mais il y avait tout de même une ampoule nue au plafond et deux chaises.

Sur la table traînaient un cendrier plein de mégots et deux gobelets en plastique avec au fond une couche de moisissure verte et noire. Et par terre, un paquet de cigarettes vide que Rebus balança d'un coup de pied sous les chaises empilées.

– Ce n'est pas génial, dit-il, mais personne ne viendra nous déranger. Assieds-toi. Tu veux quelque chose ?

Elle parut ne pas comprendre sa question.

– Comme quoi ?

– Je ne sais pas... Un café, du thé ?

– Un Coca Light ?

Il fit non de la tête.

– Une Irn-Bru [1] ? prononça-t-elle avec un fort accent écossais.

Il éclata de rire. Il préférait l'entendre plaisanter plutôt que souffrir pour ce Kenny Watkiss qui ne le méritait pas.

---

1. Boisson gazeuse aromatisée au citron. « L'autre boisson nationale écossaise », affirme la publicité. (*N.d.T.*)

– Sammy, est-ce que Kenny a un oncle ?

– L'oncle Tommy ?

– Exactement, dit Rebus en opinant du chef.

– Oui, et alors ?

– Qu'est-ce que tu peux me dire sur lui ? demanda-t-il en croisant les jambes.

– Sur l'oncle Tommy ? Pas grand-chose.

– Il fait quoi comme métier ?

– Je crois que Kenny m'a dit qu'il avait un stand quelque part, tu sais, sur un marché.

Le marché aux puces de Brick Lane, par exemple ? Y vendait-il des dentiers ?

– ... ou peut-être bien qu'il livre sur les marchés, je ne sais plus trop.

De la camelote volée ? Du recel pour le compte de cambrioleurs, comme ce minable qui avait voulu se faire passer pour le Loup-Garou ?

– En tout cas, il est plein aux as.

– Comment es-tu au courant ?

– C'est Kenny qui me l'a dit... Enfin, je crois bien, autrement comment je le saurais ?

– Où Kenny travaille-t-il, Sammy ?

– À la City.

– Oui, mais dans quelle boîte ?

– Quelle boîte ?

– Il est bien coursier ? Il doit travailler pour une société, non ?

Elle fit non de la tête.

– Il s'est mis en free-lance parce qu'il avait assez de clients réguliers. Il m'a dit que ç'a vachement fait chier son ancien patron...

Elle se tut soudain et le regarda en rougissant. Elle

269

avait oublié qu'elle était en train de parler à son père, pas à un flic lambda.

– Désolée, papa. Son patron n'était pas content de perdre une partie de la clientèle. Kenny est doué. Il connaît tous les raccourcis, où se trouve tel ou tel bâtiment. Les autres coursiers se perdent dès qu'ils n'arrivent pas à trouver une petite impasse ou quand les numéros ne se suivent pas.

Rebus l'avait remarqué : certaines rues jouissaient d'une numérotation fantaisiste, comme si l'on avait sauté des numéros.

– Mais Kenny, jamais. Il connaît Londres comme sa poche.

Connaît bien Londres, les rues, les raccourcis. En moto, on peut traverser Londres en un éclair. Les chemins de hallage, les impasses... en un éclair.

– Il a quoi comme moto, Sammy ?

– Je ne sais pas. Une Kawasaki ou quelque chose du genre. Il en a deux, une pour le travail qui n'est pas trop lourde, et une autre pour le week-end, vraiment très grosse.

– Où est-ce qu'il les gare ? Autour de la cité Churchill, ça ne doit pas être très sûr.

– Il y a des garages dans le coin. Ils sont tout le temps cambriolés mais Kenny a installé une porte blindée au sien. On dirait Fort Knox ! Je n'arrête pas de le taquiner. C'est mieux protégé que son... (Elle s'arrêta net.) Comment sais-tu qu'il habite dans la cité Churchill ?

– Comment ?

Intriguée, Sammy retrouva de l'assurance.

– Comment sais-tu où Kenny habite ?

Il haussa les épaules.

– Il a dû m'en parler, chez vous, l'autre soir.

Elle se remémora la soirée, leur conversation. Rien, aucun souvenir allant dans ce sens auquel se raccrocher. Rebus aussi était pensif. *Fort Knox... L'endroit idéal pour cacher de la marchandise volée et, pourquoi pas, un cadavre.*

– Alors, dit-il en rapprochant sa chaise de la table, d'après toi qu'est-il arrivé ? T'as une idée de ce qu'il te cache ?

Elle fixa la table en hochant la tête, le regard figé, parcourue de tremblements, et finit par dire :

– Je ne sais pas.

– Vous vous êtes fâchés ? Vous vous disputiez au sujet de quelque chose ?

– Non.

– Peut-être qu'il était jaloux ?

Elle eut un rire désespéré.

– Non !

– Il n'avait pas d'autres copines ?

– Non !

Elle croisa son regard et il éprouva alors une pointe de culpabilité. Il ne pouvait pas oublier qu'il s'agissait de sa fille ; mais certaines questions n'en devaient pas moins être posées. Il allait et venait entre ces deux réalités, malmenant Sammy au passage.

– Non, répéta-t-elle doucement. Je l'aurais su s'il avait quelqu'un d'autre.

– Et les copains : il a de très bons amis ?

– Quelques-uns. Pas beaucoup. Il m'en parlait, mais il ne m'a jamais présenté personne.

– As-tu essayé de les appeler ? Peut-être que l'un d'entre eux est au courant.

– Je connais juste leurs prénoms. Billy et Jim, deux

271

copains d'enfance. Et puis un certain Arnold, dont il me parlait souvent. Et aussi un coursier... Roland ou Ronald, quelque chose de chic comme ça.

– Attends, je vais noter ça... dit-il en sortant son carnet et son stylo de sa poche. Bon. Billy, Jim... C'est quoi déjà, les autres ?

– Roland ou Ronald, je ne sais plus... répéta-t-elle en le regardant écrire. Et aussi Arnold.

Il se cala contre le dossier de sa chaise.

– Arnold ?

– C'est ça.

– Tu l'as rencontré, cet Arnold ?

– Je ne crois pas.

– Et Kenny te racontait quoi, sur lui ?

– C'est juste un type qu'il croise de temps en temps, dit-elle en haussant les épaules. Je crois qu'il fait aussi les marchés. Ça leur arrivait de boire un verre ensemble.

Ce n'était tout de même pas le même Arnold ? L'indic de Flight, le violeur chauve ? La coïncidence serait trop grosse. Boire un coup ? On les imaginait mal en train de sympathiser. En supposant qu'il s'agisse bien du même Arnold.

– Bon, dit-il en refermant son calepin. Aurais-tu une photo récente de Kenny ? Une qui soit réussie et bien nette ?

– Je peux trouver ça. J'en ai à la maison.

– OK, je vais demander à quelqu'un de te raccompagner. Tu n'auras qu'à lui donner la photo pour qu'il me la rapporte. C'est la première chose à faire : diffuser le signalement de Kenny. En attendant, je vais me renseigner, voir ce que je peux apprendre.

Elle lui sourit.

– Ce n'est pas vraiment ton secteur ?

– Non, pas du tout. Mais parfois, à force de trop regarder la même chose ou le même endroit, on finit par ne plus rien voir. Alors on a besoin d'un regard neuf pour remarquer ce qui saute aux yeux.

Il pensait à Flight, aux raisons pour lesquelles il l'avait fait venir. Aurait-il assez d'influence pour obtenir qu'on lance des recherches au sujet de Kenny ? Sans doute pas, à moins d'avoir le soutien de Flight. Mais non, il divaguait complètement ! Quelqu'un avait bel et bien disparu, la police ne pouvait pas faire autrement qu'enquêter. Certes, mais il y avait façon et façon de s'y prendre, et ce n'était pas à lui qu'on rendrait service s'il demandait qu'on y accorde une attention particulière.

– J'imagine que tu ne sais pas si ses motos sont toujours au garage ?

– Je suis allée voir. Elles y sont toutes les deux. C'est là que je me suis inquiétée.

– Et tu n'as rien vu d'autre dans le garage ?

Mais elle ne l'écoutait pas.

– ... Il va partout en moto. Il déteste le bus. La grosse moto, il comptait... lui donner mon nom.

Les larmes revinrent. Cette fois, il la laissa pleurer, malgré la souffrance que c'était pour lui. Comme on dit, il valait mieux que ça sorte. Elle était en train de se moucher quand la porte s'ouvrit. Flight jeta un coup d'œil dans la petite pièce, et son regard fut éloquent : *vous auriez pu lui trouver un endroit plus sympathique.*

– Oui, George ? Qu'est-ce que je peux faire pour vous ?

– Après votre départ...

Un silence, histoire de faire remarquer qu'il aurait apprécié être prévenu.

– ... le labo m'a expliqué deux ou trois trucs sur la lettre elle-même.

– Je suis à vous d'ici une minute.

Flight hocha la tête et tourna son attention vers Samantha.

– Ça va, la miss ?

Elle renifla.

– Ça va, merci.

– Eh bien, dit-il d'un ton espiègle, si tu *décides* de porter plainte contre l'inspecteur Rebus, tu n'as qu'à voir le sergent à l'entrée.

– Ah, fichez-moi le camp, George ! lui lança Rebus.

Sammy avait du mal à se moucher et à rire en même temps. Rebus adressa un clin d'œil reconnaissant à Flight qui fit sa sortie après cette intervention sympathique.

– Vous n'êtes pas tous pourris ? demanda Samantha quand il eut refermé la porte.

– Comment ça ?

– Les flics. Vous n'êtes pas tous aussi nuls qu'on le raconte ?

– Tu es fille de policier, Sammy. N'oublie jamais ça. En plus, fille d'un flic *honnête*. Tu dois toujours défendre ton vieux, d'accord ?

Elle sourit de nouveau.

– T'es pas vieux, papa.

Il sourit à son tour, mais sans rien dire. Ce compliment le rendait tout heureux, qu'il s'agisse ou non d'une flatterie. Cela venait de sa fille, de sa petite Sammy, et c'était tout ce qui comptait.

– Bon, finit-il par dire. On va te mettre dans une voiture, et ne t'en fais pas, ma biquette. On va te le retrouver, ton chéri.

274

– Tu m'as encore appelée biquette !

– Zut ! Ne le répète pas à ta mère !

– Promis ! Au fait, papa...

– Quoi ?

Il se tourna légèrement vers elle, et au même moment elle lui fit une bise sur la joue.

– Merci... merci de faire quelque chose.

George Flight l'attendait dans le petit bureau attenant à la salle des homicides. Après l'espace confiné du placard pour interrogatoire, la pièce semblait soudain très spacieuse. Rebus s'assit et croisa les jambes.

– Alors, comme ça, on a du neuf pour la lettre du Loup-Garou ?

– Alors, comme ça, Kenny Watkiss aurait disparu ? rétorqua Flight.

– À vous de commencer, et ensuite je vous raconterai tout.

Flight ouvrit un classeur, en sortit quelques feuilles dactylographiées très serré et en entama la lecture.

– La typo utilisée est Helvetica. Peu courant pour une correspondance personnelle, mais utilisée dans la presse...

Il jeta un regard entendu à Rebus.

– Un journaliste ? fit celui-ci d'un air peu convaincu.

– En y réfléchissant bien, il n'y a pas un chroniqueur judiciaire du Royaume-Uni qui ne sache qui est Lisa Frazer. Et ces gens-là ont les moyens de se procurer son adresse.

Rebus pinça les lèvres.

– OK, dit-il après un temps de réflexion. Continuez.

– L'Helvetica est disponible sur certaines machines

électroniques ou à boule, mais surtout sur traitement de texte informatique... reprit Flight en le regardant par moments. Ce que semble corroborer la densité des caractères, lesquels sont très homogènes... et bla-bla-bla... Aussi, les lettres sont parfaitement alignées, ce qui indiquerait l'emploi d'une imprimante de qualité, sans doute à marguerite, ce qui renvoie encore une fois à un traitement de texte élaboré. En revanche, la barre des *h* s'estompe vers le haut...

Il s'interrompit pour changer de page. Rebus écoutait d'une oreille distraite, et Flight lui-même n'était pas captivé. Les labos vous inondaient souvent d'informations inutiles. Jusque-là, Rebus en était réduit à ronger son frein.

– Voici quelque chose de plus intéressant, annonça Flight. Dans l'enveloppe ont été relevées des particules de ce qui pourrait être de la peinture. En majorité du jaune, du vert et de l'orange. Peut-être de la peinture à l'huile : les tests sont en cours.

– Ce qui nous donne un chroniqueur judiciaire qui se prendrait pour Van Gogh ?

Flight ne mordit pas à l'hameçon. Il parcourut rapidement le reste du rapport, en silence.

– C'est à peu près tout. Le reste, c'est ce qu'on n'a pas trouvé : aucune empreinte, aucune tache, aucune fibre, aucun poil.

– Le papier n'est donc pas filigrané ? s'étonna Rebus.

Dans un roman policier, le filigrane les aurait conduits à une petite entreprise familiale dirigée par un vieillard excentrique qui se serait souvenu d'avoir vendu une rame à un certain... Point final. Crime résolu. Parfait et très ingénieux, mais, dans la réalité, les choses se déroulaient rarement ainsi. Il repensa à

276

Lisa, à Cousins... Non, comment imaginer que ça puisse être Cousins... De toute façon, il ne tenterait rien en présence des deux cerbères.

– Aucun filigrane, dit Flight. Navré.

– Eh bien, dit Rebus en soupirant, on n'est pas plus avancés.

Flight fixait le rapport, comme pour en faire surgir quelque chose, un indice quelconque qui aurait échappé à son attention.

– Bon, fit-il. Qu'est-ce que c'est que cette histoire avec Kenny Watkiss ?

– Il s'est volatilisé dans des circonstances mysté-rieuses. Bon débarras, si vous voulez mon avis. Mais Sammy accuse le coup. Je lui ai dit qu'on ferait notre possible.

– Vous feriez mieux de ne pas vous en mêler, John. On va s'en occuper.

– Je ne demande pas mieux, George. Je vous laisse carte blanche.

Son ton était sincère, mais George Flight n'en était plus à se laisser duper par John Rebus. Il secoua la tête, le sourire aux lèvres.

– Je vous écoute, John.

– Voyez-vous, dit Rebus en se penchant en avant sur sa chaise, Sammy m'a parlé d'un comparse de Kenny. Un certain Arnold qui tient un stand sur un marché... Enfin, elle pense qu'il fait les marchés.

– Et vous croyez qu'il s'agit du même Arnold que le mien ? C'est possible, dit-il après réflexion.

– Vous pensez que ça fait gros comme coïncidence ?

– Non, pas dans une petite ville comme la nôtre... Je dis ça sérieusement, ajouta-t-il en voyant la mine incrédule de Rebus. Les petits malfrats forment une sorte de famille. Si on était en Sicile, on pourrait réunir toute la petite délinquance de Londres en un seul village. Tout le monde se connaît. C'est les gros poissons qu'on n'arrive pas à coincer. Ils restent dans leur coin, ne passent pas au pub pour étancher leur vague à l'âme après deux verres de vieux rhum.

– Ce serait possible de parler à Arnold ?

– Pourquoi ?

– Il sait peut-être quelque chose sur Kenny.

– En supposant que ce soit le cas, pourquoi accepterait-il de nous parler ?

– Parce qu'on est de la police, George. On est là pour faire respecter l'ordre et la loi. En tant que citoyen, il est tenu de nous assister dans la poursuite de cette noble tâche... (Il fit la moue.) Et je lui glisserai vingt livres.

– On est à Londres, John, rétorqua Flight d'un air incrédule. Ça lui donnera à peine de quoi payer une tournée. Arnold file de bons tuyaux, mais il faudra lui filer au moins un poney [1].

Rebus sourit en comprenant qu'il plaisantait.

– Qu'à cela ne tienne : vous pouvez dire à Arnold que je lui offrirai son poney pour Noël. Avec une fillette assise dessus. À condition qu'il me dise ce qu'il sait.

– Très bien. Allons, c'est l'heure d'aller faire notre marché.

---

1. Terme argotique qui désigne la somme de vingt-cinq livres sterling. (*N.d.T.*)

La galerie

Flight était encombré d'une demi-douzaine de grands sacs en papier kraft : les fruits, au sens on ne peut plus littéral, de leur recherche d'Arnold qui les avait pour l'instant conduits devant trois ou quatre étals. Pour sa part, et malgré l'insistance de Flight, Rebus avait refusé le raisin, les oranges, les poires et les bananes qu'on avait voulu lui offrir.

– C'est une coutume locale. Ils se vexent si on refuse. C'est la même chose quand on vous offre un verre à Glasgow. Vous auriez idée de refuser ? Non, pour ne pas froisser la personne. Pareil pour ces gens-là.

– Qu'est-ce que vous voulez que je fasse de trois kilos de bananes ?

– Les manger, répondit Flight sans sourciller. À moins de vous appeler Arnold.

Il refusa d'expliciter cette remarque sibylline, et Rebus préféra ne pas s'attarder sur la question. Ils continuèrent à déambuler dans le marché, en ne s'arrêtant que rarement devant un étalage. Dans le fond, ils faisaient comme toutes ces ménagères qui s'agitaient autour d'eux, tâtant une mangue ou une aubergine, comparant les prix, n'effectuant leurs achats que chez quelques commerçants.

« Salut, George !... Ça alors !... T'étais planqué où, vieille canaille ?... Comment ça va ? Et les amours ?... »

Apparemment, Flight était connu d'une bonne moitié des patrons de stands et de la quasi-totalité des manutentionnaires. À un moment, il pointa le menton vers l'arrière d'un étalage, où un jeune homme détalait vers la rue.

– Jim Jessop, dit-il. Libéré sous caution et ne s'est pas présenté au tribunal il y a quinze jours.

– On ne devrait pas lui...

Flight fit non de la tête.

– Une autre fois, hein, John ? Ce petit con était champion amateur de demi-fond. Je ne me sens pas en forme pour un sprint aujourd'hui. Et vous ?

– Puisque vous le dites, George.

Autant se rendre à l'évidence : il n'était jamais qu'un touriste dans le secteur. Flight se trouvait sur son territoire. Il se déplaçait avec aisance parmi la foule, discutait naturellement avec les vendeurs, avait tout à fait l'air dans son élément. Au bout du compte, après avoir bavardé avec le poissonnier, il revint avec deux sachets en plastique et des renseignements sur Arnold. Rebus le suivit sur le trottoir derrière les étalages, puis dans un passage étroit.

– Des moules marinières, déclara Flight en brandissant un des sachets. Délicieux, et facile à cuisiner. C'est la préparation qui demande du temps.

Rebus secoua la tête, amusé.

– Avec vous, George, on n'est jamais au bout de ses surprises ! Je n'aurais jamais soupçonné que vous étiez un cordon-bleu.

Flight se contenta de sourire, l'air songeur.

– Et des coquilles Saint-Jacques, dit-il. Marion en

raffole. Je les cuisine en sauce, et je sers ça en accompagnement d'une truite sauvage. Encore une fois, c'est la préparation qui est délicate. La cuisson est simple comme bonjour.

Sans trop savoir pourquoi, il était ravi de lui dévoiler cette facette de sa personnalité. Autre mystère : pourquoi avait-il choisi de ne pas dire à John Rebus que Lisa était restée à l'Old Bailey ? Il s'était contenté de marmonner qu'elle était bien partie. Sans doute à cause de la tendance de Rebus à réagir au quart de tour : si l'Écossais apprenait que Lisa Frazer ne se trouvait *pas* en lieu sûr, il risquait fort de lui courir après et de se ridiculiser aux pieds de la Justice aux yeux bandés. Rebus demeurait sous sa responsabilité, et le danger était peut-être plus grand qu'à son arrivée.

Le passage débouchait sur un petit lotissement. Les pavillons avaient l'air relativement récents, mais la peinture s'écaillait déjà aux encadrements des fenêtres. On entendait des cris et des rires à proximité. Un terrain de jeux pour enfants : davantage de béton dans un univers bétonné. Un énorme tronçon de buse faisait office de tunnel, de tanière, de cachette. Il y avait aussi des balançoires. Et un bac à sable colonisé par les chiens et les chats du quartier.

Les enfants ont une imagination sans bornes. On fait semblant qu'on est à l'hôpital et moi je suis le docteur... Et puis le vaisseau spatial s'écrase sur la planète... D'abord, les cow-boys ils ont *pas* de copine... Mais non, c'est *toi* qui dois me courir après : je suis le soldat et toi le garde... On fait comme si le tuyau était pas là...

Faire semblant. Pour ce qui était de dépenser leur énergie, ils ne jouaient pas la comédie. Ils ne restaient pas en place, n'avaient jamais le temps de reprendre leur souffle. Il fallait que ça crie, que ça coure dans tous les sens, que ça joue. Rebus était épuisé rien qu'à les regarder.

– Le voilà, dit Flight. Là-bas.

Il indiqua un banc en bordure du terrain de jeux. Arnold était assis là, le dos droit, les mains sur les genoux. L'expression de son visage était concentrée, ni heureuse ni malheureuse. Comme on en voit parfois au zoo chez les gens qui observent attentivement telle ou telle cage. Un regard marqué d'intérêt, voilà la meilleure description. Ça, l'intérêt d'Arnold était manifeste. Rebus était écœuré rien qu'à le voir. Alors que Flight semblait prendre la chose très sereinement. Il s'approcha du banc et s'assit à côté d'Arnold qui se tourna vers lui, bouche bée, les yeux soudain chargés de peur comme une bête traquée.

– Ah... fit-il en expirant longuement. C'est vous, monsieur Flight. Je ne vous avais pas reconnu... Vous avez fait votre marché ? dit-il en indiquant les sacs. C'est bien.

Une voix creuse, dépourvue d'émotions. Rebus connaissait des drogués qui parlaient comme ça. Cinq pour cent de leur cerveau étaient consacrés à communiquer avec le monde extérieur, les quatre-vingt-quinze pour cent restants s'occupant d'autre chose. Arnold souffrait sans doute d'une forme d'addiction différente.

– Oui, dit Flight. J'ai fait quelques emplettes. Tu te souviens de l'inspecteur Rebus ?

Le regard d'Arnold, rivé sur le banc, suivit celui de Flight jusqu'à Rebus qui était resté debout, pile au bon endroit pour lui bloquer la vue des enfants.

– Mais oui, répondit platement Arnold. Il était avec vous dans votre voiture l'autre jour, monsieur Flight.

– Bravo, Arnold ! C'est exact. Tu m'as l'air d'avoir plutôt bonne mémoire, non ?

– C'est payant d'en avoir, monsieur Flight. C'est comme ça que je me souviens de tout ce que je vous raconte.

Flight se rapprocha de lui, jusqu'à ce que leurs cuisses se touchent quasiment. Nerveux à l'idée de sentir le policier si près de lui, Arnold orienta ses jambes de l'autre côté.

– En parlant de mémoire, dit Flight, tu pourrais peut-être me rendre un service. Ainsi qu'à l'inspecteur Rebus, par la même occasion.

– Oui ?

Il étira tellement la syllabe qu'elle manqua se déchirer.

– On se demandait si tu n'avais pas vu Kenny récemment ? Sauf qu'il ne s'est pas trop montré, pas vrai ? Je me suis dit qu'il avait peut-être pris des vacances.

Arnold posa sur lui un regard laiteux, enfantin.

– Quel Kenny ?

Flight pouffa.

– Voyons, Arnold : Kenny Watkiss. Ton pote Kenny.

Rebus retint sa respiration. Et s'il s'agissait d'un autre Arnold ? Et si Sammy s'était trompé de prénom ? Mais Arnold opina lentement du chef.

– Ah, ce Kenny-là ! Ce n'est pas vraiment un pote, monsieur Flight. Je le croise de temps en temps...

Il se tut mais Flight hochait lentement la tête, sans rien dire, attendant visiblement la suite.

– Ça nous arrive de boire un verre.

– Vous discutez de quoi ?

La question prit Arnold au dépourvu.

– Qu'est-ce que vous voulez dire ?

– C'est tout de même clair comme question, dit Flight avec un sourire. De quoi vous causez ? On a du mal à croire, comme ça, que vous ayez grand-chose en commun.

– Je ne sais pas, moi... On bavarde un peu.

– D'accord, mais de quoi ? De foot ?

– Oui, des fois.

– Il supporte quelle équipe ?

– Je n'en sais rien, monsieur Flight.

– Tu causes foot avec lui et t'es pas fichu de me dire quelle équipe il supporte ?

– Peut-être qu'il me l'a dit mais j'ai oublié.

– Peut-être, dit Flight en affichant une moue dubitative.

Rebus comprenait mieux son rôle dans la mise en scène. Laisser Flight parler. Garder le silence, la mine inquiétante, planer au-dessus d'Arnold comme l'orage, fixer un regard de justicier sur le dôme luisant de son crâne. Flight savait y faire. Gagné par la nervosité, le pédophile agitait sans cesse la tête, et son genou droit tremblait convulsivement.

– À part ça, vous parlez de quoi ? Je crois bien qu'il est fana de moto, non ?

– Oui, répondit Arnold, sur ses gardes maintenant qu'il comprenait de quoi il retournait.

– Alors, vous parlez moto ?

– Je n'aime pas les motos. C'est trop bruyant.

– Trop bruyant ? Oui, tu n'as pas tort. Mais ici aussi c'est bruyant, dit-il en jetant un coup d'œil à la ronde. N'est-ce pas, Arnold ? Pourtant, ça n'a pas l'air de te gêner plus que ça. Tu peux m'expliquer ?

Arnold se tourna vers lui, le regard incandescent.

Mais Flight l'attendait avec un sourire, un sourire plus glacial que n'importe quel rictus.

– Je veux dire, certains bruits ont l'air de te gêner et d'autres pas. C'est ton droit, hein ? En tout cas, t'aimes pas la moto. Alors, tu causes de quoi avec Kenny ?

– On *parle*, c'est tout... dit Arnold, les traits déformés par l'angoisse. Des potins, les changements à la City et dans l'East End. Avant, ici, on ne trouvait que des petits cottages en enfilade. Il y avait des jardins ouvriers et un champ où les familles venaient pique-niquer. Les voisins passaient voir votre mère pour lui apporter des tomates, des pommes de terre et des choux, sous prétexte qu'ils ne savaient plus quoi en faire, et les enfants jouaient tous ensemble dans la rue. On n'avait pas d'immigrés du Bangladesh ou Dieu sait d'où. Rien que de vrais Anglais. Les parents de Kenny n'habitaient pas très loin d'ici. À deux rues de chez moi. Mais je suis plus âgé. On n'a jamais joué ensemble.

– Et l'oncle Tommy, il habitait où ?

– Par là-bas, répondit Arnold en pointant le doigt.

Il se sentait plus en confiance. Évoquer ses souvenirs d'enfance, voilà qui ne mangeait pas de pain. Un sacré soulagement, après le duel à fleuret moucheté qu'il venait de disputer. Il se livra donc sans retenue. Le bon vieux temps. Mais derrière ce récit, Rebus devinait un tableau plus proche de la réalité : les autres gamins qui le tabassaient et lui jouaient des tours, son père qui l'enfermait dans sa chambre sans dîner, la famille volant en éclats, les petits larcins, la timidité maladive, l'incapacité à nouer des relations...

– Ça t'arrive de croiser Tommy ? demanda brusque-ment Flight.

– Tommy Watkiss ? Oui, ça m'arrive...

Arnold était toujours plongé dans son passé idyllique.

– Et Kenny, est-ce qu'il voit Tommy ?

– Bien sûr. Ça lui arrive de travailler pour lui.

– Ah oui ? Des livraisons, ce genre de truc ?

– Oui, livrer ou déposer...

Il s'arrêta net, en se rendant compte de ce qu'il était en train de dire. Plus rien à voir avec le passé. Le terrain devenait glissant.

Flight se pencha, son nez touchant presque celui d'Arnold. Celui-ci ne put que se caler contre le dossier du banc, prisonnier de ses lattes.

– Où est-il passé, Arnold ?

– Qui ça ? Tommy ?

– Ne te fous pas de ma gueule ! Dis-moi où est Kenny !

Rebus se retourna et vit que les enfants ne s'amusaient plus, captivés par ce jeu entre grandes personnes.

– Vous allez vous battre, m'sieur ? l'interpella l'un d'eux.

– C'est juste pour faire semblant ! lança Rebus en secouant la tête.

Flight retenait toujours Arnold coincé contre le banc.

– Tu me connais, Arnold, dit-il en desserrant à peine les dents. J'ai toujours été réglo avec toi.

– Je sais, monsieur Flight.

– Là, je ne fais *pas* semblant. Tu commences à me chauffer sérieusement. Tout fout le camp dans cette ville, alors je me dis qu'après tout, je ferais mieux de m'y mettre aussi. Tu piges ? Pourquoi je serais le seul à jouer réglo ? Tu veux que je te dise, Arnold ? Je vais être obligé de t'emmener au poste.

286

– Qu'est-ce que j'ai fait ?

Arnold était terrorisé. Il ne pensait pas une seconde que Flight jouait la comédie. Rebus non plus – ou bien Flight méritait l'oscar.

– Je vais te coffrer pour attentat à la pudeur. T'étais sur le point de t'exhiber devant ces gosses. Je t'ai vu faire. J'ai vu ta bite qui pendait de ta braguette.

– Non, non, dit Arnold en secouant la tête. C'est un mensonge.

– Le casier judiciaire ne ment jamais, Arnold. L'inspecteur Rebus a tout vu, lui aussi. Il t'a vu agiter ton zizi comme une saucisse cocktail. On a tous les deux été témoins, et on racontera ça au juge. Il croira qui, à ton avis ? Réfléchis une seconde. Le quartier d'isolement, tu connais ? On sera forcé de t'y foutre pour que les autres prisonniers te défoncent pas la gueule. Par contre, ça les empêchera pas de pisser dans ton thé et de chier dans ta bouffe. Tu sais ce que c'est, Arnold. T'as déjà connu ça. Et puis un soir, tu entendras le bruit du verrou et ils seront là. Les matons ou d'autres détenus. Un pour te tenir, un avec un manche à balai, et un autre avec une vieille lame de rasoir toute rouillée. Tu sais que ça se passera comme ça, hein ? Hein, Arnold ?

Mais celui-ci tremblait trop violemment pour parler. Sa bouche émettait des borborygmes, deux bulles de salive s'étant formées à la commissure de ses lèvres.

Flight retourna à l'autre bout du banc et leva un regard triste vers Rebus. Sale boulot que le leur. Flight s'alluma une cigarette. Rebus fit non de la tête quand il lui tendit le paquet. Trois mots lui trottaient dans la tête.

Nécessité fait loi.

Arnold cracha enfin le morceau. Quand il eut terminé, Flight fouilla dans la poche de son pantalon et en sortit une pièce d'une livre qu'il posa sur le banc à côté de sa victime au visage décomposé.

– Tiens, Arnold. Va t'offrir une tasse de thé. Et que je ne te reprenne pas à traîner près des terrains de jeux, compris ?

Il prit une pomme dans un sac et la jeta sur les cuisses d'Arnold qui sursauta. Puis il en prit une pour lui et croqua dedans en reprenant la direction du marché.

Nécessité fait loi.

De retour au QG, Rebus pensa à Lisa. Il avait besoin d'une présence humaine, d'un peu de pureté et de chaleur, histoire de se décrasser l'esprit et d'oublier ce monde d'outre-tombe où il avait choisi d'habiter.

Flight l'avait mis en garde pendant qu'ils rentraient au poste.

– Cette fois, pas de conneries, John. Laissez-nous faire. Mieux vaut que vous vous teniez à l'écart. Un flic en quête de vengeance personnelle, ça ne passerait pas très bien au tribunal.

– Mais je lui en veux vraiment ! avait protesté Rebus. Ce Kenny se tape sans doute ma fille !

Flight avait délaissé un instant la route pour le regarder droit dans les yeux.

– Je vous dis de nous laisser faire, John. Si vous n'êtes pas capable de jouer le jeu, je veillerai personnellement à ce que vous retombiez au bas de la hiérarchie comme une balle dégringolant dans l'escalier. Pigé ?

– Message reçu.

– Ce n'est pas une menace, John. C'est une promesse.

– Et vous êtes un homme de parole, je sais. Mais vous oubliez une chose : c'est votre faute si je me trouve ici, pour commencer. Vous m'avez fait venir.

– Et je peux vous renvoyer aussi facilement, avait rétorqué Flight en opinant du bonnet. C'est ce que vous voulez ?

Rebus était resté silencieux mais au fond de lui il connaissait la réponse. Et Flight aussi, qui avait souri de cette petite victoire. Ils s'étaient tus durant le reste du trajet, tous deux affectés par le souvenir de ce terrain de jeux et de cet homme, les mains sur les genoux, le regard fixé devant lui, la tête ivre de pensées corrompues.

Rebus fantasmait donc, s'imaginant sous la douche avec Lisa pour se laver mutuellement des souillures de Londres. Peut-être ferait-il une nouvelle tentative auprès de Flight en essayant de le convaincre de lui communiquer l'adresse de celle-ci. Ce serait sympa de lui rendre visite... Il se souvint d'une conversation qu'ils avaient eue au lit. Il lui avait demandé s'il était possible qu'elle lui montre un jour son bureau à l'université.

– Un jour, avait-elle répondu. Mais, tu sais, ça n'a rien d'extraordinaire. Rien à voir avec les pièces spacieuses remplies d'antiquités façon Oxford qu'on voit dans les séries télé. Pour être franche, c'est un placard.

– J'aimerais tout de même que tu m'y emmènes.

– Je n'ai pas dit non...

Pourquoi ce ton nerveux ? En quoi cela la gênait-il de lui montrer son bureau ? Et pourquoi la secrétaire... Millicent, d'après Lisa... était-elle restée dans le vague le jour où il était passé ? Non, c'était plus fort que ça.

Elle s'était montrée peu coopérative. Vraiment *très* peu coopérative, maintenant qu'il y réfléchissait. Qu'avait-on à lui cacher ? Il connaissait le moyen de trouver la réponse, un moyen sûr et certain. Après tout, Lisa était en lieu sûr et on lui avait formellement défendu de se mêler de Kenny Watkiss, alors qu'est-ce qui l'empêchait d'élucider ce nouveau mystère ? Il se leva. Rien ne l'en empêchait, absolument rien.

– Où est-ce que vous filez comme ça ?

Flight interpella Rebus par une porte ouverte en le voyant passer dans le couloir.

– C'est une affaire personnelle, répondit Rebus.

– Je vous ai averti, John ! Ne vous en mêlez pas !

– Ce n'est pas ce que vous croyez...

Il s'arrêta et se retourna pour faire face à Flight.

– C'est quoi, alors ? insista celui-ci.

– Je vous l'ai dit, c'est personnel. OK ?

– Non.

– Écoutez... s'énerva Rebus.

La coupe était pleine. Toutes les émotions qu'il contenait de son mieux – Sammy, Kenny Watkiss, le Loup-Garou, les menaces qui pesaient sur Lisa – débordaient. Il ravala sa salive, le souffle court.

– Écoutez, George, dit-il en lui martelant le torse de l'index, vous avez largement de quoi vous occuper, non ? N'oubliez pas ce que je vous ai dit : il pourrait s'agir d'un flic. Ça mériterait bien une de vos petites enquêtes tatillonnes et méticuleuses, non ? Le Loup-Garou se trouve peut-être ici même, dans ces locaux. Peut-être même qu'il fait partie de l'enquête, qu'il se traque lui-même !

Il sentit qu'il devenait hystérique et se calma aussitôt, retrouvant le contrôle de ses cordes vocales, à défaut d'autre chose.

– Le loup dans la bergerie, si je vous comprends bien ?

– Je suis sérieux... Il pourrait même être au courant de la cachette de Lisa.

– Nom de Dieu, John ! On n'est que trois à connaître l'adresse ! Moi et les deux gardes du corps. Vous ne les connaissez pas mais moi si. On était ensemble à l'école de police. Je leur confierais ma vie... Vous voulez bien me faire confiance ? demanda-t-il après un temps.

Rebus resta muet. Flight plissa les yeux, incrédule, et siffla.

– Eh bien, fit-il, voilà qui répond à ma question ! (Lentement, il secoua la tête.) Cette enquête, John... Ça fait je ne sais combien d'années que je suis dans la police, mais je n'ai rien connu de pire. Pour moi, c'est comme si chacune des victimes faisait partie de ma famille...

Il s'arrêta de nouveau pour rassembler ses forces. Il planta son index sur la poitrine de Rebus.

– Alors je vous défends d'aller au bout de cette idée qui vous trotte dans la tête, et ne me dites pas le contraire ! Merde, c'est la pire insulte que je puisse imaginer !

Un long silence parcourut le couloir. Quelque part, des machines à écrire crépitaient. Des hommes parlaient trop fort et rigolaient. Un air fredonné leur parvint puis s'éloigna. On aurait dit que le monde extérieur était indifférent à leur dispute. Face à face, ni franchement amis ni franchement ennemis, ils ne savaient plus trop quoi faire.

Rebus fixa le linoléum éraflé.

– C'est bon ? finit-il par demander. Le sermon est terminé ?

Flight parut blessé par cette réaction.

– Ce n'était pas un sermon. Je tenais seulement à vous montrer les choses de mon point de vue.

– Mais ne vous en faites pas, George, je vous comprends, vraiment...

Il lui tourna le dos et s'en alla.

– Je vous demande de rester ici, John...

Il ne s'arrêta pas.

– Vous m'entendez ? C'est un *ordre* !

Rebus continua de s'éloigner.

Flight secoua la tête. Il en avait ras le bol. Ses yeux le piquaient comme dans une pièce enfumée.

– Vous êtes viré, Rebus ! lança-t-il.

L'ultime sommation. S'il ne faisait pas marche arrière, Flight n'aurait pas d'autre choix que de mettre sa menace à exécution, sous peine de perdre la face. Jamais de la vie, pas devant une tête de mule écossaise !

– C'est ça ! cria-t-il. Foutez le camp ! Et pas la peine de revenir !

Rebus pressa le pas, sans trop savoir ce qui le poussait. Sans doute la fierté avant toute chose. Fichue fierté, qu'il était bien en peine d'expliquer, mais qu'il pouvait difficilement nier. Cette émotion qui poussait des hommes mûrs à fondre en larmes quand on entonnait *Flower of Scotland* en guise d'hymne écossais aux matchs de foot. Une seule chose importait : il avait quelque chose à faire et rien ne pouvait l'arrêter. Comme les footballeurs écossais, toujours plus ambitieux que talentueux. Oui, c'était tout à fait lui : plus ambitieux que talentueux. On graverait ça sur sa tombe.

Arrivé au bout du couloir, il poussa les portes battantes. Sans un regard en arrière. La voix de Flight, de plus en plus gagnée par la colère, résonnait toujours au loin.

– Va te faire foutre, connard d'Écossais ! Cette fois, tu t'es attaqué à un trop gros morceau, tu m'entends ? T'es foutu !

TAJT.

Rebus traversait le hall d'entrée quand il tomba nez à nez avec Lamb. Il voulut le contourner mais Lamb le retint en posant la main sur sa poitrine.

– Il n'y a pas le feu...

Rebus essaya de l'ignorer, de faire comme s'il était invisible. Il se serait vraiment passé de ça. Ses poings le démangeaient. Lamb continua de parler, pas du tout conscient du danger qu'il courait.

– Alors, votre fille a réussi à vous joindre ?

– Quoi ?

– Elle a d'abord appelé ici, expliqua Lamb en souriant. On me l'a passée. Comme elle avait l'air un peu secouée, je lui ai donné le numéro du labo.

– Ah...

Rebus sentit la tension retomber et marmonna des remerciements à contre-cœur. Lamb le laissa enfin passer mais lui lança dans son dos :

– Je me la ferais bien. Je les aime jeunes. Ça lui fait quel âge, déjà ?

Le coude de Rebus alla se planter dans le ventre de Lamb. Le souffle coupé, celui-ci se plia en deux. Rebus jeta un coup d'œil au résultat. Pas trop mal, pour un vieux. Pas mal du tout.

Il sortit.

N'agissant pas dans le cadre de ses fonctions, Rebus décida de héler un taxi devant le poste. Un agent en tenue, qui l'avait reconnu pour l'avoir vu le dimanche soir sur les lieux du crime, lui proposa qu'une voiture de patrouille le dépose quelque part, mais il fit non de la tête. Le policier le dévisagea comme s'il venait de l'insulter.

– Merci quand même, dit Rebus d'un ton qui se voulait convivial.

Mais seule la colère transparaissait. À cause de Lamb, de lui-même, de l'enquête sur le Loup-Garou, de ce connard de Kenny Watkiss, de Flight et de Lisa... D'abord, quelle idée l'avait pris de se rendre au pavillon de Copperplate Street ? Plus que tout, il était en colère contre Londres. Où étaient passés tous ces fichus taxis, ces rapaces noirs voletant partout à la recherche d'une proie ? Il en avait vu plusieurs milliers en l'espace d'une semaine, mais maintenant qu'il en avait besoin, ces maudits véhicules faisaient exprès de l'éviter. Il attendit malgré tout, le regard vaguement songeur. Plongé dans ses pensées, il se calma un peu.

Qu'est-ce qui lui avait pris de réagir comme ça ? Ça lui retomberait dessus. Il l'aurait bien *cherché*, tel un calviniste vêtu de noir suppliant d'être châtié pour ses fautes. Un coup de ceinture dans le dos. Question religion, Rebus les avait toutes essayées. Chacune à leur façon, elles lui avaient laissé un goût amer. Qu'on lui en trouve une pour les gens qui ne se sentaient ni coupables ni honteux, qui ne regrettaient ni de se mettre en colère ni de se faire justice, voire même de se venger. Une religion pour un homme qui croyait à la coexistence du bien et du mal, souvent au sein du même individu. Pour un homme qui croyait en Dieu mais pas à sa religion.

Que foutaient ces putains de taxis ?

– Et puis tant pis !

Il se dirigea vers la voiture de patrouille la plus proche et tapota au carreau du conducteur en exhibant sa carte de police.

– Je suis l'inspecteur Rebus. Vous pourriez me déposer dans Gower Street ?

Le bâtiment était toujours aussi désert et Rebus se demanda si la secrétaire n'avait pas elle aussi entamé son week-end avec quelques heures d'avance. Mais non, elle était fidèle au poste, comme la gardienne d'un vieux manoir. Il s'éclaircit la gorge et la dame détacha les yeux de son tricot.

– Oui ? Je peux vous aider ?

Apparemment, elle ne se souvenait pas de lui. Il sortit sa carte et la poussa devant elle.

– Inspecteur Rebus, annonça-t-il d'une voix chargée d'autorité. De Scotland Yard. Je souhaite vous poser quelques questions au sujet du Dr Frazer.

La femme prit l'air effrayé. Rebus craignit d'avoir trop forcé sur la menace. Il afficha un sourire affable, genre : « Ne vous en faites pas, ce n'est pas vous qui êtes concernée. » Mais elle ne fut pas rassurée pour autant.

– Mon Dieu !... Ça alors... Ça alors... (Elle leva son regard vers lui.) Qui ça ? Le Dr Frazer, vous dites ? Mais nous n'avons aucun Dr Frazer dans le département.

Il lui décrivit Lisa Frazer. Reconnaissant le portrait, elle pencha soudain la tête en arrière.

– Ah, vous voulez parler de Lisa ! Mais vous faites erreur. Lisa Frazer ne fait pas partie de notre équipe enseignante. Grands dieux, pas du tout. Même si ça a *pu* lui arriver de remplacer une ou deux fois un directeur d'études pour un cours particulier. Mon Dieu, Scotland Yard... Je... Voyons, elle n'a tout de même pas... Qu'a-t-elle fait ?

Rebus tenait à être sûr de ce qu'il venait d'entendre.

– Elle ne travaille pas ici ? Que fait-elle, dans ce cas ?

– Lisa ? C'est une de nos thésardes.

– Elle est *étudiante* ? Mais, elle est...

« Trop âgée », était-il sur le point de dire.

– Une étudiante sur le tard, expliqua la secrétaire. Mon Dieu, a-t-elle fait quelque chose de répréhensible ?

– Je suis déjà passé ici, enchaîna Rebus, et vous ne m'avez rien dit de tout ça. Pourquoi ?

– Vous êtes déjà passé ? s'étonna-t-elle en scrutant son visage. Oui, ça me revient. Eh bien, Lisa m'a fait promettre de ne rien dire à personne.

– Je ne comprends pas...

– À cause de son sujet de recherche. Voyons, de quoi s'agit-il, déjà ?... se demanda-t-elle en ouvrant un tiroir de son bureau d'où elle sortit une feuille. Oui, voilà : « La psychologie de l'enquête criminelle ». Elle m'a expliqué qu'elle avait besoin de s'introduire dans une enquête policière. De gagner la confiance de la police, des tribunaux, et cætera. Elle m'a confié qu'elle comptait se faire passer pour une enseignante. Je lui ai déconseillé de le faire, je l'ai mise en garde, mais elle ne voyait pas d'autre solution. La police n'a pas de temps à perdre avec une étudiante, n'est-ce pas ?

Rebus était très embarrassé. La réponse allait de soi : non, bien évidemment. Quelles raisons auraient-ils de le faire ?

– Elle vous a donc demandé de la couvrir ?

La secrétaire haussa les épaules.

– Lisa est une jeune femme qui sait se montrer persuasive. Elle m'a expliqué que je ne serais même pas obligée de mentir. Il suffirait que je dise : « Elle n'est pas là » ou « Elle ne travaille pas aujourd'hui », ce genre de réponse. En supposant que quelqu'un fasse des vérifications.

– Et alors ? Quelqu'un vous a-t-il contactée à son sujet ?

– Oui. Pas plus tard qu'aujourd'hui, j'ai reçu un appel d'une personne qu'elle devait interviewer. Ce monsieur voulait s'assurer qu'elle enseignait bien à University College, qu'il ne s'agissait pas d'une fouineuse de journaliste.

Une interview aujourd'hui ? Voilà un rendez-vous qu'elle était sûre de rater.

– Vous vous souvenez du nom de la personne ? demanda-t-il.

– Je crois bien que je l'ai noté quelque part... dit-elle en s'emparant du gros carnet posé à côté du téléphone pour le feuilleter. Il m'a indiqué son nom, mais ça m'échappe. C'était quelqu'un de l'Old Bailey... Oui, c'est ça. Elle devait le voir là-bas. D'habitude, je note immédiatement les noms, au cas où ça me sortirait de la tête par la suite... Mais non, je ne vois rien. C'est étonnant.

– Vous n'auriez pas jeté le papier ? suggéra Rebus.

– Peut-être, dit-elle, dubitative.

Rebus posa la corbeille en osier sur le bureau et en

inspecta le contenu. Copeaux de taille-crayon, emballages de bonbons, un gobelet en polystyrène, toutes sortes de papiers en boule. « Trop grand » et « trop petit », disait-elle tour à tour tandis qu'il sortait les bouts de papier un par un. Il finit par déplier une feuille qu'il posa sur le bureau. On aurait dit une curieuse œuvre d'art, construite à partir de griffonnages et de hiéroglyphes, de noms et de numéros de téléphone.

– Ah... fit-elle en laissant glisser son doigt dans un angle vers une inscription au crayon à peine lisible. Est-ce que ça pourrait être ça ?

Rebus y jeta un coup d'œil. C'était bel et bien ça. Sans l'ombre d'un doute.

– Merci.

– Mon Dieu, soupira la secrétaire. J'espère que je ne vais pas lui attirer des ennuis. Que reprochez-vous à Lisa, inspecteur ?

– Elle nous a menti. À cause de ces mensonges, elle est obligée de se cacher.

– De se cacher ? Juste ciel, elle ne m'en a rien dit !

Rebus commençait à penser que la pauvre femme n'était qu'une machine à écrire, avec une ou deux touches en moins.

– Ses ennuis datent seulement d'aujourd'hui, expliqua-t-il.

– Oui, fit la secrétaire en hochant la tête, mais je l'ai eue au téléphone il y a un peu plus d'une heure.

Le visage de Rebus se plissa du menton jusqu'au front.

– Quoi ?

– Oui, elle m'a dit qu'elle appelait de l'Old Bailey. Elle voulait savoir si j'avais des messages pour elle. Elle avait du temps à tuer avant son deuxième rendez-vous.

Sans prendre la peine de demander la permission, Rebus s'empara du combiné comme d'une arme et composa un numéro.

– Passez-moi George Flight.

– Un instant, je vous prie.

Le bruit du transfert.

– Salle des homicides. Sergent Walsh à l'appareil.

– Je suis l'inspecteur Rebus.

– Ah oui ?

Le ton devint tranchant comme un burin.

– J'ai besoin de toucher un mot à Flight. C'est urgent.

– Il est en réunion.

– Allez le chercher ! Je vous dis que c'est urgent !

– Si vous souhaitez que je prenne un message...

La voix du sergent était chargée de doute et de cynisme. Tout le monde savait bien que quand l'Écossais parlait d'urgence, c'était du vent.

– Ne me faites pas chier, Walsh ! Soit vous me le trouvez, soit vous me passez quelqu'un qui fait autre chose de sa cervelle que de s'asseoir dessus !

Clic. Bip, bip, bip...

Un refus clair et net.

La secrétaire le dévisageait d'un air horrifié. Sans doute que les psychologues ne se mettaient jamais en colère. Il voulut afficher un sourire rassurant mais cela ne donna qu'un rictus figé de clown ivre. Il esquissa une révérence, pivota sur ses talons et se dirigea vers l'escalier, sous le regard de la pauvre femme terrorisée jusqu'au tréfonds de son âme.

Rebus sentait une colère particulièrement vive lui brûler le visage. Lisa Frazer s'était jouée de lui, elle l'avait berné comme un débutant. Bon sang, tout ce qu'il avait pu lui confier ! En pensant qu'elle voulait l'aider pour l'enquête. Sans se rendre compte qu'il faisait partie de ses recherches. Que lui avait-il dit au juste ? Trop de choses pour s'en souvenir. L'avait-elle enregistré ? Se contentait-elle de prendre des notes après son départ ? Peu importait. Ballotté dans un océan chaotique, il avait vu en elle quelqu'un de solide en qui avoir confiance. Alors qu'elle avait deux visages, comme Janus. Elle s'était servie de lui. Nom d'un chien, ils avaient couché ensemble. Cela faisait-il aussi partie des recherches, de son petit projet ? Il ne serait jamais certain de la réponse. Elle lui avait paru sincère... Il lui avait ouvert son esprit tout comme elle lui avait ouvert son corps. Un marché de dupes.

– La salope ! rugit-il en s'arrêtant net. Salope de menteuse !

Pourquoi ne lui avait-elle pas dit la vérité ? Elle aurait mieux fait de tout lui expliquer. Il l'aurait aidée, il aurait trouvé du temps à lui consacrer. Mais non, bien sûr que non. Pourquoi se voiler la face ? Une étudiante en thèse ? Un projet de recherche ? Il l'aurait mise à la porte. Au lieu de quoi il l'avait écoutée, avait cru à ce qu'elle racontait. Elle lui avait appris des choses. Indéniablement. Des tas de choses. Sur la psychologie, l'état d'esprit d'un assassin. Sans compter les lectures qu'il lui devait. Mais là n'était pas le problème. Maintenant que le voile était tombé, leur histoire lui paraissait moche et factice.

– Salope, marmonna-t-il d'une voix plus douce.

Il avait la gorge serrée, comme si une main la comprimait en appuyant doucement. Il déglutit et se mit à respirer profondément. Calme-toi, John. Qu'est-ce que ça pouvait faire ? Tout cela avait-il grande importance ? Il connaissait la réponse : oui, parce qu'il avait des sentiments pour elle... avait *eu* des sentiments pour elle. Non, il éprouvait toujours quelque chose. Et il avait cru que c'était réciproque.

Là, mon gars, tu te mets le doigt dans l'œil... Non mais, regarde-toi un peu : un quadragénaire ventripotent, qui plafonne au rang d'inspecteur, et risque même de dégringoler plus bas si Flight met sa menace à exécution. Divorcé. Avec une fille angoissée qui trempe dans un univers louche. Sans parler de l'inconnu armé d'un couteau de cuisine qui cache bien son jeu et sait tout de Lisa. Tout allait mal. Il s'était accroché à Lisa avec le désespoir du noyé qui tente d'attraper un bout de bois à sa portée. Vieil imbécile.

Il se tenait devant l'entrée principale du bâtiment, sans trop savoir ce qu'il allait faire. Devait-il dire les choses en face à Lisa ou bien laisser tomber, ne jamais la revoir ? D'habitude, il adorait les discussions tendues, trouvait ça instructif et jubilatoire. Pas cette fois.

Elle se trouvait à l'Old Bailey pour y interviewer Malcolm Chambers. À son tour, le procureur était en train de se faire abuser par les titres inexistants, le « docteur » usurpé. Chambers était admiré de tous. Un homme intelligent, du bon côté de la loi, et plein aux as. Rebus connaissait des flics qui n'étaient rien de tout ça. La plupart n'avaient qu'une des trois qualités, voire deux pour quelques rares chanceux. Lisa Frazer tomberait forcément sous le charme de Chambers. Au début, elle aurait pour lui du mépris, puis viendrait s'y mêler un peu d'admiration, jusqu'à ce qu'elle s'imagine être amoureuse de lui. Grand bien lui fasse !

Quant à lui, il repasserait au poste, ferait ses adieux puis ses valises, et rentrerait dans le Nord. On se débrouillerait très bien sans lui. L'enquête était au point mort, en attendant que le Loup-Garou frappe à nouveau. Pourtant, on avait fait de vrais progrès, on en savait beaucoup plus sur l'assassin, qu'on était à deux doigts d'ouvrir en deux comme une belle pêche bien mûre. Et s'il s'attaquait à Lisa Frazer ? Quelle idée d'aller à l'Old Bailey quand elle aurait mieux fait de se mettre à l'abri... Il fallait qu'il en touche un mot à Flight. Que fichait-il ?

– Vous pouvez tous aller vous faire foutre ! marmonna-t-il en plongeant les mains dans ses poches.

Deux étudiants, qui parlaient très fort avec l'accent américain, marchaient dans sa direction. Ils étaient tout enthousiastes, comme toujours lorsque les étudiants brassaient des idées, prêts à refaire le monde. Voyant qu'ils voulaient entrer dans le bâtiment, il s'écarta pour les laisser passer. De toute façon, ils auraient tout aussi bien pu le traverser comme un nuage de gaz d'échappement.

– Ouais, tu sais, je crois que j' lui plais, mais j' sais pas trop...

Voilà pour les concepts de haute volée ! Après tout, pourquoi les étudiants seraient-ils différents du reste de la population ? Pourquoi penseraient-ils à autre chose qu'au sexe ?

– ... Ouais, disait l'autre.

Rebus se demanda comment ce dernier faisait pour supporter un tee-shirt et une grosse chemise à carreaux par une journée aussi moite.

– Ouais... répéta l'autre.

En entendant cet accent américain, Rebus songea à

302

celui de Lisa, plus doux avec ses intonations cana-
diennes.

– C'est pas cool, dit son copain alors qu'ils s'enfon-
çaient dans le bâtiment, leurs voix s'estompant. Sa
mère peut pas sentir les Américains parce qu'elle a
failli se faire violer par un GI pendant la guerre...

« C'est pas cool »... Où avait-il entendu cette expression ? Il fouilla dans la poche de son blouson et y
trouva une feuille qu'il déplia et se mit à lire :

*T'ES PAS COOL, GONZESSE, JE SUIS PAS HOMOSSEXUEL,
OK ?* C'était la photocopie de la lettre du Loup-Garou
à Lisa.

T'es pas cool. Effectivement, ça sonnait américain.
Vraiment très curieux, comme amorce. Je te préviens...
Fais gaffe... Il existait bien des expressions pour attirer
l'attention du lecteur. Mais *t'es pas cool* ?

Que croyait-on savoir du Loup-Garou ? Il s'y
connaissait en matière de procédure policière ; flic ou
personne ayant un casier, les deux étaient possibles.
Un individu de sexe masculin, à en croire Jan Crawford. Assez grand, pensait-elle se souvenir. Au restaurant, Lisa Frazer lui avait également fait part de ses
idées. Quelqu'un de conservateur. La plupart du temps,
il ne se contentait pas d'avoir l'air normal, il l'était
tout à fait. Pour reprendre son expression, c'était
quelqu'un « d'une grande maturité psychologique ».
La lettre postée à l'attention de Lisa portait le code
postal EC4. D'ailleurs, l'Old Bailey n'était-il pas situé
dans cette zone ? Il se souvint de sa première et unique
visite sur place. La salle d'audience... La présence de
Kenny Watkiss... La rencontre avec Malcolm Chambers... Qu'avait dit le procureur à George Flight, déjà ?

Royalement entuber. Mon propre camp. Je n'apprécie pas. Flight, je n'apprécie pas de me faire royalement entuber... mon propre camp... Je veux bien être cool, George...

Bordel de merde ! Soudain, toutes les boules tombèrent au fond des trous et il ne resta plus que la blanche et la noire sur le tapis. Plus aucune autre.

Je veux bien être cool, George, mais je n'apprécie pas de me faire royalement entuber par mon propre camp.

Malcolm Chambers avait étudié aux États-Unis. Flight l'avait dit à Rebus. Quand on voulait s'intégrer dans un pays nouveau et peu familier, on avait tendance à adopter les tournures de langue locales. *Je veux bien être cool.* Rebus lui-même essayait de résister à la tentation depuis son arrivée à Londres, mais celle-ci était forte. Des études aux États-Unis. Et Lisa Frazer se trouvait avec lui. Lisa l'étudiante, la psychologue dont la photo était parue dans la presse. *Je veux bien être cool.* Le Loup-Garou devait lui en vouloir à mort. Ne figurait-elle pas au rang des psychologues, ceux-là mêmes qui prétendaient qu'il était homosexuel, qui expliquaient le pourquoi de ses déviances ? Alors que lui-même s'estimait parfaitement normal. Au contraire : ses troubles avaient de plus en plus de prise sur lui.

L'Old Bailey était bel et bien situé dans la zone postale EC4. Désarçonné, le Loup-Garou avait commis l'erreur d'y poster sa lettre. Cela ne faisait aucun doute : Malcolm Chambers et le Loup-Garou ne faisaient qu'un. Rebus était incapable de l'expliquer, ni même de le démontrer clairement, mais il en était persuadé. C'était comme une vague sombre et polluée qui déferlait sur lui et l'engloutissait. Malcolm Chambers. Un individu au fait des procédures policières, au-dessus de tout soupçon, tellement propre sur lui qu'on devait gratter la peau pour tomber sur la crasse.

Rebus se mit à courir dans Gower Street, en espérant qu'il se dirigeait bien vers la City. Le cou allongé, il cherchait un taxi. Il en aperçut un, juste à l'angle du British Museum. Mais il venait de prendre des clients. Touristes ou étudiants. Japonais. Tout sou-riants, munis d'appareils photo. Un groupe de quatre : deux hommes, deux femmes plus jeunes.

Rebus glissa la tête à l'arrière, où deux d'entre eux avaient déjà pris place.

– Dehors ! hurla-t-il en pointant le pouce vers le trottoir.

– Eh, l'ami, à quoi tu joues ?

Obèse, le chauffeur arrivait à peine à se retourner sur son siège.

– J'ai dit dehors !

Rebus attrapa un bras et tira dessus. Il ne se savait pas aussi musclé, à moins que l'homme ne soit vrai-ment très léger. Celui-ci vola quasiment, jappant quelques protestations au passage.

– Toi aussi !

La jeune femme s'exécuta de bonne grâce et Rebus prit place dans le taxi, claquant la portière derrière lui.

– Démarrez ! beugla-t-il.

– Pas question que je bouge avant...

– Je suis l'inspecteur Rebus ! hurla-t-il en plaquant sa carte contre la vitre qui séparait l'avant de l'arrière du taxi. C'est urgent ! Je dois me rendre à l'Old Bailey. Ne vous préoccupez pas du code de la route, j'arrangerai ça plus tard. Mais allez-y à fond la caisse !

Le chauffeur se mit en pleins phares et se glissa dans la circulation.

– N'oubliez pas le klaxon !

Il ne se le fit pas dire deux fois. Étonnamment, de nombreuses voitures lui cédaient le passage. Rebus se tenait sur le bord de la banquette, qu'il agrippait des deux mains pour ne pas partir à la renverse.

– On va mettre combien de temps ?

– À cette heure-ci ? Dix ou quinze minutes. Quel est le problème, patron ? Ils peuvent pas commencer sans vous ?

Rebus eut un sourire amer. Justement. Sans lui, le Loup-Garou pouvait s'y mettre dès que ça lui chantait.

– J'ai besoin d'utiliser votre radio.

Le chauffeur ouvrit davantage la vitre intérieure.

– Faites comme chez vous, dit-il en lui tendant le micro.

En vingt ans de métier, il n'avait jamais connu pareille course. D'ailleurs, tout à son excitation, il ne songea pas à démarrer le compteur avant la moitié du trajet.

Rebus s'expliqua du mieux qu'il put à Flight, en s'efforçant de ne pas paraître trop hystérique. Sans avoir l'air très convaincu, Flight accepta d'envoyer des hommes sur place. Rebus ne lui en voulait pas d'être circonspect. Difficile de justifier l'arrestation d'un notable sur la base d'une simple intuition. D'autant que Rebus s'était souvenu d'une autre idée avancée par Lisa Frazer : un tueur en série était souvent le produit de son environnement. Contrarié dans ses ambitions,

306

il prenait ses victimes dans la couche sociale au-dessus de lui. Oui... On ne pouvait pas en dire autant de Malcolm Chambers. Et qu'avait-elle dit au sujet du Loup-Garou ? Ses attaques marquaient un refus de la confrontation, une attitude qui se retrouvait peut-être dans sa vie professionnelle. Voilà pour la théorie ! Rebus commençait à douter de ses propres instincts. Putain, et s'il s'était trompé ? C'était peut-être la théorie qui avait raison... Est-ce que ça tournait bien rond dans sa tête ?

Puis il se souvint d'une remarque de Flight. On pouvait toujours dresser un portrait de plus en plus précis de l'assassin, ça ne fournirait pas pour autant son nom et son adresse. La psychologie avait du bon, mais rien ne valait un coup de flair.

– On y est presque, patron !

Rebus avait du mal à respirer régulièrement. Du calme, John. Du calme.

Aucune voiture de police n'attendait devant l'Old Bailey. Pas de sirène, pas de policiers armés. Juste des gens qui s'attardaient et plaisantaient à la fin d'une journée de travail. Rebus abandonna le taxi sans régler la course – « On verra ça plus tard... » – et poussa la lourde porte en verre. Deux agents de sécurité veillaient derrière une vitre pare-balles. Rebus brandit sa carte sous leur nez. L'un d'eux indiqua les deux sas cylindriques par lesquels les visiteurs étaient admis un par un dans le bâtiment. Rebus s'en approcha et attendit. Rien ne se passa. Puis il se souvint et appuya de sa paume sur le bouton du sas qui s'ouvrit. Il pénétra à l'intérieur et attendit pendant ce qui lui sembla une éternité, le temps que la porte se referme derrière lui, après quoi celle de devant s'ouvrit.

Un autre vigile se tenait à côté du portique détecteur. Rebus se précipita vers le guichet d'accueil, également protégé par une vitre pare-balles.

– Je peux vous aider ? lui demanda un agent.

– Malcolm Chambers, dit Rebus. Un procureur. J'ai besoin de le voir en urgence.

– M. Chambers ? Un instant, je vais voir.

– Je ne veux surtout pas qu'il sache que je suis ici, le prévint Rebus. Dites-moi simplement où je peux le trouver.

– Un instant.

Le vigile s'éloigna, consulta un collègue et parcourut lentement une liste attachée à un bloc à pinces. Rebus sentait son cœur battre à cent à l'heure. Il avait l'impression d'être sur le point d'imploser. Comment accepter de rester planté là ? Il *fallait* faire quelque chose ! Un peu de patience, John. Ne confonds pas vitesse et précipitation, comme disait son père. D'abord, ça ne voulait rien dire : la précipitation était une forme de vitesse, non ?

Le vigile revint.

– Bien, inspecteur. M. Chambers reçoit actuellement une jeune femme. On me dit qu'ils se sont installés à l'étage.

« À l'étage » désignait la galerie située devant les salles d'audience. Rebus fonça dans l'imposant escalier, gravissant les marches quatre à quatre. Du marbre. Tout autour de lui. Et du bois, du verre. Les fenêtres paraissaient immenses. Des avocats emperruqués, en pleine conversation, descendaient un escalier en colimaçon. Une femme aux traits tirés fumait une cigarette roulée à la main en attendant quelqu'un. Ça bougeait dans tous les sens, mais en silence. Rebus marchait à contre-courant de la plupart des gens. Des jurés qui en avaient terminé pour la journée. Des avocats flanqués de clients à la mine coupable. La fumeuse se leva pour accueillir son fils, dont l'avocat avait l'air de s'ennuyer ferme. La galerie se vidait rapidement, les escaliers conduisaient tous ces gens vers les sas en verre et le monde extérieur.

À une trentaine de mètres, il aperçut deux hommes assis, les jambes croisées, en train de fumer. Les gardes du corps que Flight avait assignés à Lisa. Rebus courut vers eux.

– Où est-elle ?

Ils le reconnurent, comprirent qu'il y avait un problème et se levèrent précipitamment.

– Elle est en train d'interviewer un procureur...

– Oui, mais *où ça*, bon sang ?

Le policier pointa le menton en direction d'une salle d'audience. La huitième chambre ! Mais bien sûr : n'était-ce pas devant cette chambre que le Dr Cousins devait témoigner ? Avec Chambers comme procureur ?

Rebus poussa la porte à double battant et pénétra dans la salle d'audience : personne, mis à part l'équipe de nettoyage. Il devait y avoir une autre sortie. Évidemment : la porte capitonnée verte à côté du box du jury, qui conduisait aux bureaux des juges. Il traversa la salle au pas de charge, gravit les quelques marches, poussa la porte et se retrouva dans un couloir moquetté et bien éclairé. Une fenêtre, un bouquet de fleurs dans un vase, posé sur un guéridon. Un couloir étroit – un mur nu et, sur l'autre, une série de portes affichant les noms des juges. Toutes fermées à clef.

Une kitchenette, déserte. Il finit par tomber sur une porte qui s'ouvrit. Une salle pour les délibérations des jurys, vide. Il revint dans le couloir, gémissant de frustration. Une huissière venait vers lui, un mug de thé à la main.

– Personne n'a le...

– Je suis l'inspecteur Rebus. Je cherche Malcolm Chambers. Il était ici avec une jeune femme.

– Ils viennent de partir à l'instant.

– Partir ?

– Il y a un accès au parking souterrain, expliqua-t-elle en indiquant le bout du couloir. Ils sont partis par là.

Rebus voulut se faufiler entre elle et le mur.

– Vous n'avez aucune chance de les rattraper. Sauf si la voiture a des problèmes pour démarrer.

Rebus réfléchit en se mordillant la lèvre. Il n'avait pas une minute à perdre. Sa première décision devait être la bonne. Une fois qu'elle fut prise, il fit demi-tour jusqu'à la salle d'audience et regagna précipitamment la galerie.

– Ils ont filé ! cria-t-il aux gardes du corps. Prévenez Flight ! Dites-lui qu'ils sont dans la voiture de Chambers.

Puis il repartit au pas de charge, s'arrêtant juste le temps d'attraper un vigile par la manche.

– Où se trouve la sortie du parking ?

– De l'autre côté du bâtiment. ·

Rebus lui planta l'index sur le visage.

– Appelez le parking. Ils doivent empêcher Malcolm Chambers de sortir.

Le type resta figé sur place, louchant sur le doigt.

– Allons, *dépêchez-vous* !

Et il s'élança de nouveau, dévalant les marches quatre à quatre, manquant décoller à chaque bond.

– Police ! lança-t-il en bousculant les gens qui faisaient la queue pour sortir. C'est une urgence !

Tous restèrent cois. On aurait dit des vaches attendant patiemment la traite. Malgré tout, le sas parut mettre une éternité pour débarquer sa charge, refermer la porte extérieure et ouvrir la suivante.

– Allez, allez...

La porte coulissa enfin et il déboucha dans le hall d'entrée. Il fonça dehors, courut jusqu'à l'angle et tourna à droite, puis encore une fois au coin suivant. Il se trouvait maintenant à l'arrière du bâtiment, où était située la sortie du parking. Une rampe s'enfonçant dans la pénombre. Dans un crissement de pneus, la voiture surgit à la surface et ralentit à peine en prenant la montée vers Newgate Street. Une longue BMW, d'un noir étincelant. Lisa Frazer était assise à l'avant, détendue, souriante, en pleine conversation avec le conducteur sans se rendre compte de quoi que ce soit.

– Lisa !

Mais il était trop loin, il y avait trop de bruit.

– Lisa !

Avant qu'il puisse l'atteindre, la voiture disparut dans le flot de la circulation. Il jura dans sa barbe. Jetant un coup d'œil autour de lui, il s'aperçut qu'il se trouvait à côté d'une Jaguar à l'arrêt. Un chauffeur en livrée était au volant et le fixait à travers la vitre. Tirant violemment sur la poignée, Rebus ouvrit la portière et sortit d'une main le chauffeur éberlué. Le vol de véhicule devenait un jeu d'enfant.

– Eh ! Non mais, vous...

Un coup de vent fit s'envoler la casquette du bon-homme. Il s'accroupit sur le trottoir, hésitant entre récupérer la casquette ou la voiture. Une seconde d'hésitation dont Rebus profita. Il démarra en trombe, déclenchant un concert de klaxons derrière lui. Au bout de la légère pente, il donna un coup d'avertisseur et déboula dans la rue principale. Crissements de pneus et nouveaux coups de klaxon. Les piétons le prenaient pour un fou.

– Il faut que je mette les phares, se dit-il en scrutant le tableau de bord.

Il finit par trouver le bon bouton et alluma les pleins phares. Puis il braqua sèchement à droite pour se mettre au milieu de la route, dépassa les autres voitures en éraflant au passage un bus rouge qui venait en sens inverse, et heurta une borne en plastique qui vola dans l'autre file.

Ils ne devaient pas être si loin que ça. Oui ! Il aperçut les feux arrière de la BMW au moment où celle-ci freinait avant de tourner. Ils pouvaient toujours s'accro-cher pour le semer !

– Excusez-moi...

Stupéfait, Rebus sursauta et faillit heurter le trottoir. Jetant un coup d'œil dans son rétroviseur, il vit un vieil homme assis sur la banquette arrière, les bras écartés pour garder l'équilibre. Apparemment très calme, il se pencha vers Rebus.

– Si vous pouviez avoir l'amabilité de m'expliquer ce qui se passe. Est-ce un kidnapping ?

Rebus reconnut la voix avant le visage. C'était le juge de l'affaire Watkiss. Nom d'un chien, il avait piqué la bagnole d'un juge !

– S'il s'agit d'un enlèvement, vous aurez peut-être

l'obligeance de me laisser prévenir mon épouse. Histoire qu'elle ne fasse pas brûler les côtelettes.

Appeler ? Sous le tableau de bord, entre les deux sièges, Rebus découvrit un téléphone de voiture noir dernier cri.

– Ça vous dérange si je me sers de votre téléphone ? demanda-t-il en souriant, le visage pétillant d'adrénaline.

– Faites comme chez vous.

Rebus s'empara du combiné et tâtonna en conduisant, avec des coups de volant plus imprévisibles que jamais.

– Appuyez sur la touche TRS, lui suggéra le juge.

– Merci, Votre Honneur !

– Vous savez qui je suis ? Votre visage me disait quelque chose. Je vous ai jugé récemment ?

Mais Rebus avait composé son numéro et attendait que ça décroche à l'autre bout du fil. Alors, bon sang ! Pendant ce temps, la BMW venait de passer à l'orange.

– Accrochez-vous, dit-il en serrant les dents.

Dans un hurlement de klaxon, ils foncèrent à travers le carrefour, obligeant les véhicules à piler à gauche et à droite. Une voiture en emboutit une autre par l'arrière. Une moto dérapa sur une tache d'huile. Mais ils avaient franchi le croisement sans encombre. La BMW était toujours en vue, séparée d'eux par une demi-douzaine de véhicules. Apparemment, elle ignorait le démon à ses trousses.

Quelqu'un décrocha enfin.

– C'est Rebus... L'inspecteur Rebus, ajouta-t-il à l'intention de son passager. J'ai besoin de parler à Flight. Il est là ?

Un long silence s'ensuivit. Ça crachotait beaucoup

dans l'écouteur, comme si la communication était sur le point d'être coupée. Le combiné coincé entre l'épaule et la joue, il tenait le volant à deux mains pour enchaîner deux virages.

– John ? Vous êtes où ?

La voix de Flight, distante et métallique.

– Dans une voiture, répondit Rebus. Je l'ai réquisitionnée pour suivre Chambers. Lisa Frazer est avec lui. Je ne pense pas qu'elle sache que c'est lui le Loup-Garou.

– Nom de Dieu, John, est-ce que c'est bien lui ?

– Je lui poserai la question dès que je l'aurai coincé. Au fait, vous avez envoyé des voitures à l'Old Bailey ?

– Oui, une.

– C'est trop généreux ! Merde... fit-il en voyant ce qui arrivait devant lui.

Il freina mais trop tard. Une vieille dame traversait lentement dans les clous, tirant son caddie derrière elle comme un caniche. Il donna un coup de volant mais ne put éviter le caddie qui partit en l'air, comme projeté d'un canon, en répandant les courses : une pluie d'œufs, de beurre, de farine et de corn-flakes s'abattit sur la chaussée. Rebus entendit les cris de la pauvre femme. Au pire, elle s'en tirerait avec le bras cassé. Non, elle ferait une crise cardiaque.

– Merde, répéta-t-il.

Le juge jeta un coup d'œil par la vitre arrière.

– Je pense qu'elle n'a rien, déclara-t-il.

– John ? dit Flight d'une voix de crécelle. C'est qui cette personne que je viens d'entendre ?

– Ah, fit Rebus, c'est le juge. C'est sa Jaguar que j'ai réquisitionnée.

Il mit les essuie-glace en marche pour se débarrasser de la pâte à crêpes répandue sur le pare-brise.

– Vous avez fait quoi ?

C'était donc à ça que ressemblait un rugissement... La BMW restait en vue mais avait un peu ralenti, peut-être à cause des incidents derrière elle.

– Peu importe, dit Rebus. Envoyez-moi plutôt quelques voitures. On est dans...

Jetant un coup d'œil par le pare-brise et sa vitre, il ne vit aucune plaque de rue.

– High Holborn, lui dit le juge.

– Merci... On est dans High Holborn, George.

– Une seconde... dit Flight. (Une conversation étouffée avant qu'il revienne au bout du fil, la voix très lasse.) John, dites-moi que vous n'êtes pas responsable de tous ces incidents qu'on nous signale... Le standard clignote comme une guirlande de Noël.

– C'est sans doute nous, George. On a dégommé un plot et provoqué deux accidents, et on vient juste d'envoyer valdinguer les courses d'une vieille dame. Oui, c'est bien nous.

Si Flight gémit, ce fut en silence.

– Et si ce n'était pas lui ? Et si vous vous trompiez ?

– Alors on n'est pas qu'un peu dans la merde, et je découvrirai sans doute les joies du chômage, qui sait, de la prison. En attendant, dépêchez-vous de m'envoyer des flics ! Monsieur le juge, dit-il en inspectant le combiné, j'ai besoin de votre aide. Comment on...

– Il suffit d'appuyer sur Power.

Ce que fit Rebus, et les touches éclairées s'éteignirent.

– Merci.

La circulation ralentissait à l'approche d'un croisement.

– Si vous avez l'intention de vous en resservir, lui
dit le juge, sachez qu'on peut le faire fonctionner en
mains libres. Vous n'avez qu'à composer le numéro et
laisser le combiné sur la base. Vous entendrez votre
interlocuteur et pourrez lui parler.

Rebus le remercia d'un hochement de tête. Il sentait
le juge tout près de son oreille, penché pour observer
la route.

– Vous soupçonnez donc Malcolm Chambers
d'avoir commis tous ces meurtres ? lui dit-il d'un ton
excité.

– C'est exact.

– Et quelles preuves avez-vous, inspecteur ?

Rebus eut un rire amusé et se tapota la tempe.

– Tout est là, Votre Honneur ! Tout est là !

– Remarquable... J'ai toujours trouvé que Malcolm
était un jeune homme étrange, ajouta-t-il après
un temps de réflexion. Irréprochable au tribunal, bien
entendu. Un procureur vedette, toujours prêt à épater
la galerie, si vous voyez ce que je veux dire. Mais
en dehors du tribunal, c'est quelqu'un de très différent. Oui, vraiment très différent. Presque ombrageux,
comme s'il avait la tête ailleurs.

Tellement ailleurs qu'il l'a perdue, songea Rebus.

– Souhaitez-vous lui parler ?

– Pourquoi croyez-vous que je le poursuive ?

Le juge gloussa et indiqua le téléphone.

– Je veux dire lui parler tout de suite.

Rebus se crispa.

– Vous voulez dire que vous avez son numéro ?

– Mais oui.

316

Après réflexion, Rebus secoua la tête.

– Non, fit-il. Il est accompagné d'une jeune femme innocente. Je ne veux pas qu'il panique.

– Je vois, dit le juge en se calant contre la banquette. Oui, je suppose que vous avez raison. Je n'y avais pas pensé.

Soudain, un ronronnement électrique se fit entendre dans la voiture. C'était le téléphone, dont les touches clignotaient.

– Ça doit être pour vous, dit Rebus en tendant le combiné au juge.

– Non... Reposez-le et appuyez sur la touche Décrocher.

Ce que fit Rebus.

– Allô ? dit le juge.

La réception était excellente, on entendait la voix très distinctement.

– Edward ? C'est vous qui me suivez ?

La voix de Chambers, qui semblait s'amuser de quelque chose. Le juge dévisagea Rebus qui n'avait aucune réponse à lui fournir.

– Malcolm ? finit par dire le magistrat sans se départir de son flegme. C'est vous, Malcolm ?

– Vous devriez le savoir : vous n'êtes qu'une vingtaine de mètres derrière moi.

– Vraiment ? Dans quelle rue vous trouvez-vous ?

La voix de Chambers s'altéra, soudain méchante.

– Te fous pas de ma gueule, Ted ! Qui conduit, putain de merde ? Toi, tu n'as même pas le permis. Alors, c'est qui ?

Encore une fois, le juge interrogea Rebus du regard. Soudain, ils entendirent la voix étouffée de Lisa.

– Qu'est-ce qu'il y a ? Qu'est-ce qui se passe ?

– Ta gueule, salope ! On va s'occuper de toi !

La voix de Chambers était montée d'une octave, elle évoquait une voix de femme très mal imitée. Rebus sentit ses cheveux se hérisser sur sa nuque.

Puis Chambers reprit sa voix normale en parlant dans le combiné.

– Allô ? Qui est là ? J'entends ta respiration, connard !

Rebus se mordit la lèvre. Valait-il mieux se dévoiler à Chambers ou rester silencieux ? Il choisit de ne rien dire.

– Bon, soupira Chambers, comme résigné. Elle va dégager.

Rebus aperçut la BMW monter sur le trottoir et la portière côté passager s'ouvrir.

– Mais qu'est-ce que vous faites ? hurla Lisa. Non ! Non ! Lâchez-moi !

– Chambers ! s'écria Rebus en direction du téléphone. Laissez-la tranquille !

La BMW revint sur la chaussée et la portière se referma.

– Allô ? dit Chambers après quelques secondes. À qui ai-je l'honneur ?

– Je m'appelle Rebus. On s'est rencontrés au...

– John !

La voix de Lisa, gagnée par la peur, à deux doigts de l'hystérie. La gifle crépita dans les tympans de Rebus.

– Je vous dis de la laisser tranquille !

– Je sais, dit Chambers, mais vous êtes mal placé pour donner des ordres. Maintenant que je sais que vous vous connaissez, ça rend les choses intéressantes. Qu'en dites-vous, inspecteur ?

318

– Vous vous souvenez de moi ?

– Je connais très bien toutes les personnes impliquées dans l'enquête sur le Loup-Garou. Je m'y suis intéressé dès le départ... pour des raisons évidentes. Les gens étaient tous prêts à me renseigner.

– Pour toujours garder un pas d'avance ?

– *Un* seul pas, inspecteur ? s'exclama Chambers d'un ton railleur. Vous êtes présomptueux. Alors, dites-moi, inspecteur Rebus : on fait quoi ? Vous garez votre voiture... la voiture d'Edward, devrais-je dire... ou bien je tue la demoiselle ? Saviez-vous qu'elle comptait m'interroger sur la psychologie des salles d'audience ? Elle ne pouvait pas mieux tomber, la salope !

Lisa sanglotait. Rebus l'entendait, et chaque son le transperçait davantage.

– Sa photo dans le journal, reprit Chambers d'un ton mielleux. Sa photo dans le journal avec le coriace inspecteur !

Rebus comprit qu'il devait faire parler Chambers. Tant qu'il parlait, Lisa restait en vie. Mais la file de voitures était à l'arrêt. Un feu rouge. La BMW, à quelques mètres devant eux, ne pouvait pas brûler le feu à cause d'un véhicule qui lui barrait le passage. Rebus devait-il... C'était pure folie rien que d'y songer ! Agrippé à l'appuie-tête, le juge gardait les yeux rivés sur la BMW, cette voiture noire si proche d'eux. Si proche... et immobile...

La voix de Chambers se fit entendre.

– Alors ? Vous vous garez, inspecteur, ou je la tue ?

Rebus fixait intensément la carrosserie noire. Lisa se tenait à l'écart de Chambers, comme si elle envisageait de se sauver. Mais il la retenait fermement de sa main gauche, la droite sans doute posée sur le volant. Son attention était donc portée sur la portière côté passager, et non sur la sienne.

Prenant sa décision, Rebus ouvrit délicatement sa portière et descendit sur la chaussée dont la fermeté avait quelque chose de rassurant. Il ne prêtait aucune attention aux klaxons qui retentissaient autour de lui. Le feu était toujours au rouge. Tapi, il se mit à avancer rapidement. Et son rétroviseur ! Un simple coup d'œil et Chambers le verrait approcher. Dépêche-toi, John, dépêche-toi ! Feu orange...

Merde !

Vert...

Il était arrivé à la hauteur de la BMW, avait la main posée sur la poignée. Stupéfait, Chambers l'aperçut soudain. Puis la première voiture démarra et il mit le pied au plancher. La BMW fut propulsée vers l'avant, s'arrachant à la poigne de Rebus.

Merde ! Des coups de klaxon dans tous les sens. Des conducteurs en colère baissaient leur vitre pour l'insulter tandis qu'il regagnait la Jaguar, démarrait et repartait. Le juge lui tapota l'épaule.

– Bien tenté, mon garçon. Bien tenté.

Le ricanement de Chambers au téléphone.

– J'espère que je ne vous ai pas fait mal, inspecteur.

Rebus examina sa main. Il ressentait une douleur quand il serrait le poing. Pour un peu, il se faisait arracher les doigts. L'auriculaire était enflé. Cassé ? Peut-être.

– Alors ? dit Chambers. Pour la dernière fois, je vous propose un marché que vous pouvez difficilement refuser : arrêtez-vous ou bien je tue le Dr Frazer.

– Elle n'est pas docteur, Chambers. C'est une simple étudiante.

320

Il ravala sa salive. Maintenant, Lisa savait qu'il était au courant. De toute façon, pour l'importance que cela avait... Il inspira profondément.

– Vous n'avez qu'à la tuer, dit-il.

À l'arrière, le juge sursauta. Rebus secoua la tête pour le rassurer.

– Vous pouvez me répéter ça ? demanda Chambers.

– Vous n'avez qu'à la tuer. Ça ne me fait rien. Elle s'est bien payé ma tête depuis une semaine. Elle n'a qu'à s'en prendre à elle-même. Et une fois que vous l'aurez tuée, monsieur Chambers, je me ferai un plaisir de vous réserver le même sort.

De nouveau, la voix étouffée de Lisa se fit entendre.

– Mon Dieu, John, je t'en supplie... non !

Chambers reprit la parole. Lui semblait se calmer à mesure que Rebus s'emportait.

– Comme vous voudrez, inspecteur. Comme vous voudrez.

Une voix aussi froide que le carrelage d'une morgue, dépouillée de tout vestige d'humanité. Rebus en était peut-être en partie responsable, pour l'avoir provoqué à coup d'articles de presse, de fabulations. Mais ce n'était pas à lui que Chambers s'en était pris : il s'était attaqué à Lisa. Si Rebus était arrivé à l'Old Bailey une minute plus tard, celle-ci filait vers une mort certaine. Telle que la situation se présentait, plus rien n'était sûr.

Mis à part la démence de Malcolm Chambers.

– Il tourne dans Monmouth Street, annonça le juge d'un ton calme.

Il avait pris acte de la culpabilité de Chambers, des atrocités commises et peut-être à venir.

Entendant un crépitement dans le ciel, Rebus leva les yeux et découvrit un hélicoptère dont l'ombre suivait la poursuite. Un appareil de la police. Et des sirènes. Apparemment, Chambers aussi les avait repérés. La BMW accéléra, éraflant une voiture pour se glisser dans un espace laissé libre. Le véhicule endommagé s'arrêta net. Rebus freina et donna un coup de volant, mais le heurta tout de même à son tour, fracassant le phare droit de la Jaguar.

– Désolé, Votre Honneur.

– Ne vous en faites pas pour la voiture. L'essentiel est de ne pas le laisser filer.

– Il ne nous échappera pas ! lui assura Rebus qui prenait confiance.

D'où lui venait cette assurance ? Il ne l'avait pas sitôt ressentie qu'elle s'envola, ne laissant derrière elle qu'un filet de brume.

Ils fonçaient désormais dans St Martin's Lane. Les gens prenaient un verre après le travail ou avant le théâtre. Toute l'animation du West End. Pourtant, la circulation était de moins en moins dense devant eux, et les badauds observaient d'un air ébahi la BMW et la Jaguar. Alors qu'ils approchaient de Trafalgar Square, Rebus remarqua des policiers aux blousons jaune fluo qui bloquaient la circulation dans les rues adjacentes. Pour quel motif ? À moins que...

Un barrage ! Un seul accès à la place laissé ouvert, toutes les autres rues y débouchant fermées à la circulation, pour qu'ils soient seuls à pénétrer sur le rond-point. D'ici quelques instants, Chambers tomberait dans la souricière. Loué soit George Flight !

Rebus ricana, postillonnant sur le pare-brise.

– Vous feriez mieux de vous arrêter, Chambers ! Vous n'avez nulle part où aller !

Pas de réponse.

322

Ils déboulèrent sur Trafalgar Square. Tout autour de la place, des files de voitures klaxonnaient, retenues par la main gantée de l'autorité. Rebus était tout émoustillé. Le West End de Londres entièrement paralysé, pour lui permettre de faire la course en Jaguar contre une BMW ! Certains de ses amis auraient sacrifié un bras et une jambe pour être à sa place. Mais lui était là pour le boulot. Ni plus ni moins. Un boulot comme un autre. Il aurait tout aussi bien pu être dans les faubourgs d'Édimbourg, à la poursuite de gamins au volant d'une Cortina volée.

Mais il se trouvait à Londres.

Ils achevèrent un premier tour autour de la colonne de Nelson. La Maison du Canada, la Maison de l'Afrique du Sud, la National Gallery... tout était plongé dans un flou indistinct. À l'arrière, le juge était plaqué contre la portière.

– Accrochez-vous ! lui lança Rebus.

– À quoi, je vous prie ?

Rebus éclata de rire. Un rire rugissant. Et quand il se souvint que Chambers était toujours en ligne, il décrocha le combiné et se déchaîna encore plus. Son poing droit, tout blanc, agrippait le volant, et son bras gauche lui faisait mal.

– On s'amuse bien, Chambers ? beugla-t-il. Comme qui dirait : pas d'échappatoire !

La BMW fit un écart et Chambers poussa un grognement.

– Salope !

Une nouvelle embardée, des bruits de lutte. Maintenant que Chambers était prisonnier de ce circuit sans fin, Lisa se défendait.

– Non !

– Lâche-moi !

– Je vais...

Un cri déchirant, accompagné d'un autre tout aussi aigu, tous deux d'une tonalité féminine. Et le bolide noir rata le virage suivant, fonça sur le trottoir et réduisit un Abribus en un amas de métal avant d'aller s'encastrer dans la National Gallery.

– Lisa ! s'écria Rebus.

Il pila et la Jaguar s'immobilisa après un dérapage. La portière droite de la BMW s'ouvrit en grinçant et Chambers en dégringola. Serrant quelque chose dans sa main droite, il s'enfuit en claudiquant, blessé à la jambe. Rebus tâtonna maladroitement, finit par trouver la poignée et ouvrit sa portière. Il se précipita vers la BMW et jeta un coup d'œil à l'intérieur. Lisa était affalée sur son siège, retenue par sa ceinture de sécurité. Elle gémissait mais ne saignait pas. Le coup du lapin. Rien de plus.

– John ? bafouilla-t-elle en ouvrant les yeux.

– Tu n'as rien de grave, Lisa. Tiens bon. Les secours vont arriver.

Les sirènes se rapprochaient, des policiers déboulaient sur la place.

Rebus releva la tête et chercha Chambers.

– Par là ! lui indiqua le juge qui était descendu de la Jaguar et pointait le bras en l'air.

Levant les yeux dans la direction indiquée, Rebus aperçut Chambers en haut des marches de la National Gallery.

– Chambers ! Chambers !

Mais la silhouette disparut. Rebus se précipita vers les marches et les gravit quatre à quatre, les jambes flageolantes ; il avait l'impression d'avoir les os et les cartilages en caoutchouc. Il entra dans le bâtiment par la porte la plus proche, celle de la sortie. Une femme portant l'uniforme du personnel était étendue par terre dans l'entrée. Un collègue, qui se tenait à ses côtés, fit un geste vers l'intérieur du musée.

– Il a filé par là !

Et John Rebus ne pouvait faire autrement que de suivre Malcolm Chambers à la trace.

Courir, toujours courir.

Comme quand il cherchait à fuir son père, se précipitait au grenier dans l'espoir de s'y cacher. Mais au bout du compte, il se faisait toujours attraper. Même en restant caché toute la journée et une partie de la nuit, tiraillé par la faim et la soif, il finissait par redescendre au rez-de-chaussée, où ils l'attendaient.

Sa jambe lui fait mal. Il s'est coupé. Son visage le brûle. Du sang tiède lui dégouline du menton, dans le cou. Et il court.

Son enfance n'a pas toujours été malheureuse. Il se souvient de sa mère, coupant délicatement les poils du nez de son père.

« Comme c'est laid d'avoir du poil au nez, Johnny. Surtout pour un gentleman... » Rien de tout ça n'était sa faute, hein ? C'était leur faute à eux. Ils voulaient une fille. Surtout pas un garçon. Sa mère l'habillait en rose, des couleurs et des vêtements de fille. Puis elle l'avait peint, avec de belles boucles blondes, une enfant imaginaire qu'elle intégrait dans ses paysages. Une fillette qui court le long d'un ruisseau. Avec des rubans dans les cheveux. Qui court et qui court.

Il dépasse un vigile, puis un autre. Il les bouscule. Quelque part une alarme hurle. À moins que ce ne soit son imagination. Tant de tableaux. D'où viennent-ils ? Une porte, puis à droite, et une autre porte.

Il restait tout le temps à la maison. Leur enseignement valait mieux que celui de l'école. Éduqué à la maison. Fait maison. Certains soirs, quand il avait bu, son père renversait les toiles de sa mère et dansait dessus.

– De l'art de merde !

Il se livrait à sa petite danse en gloussant, et sa mère, prostrée, prenait son visage dans ses mains et sanglotait, avant de courir se réfugier dans sa chambre, enfermée à double tour. Ces soirs-là, son père arrivait en titubant. Juste un câlin. Son haleine alcoolisée. Juste un câlin. Et un peu plus, beaucoup plus.

– Ouvre grand, comme chez le dentiste...

Nom d'un chien, ce que ça pouvait lui faire mal ! Un doigt intrusif... La langue... La chair écartelée. Et les bruits étaient encore pires, les petits grognements, la respiration par le nez. Et puis la mascarade. Faire semblant comme s'il s'agissait d'un jeu. Pour le prouver, son père se penchait et lui mordillait tendrement le ventre, comme un ours, en faisant claquer sa langue sur la chair nue. Et son petit rire.

– Tu vois, ce n'est qu'un jeu, hein ?

Un jeu ? Jamais. Jamais de la vie. Courir. Jusqu'au grenier. Ou dans le jardin pour se faufiler derrière le cabanon, dans les orties. Leur morsure n'était rien comparée à celle de son père. Sa mère était-elle au courant ? Bien sûr que oui. Une fois, alors qu'il voulait lui confier tout en un murmure, elle avait refusé d'entendre.

– Non, pas ton père. Tu inventes.

Mais ses tableaux étaient devenus plus violents. Des champs violets et noirs, l'eau d'un rouge sang. Les personnages au bord du ruisseau, squelettiques, blancs comme des spectres.

Longtemps, il a très bien réussi à dissimuler. Mais la petite fille est revenue le hanter. Maintenant, c'est surtout elle qui le possède, le consume, avec son besoin insatiable de... « vengeance » n'est pas tout à fait le terme. Quelque chose de plus profond, une pulsion insatiable, sans nom ni forme. Une fonction vitale. Oh que oui, vitale.

Tout droit, par ici et par là... Les gens s'écartent sur son passage. L'alarme résonne toujours. Un son entêtant, comme celui d'une crécelle. Tsss... Tssss... Tssss... Ces tableaux qu'il croise sont ridicules. « Comme c'est laid d'avoir du poil au nez, Johnny. » Aucun qui ne décrive la vraie vie, sans parler de la vie cachée. Aucun pour reproduire les sombres pensées préhistoriques qui traversent l'esprit de tout un chacun. Puis il pousse une autre porte, et tout est différent. Une salle consacrée aux ténèbres et aux jeux d'ombres. Des crânes, des visages renfrognés, vidés de leur sang. Oui, la réalité est ainsi. Vélasquez, El Greco, l'école espagnole. Le crâne et l'ombre. Ah, Vélasquez !

Pourquoi sa mère ne peignait-elle pas comme ça ? Quand ils étaient morts... *(Ils étaient morts ensemble, dans leur sommeil. Une fuite de gaz. La police avait déclaré que l'enfant avait de la chance d'être en vie. Grâce à la fenêtre de sa chambre restée entrouverte.)* D'eux, il n'avait conservé qu'une chose : les peintures de sa mère, toutes sans exception.

« Rien qu'un jeu. »

« Comme c'est laid d'avoir du poil au nez, Johnny. Surtout pour un gentleman... »

Elle donne de petits coups de ciseaux, son père est endormi. Du regard il l'avait implorée de planter la lame dans la gorge charnue, silencieuse, de son père. Elle qui était si douce... Clic. Si gentille et si douce. Clic. *L'enfant a eu de la chance...*

Qu'en savaient-ils ?

Rebus gravit les marches et traversa la boutique. D'autres policiers le suivaient de près. Il leur fit signe de se déployer, pour bloquer toutes les issues. Mais il leur demanda aussi de rester à une certaine distance de lui.

Il se réservait Malcolm Chambers.

La première salle, très grande avec des murs rouges. Un gardien lui indiqua une porte sur la droite. Juste avant l'embrasure, un tableau attira son attention – un corps décapité d'où s'écoulait du sang. L'image reflétait si bien ses pensées qu'il eut un sourire amer. La moquette orange était parsemée de taches rouille. Mais il aurait pu se passer de suivre Chambers à la trace. Touristes et gardiens lui cédaient le passage en lui montrant la bonne direction. Le son clair et strident de l'alarme l'aidait à fixer son esprit. Ses jambes avaient retrouvé toute leur solidité, et son cœur pompait le sang si fort que tout le monde devait l'entendre.

Arrivé dans une petite pièce d'angle, il tourna à droite et se retrouva dans une vaste salle. À l'autre bout, devant de massives portes en bois et en verre, un gardien tenait douloureusement son bras blessé.

L'empreinte d'une main ensanglantée était visible sur une porte en verre. Rebus s'arrêta devant et parcourut la salle suivante du regard.

Dans l'angle le plus éloigné, le Loup-Garou était étendu par terre. Le tableau qui se trouvait juste au-dessus de lui représentait un moine au visage froid et sombre. L'air d'implorer le ciel, le personnage tenait un crâne. Du sang s'en écoulait.

Rebus poussa la porte et pénétra dans la salle. À côté du moine se trouvait un portrait de la Vierge, avec des étoiles autour de ce qui restait de son visage. Un gros trou lui transperçait la figure. La silhouette au pied des tableaux était immobile et silencieuse. Rebus s'avança de quelques pas. Jetant un coup d'œil à gauche, il aperçut une série de portraits d'aristocrates à la mine mécontente. Ils avaient de quoi faire la tête. Chaque toile était tailladée, les corps comme décapités. Il n'était plus très loin. Assez près pour voir que le tableau à côté de Malcolm Chambers était un Vélas-quez. *L'Immaculée Conception*. Rebus sourit. Imma-culée ? Façon de parler.

La tête de Malcolm Chambers se redressa brusque-ment. Le regard froid, le visage parsemé d'éclats du pare-brise de la BMW. Il s'exprima d'une voix mono-corde et fatiguée.

– Inspecteur Rebus.

Rebus opina du chef, alors qu'il ne s'agissait pas d'une question.

– Je me demande pourquoi ma mère ne m'a jamais amené ici, poursuivit Chambers. Je n'ai pas le sou-venir d'avoir fait la moindre sortie, sauf peut-être chez Madame Tussaud [1]. Êtes-vous jamais allé chez Madame Tussaud, inspecteur ? J'adore la Chambre des Horreurs. Ma mère n'a même pas voulu y entrer ! (Il rigola et appuya son talon sur la tringle destinée à tenir le public à distance, comme pour se redresser.) J'imagine que je n'aurais pas dû abîmer ces tableaux. Ça n'a pas de prix. Ridicule ! Après tout, ce ne sont que des peintures. Pourquoi un tableau n'aurait-il pas de prix ?

Rebus lui tendit la main pour l'aider à se lever. Ce faisant, il repensa aux portraits. Taillladés. Pas déchirés, mais taillladés. Comme le bras du gardien. Pas à main nue, mais avec un instrument...

Trop tard ! Le petit couteau de cuisine que Chambers avait en main avait déjà fendu la chemise de Rebus. Chambers s'était relevé d'un bond et le poussait en arrière, vers les portraits du mur opposé. Il était animé par l'énergie de la folie. Rebus se prit le pied dans la tringle, sa tête heurta un tableau avec fracas. De sa main droite, il était parvenu à saisir la main dans laquelle Chambers tenait le couteau. Il sentait la pointe de la lame enfoncée dans son ventre, mais l'empêchait de pénétrer davantage. Il décocha un coup de genou à Chambers dans le bas-ventre, et lui planta en même temps son poing gauche dans le nez. Le monstre glapit, et la pression du couteau faiblit. Rebus lui tordit le poignet pour lui faire lâcher prise, mais Chambers tenait fermement le manche.

Se redressant, ils s'écartèrent du mur et se disputèrent l'arme. Chambers pleurait et hurlait. Rebus en

---

1. Célèbre musée londonien où sont exposées les statues de cire de personnages historiques et de personnalités. (*N.d.T.*)

330

avait le sang glacé. C'était comme lutter avec les ténèbres. Des pensées dont il se serait bien passé lui traversaient l'esprit. Le métro bondé, les pédophiles, les
mendiants, les visages éteints, les punks et les maque-
reaux... Tout ce qu'il avait vu et vécu à Londres
s'abattait sur lui comme une déferlante. Il préférait ne
pas regarder Chambers dans les yeux, de peur d'être
pétrifié. Les tableaux autour d'eux n'étaient plus qu'un
fondu de bleus, de noirs et de gris. Pris dans une danse
macabre, il sentait Chambers reprendre des forces alors
que lui était au bord de l'épuisement. Le vertige... La
pièce qui tournait autour de lui, cette torpeur qui
s'emparait de son estomac, se propageait à partir de la
blessure faite par la lame.

Le couteau... Celui-ci avançait avec une puissance
que Rebus n'avait pas la force de contrer ; seule une
grimace lui vint. Il se força à regarder Chambers, et
trouva le courage de le faire. Il découvrit un regard de
taureau, une bouche provocante, un menton fièrement
dressé. Non, il y avait autre chose que de la folie ou
de la provocation. De la détermination. Rebus le
comprit en même temps qu'il sentit se retourner la
main qui tenait le couteau. Celle-ci fit un demi-tour
sur elle-même. Et puis il se sentit de nouveau poussé
en arrière. Chambers ne relâchait pas la pression, il
avançait avec la puissance d'un moteur, jusqu'à ce que
Rebus heurte un mur, accompagné par Chambers. On
aurait presque dit qu'ils s'embrassaient. Le contact de
ces deux corps avait quelque chose d'intime. Chambers
était lourd, un poids mort. Sa joue était appuyée contre
celle de Rebus, qui retrouva son souffle et le repoussa.
Chambers recula en titubant. Le couteau était enfoncé
dans sa poitrine, jusqu'à la garde. Il inclina la tête pour

le contempler, du sang sombre lui dégoulinait de la bouche. Il effleura le manche du couteau, puis regarda Rebus et sourit, d'un air presque contrit.

– Comme c'est laid... pour un gentleman.

Puis il tomba à genoux. Le torse bascula en avant, la tête heurta la moquette. Plus aucun mouvement. Tout haletant, Rebus s'écarta du mur, s'avança vers le centre de la salle et retourna le cadavre du bout du pied. L'expression du visage était paisible, malgré les traînées de sang. Rebus porta deux doigts à sa chemise et les retira, couverts de sang. Peu importait. Une seule chose comptait : le Loup-Garou s'était avéré être un homme en chair et en os, un mortel. Un mortel qui venait de trouver la mort. S'il en avait envie, Rebus savait qu'il pouvait s'en adjuger le mérite. Non, il s'en passait bien. On emmènerait le couteau au laboratoire, pour y relever les empreintes. Exclusivement celles de Chambers. Ce qui ne voulait pas dire grand-chose. Flight et sa bande resteraient convaincus que Rebus avait tué le Loup-Garou. Alors qu'il n'y était pour rien. D'ailleurs, comment expliquer ce geste ? La lâcheté ? La culpabilité ? Quelque chose de plus profond, qui resterait à jamais sans explication ?

Comme c'est laid... pour un gentleman. Comment interpréter cette épitaphe ?

– John ?

La voix de Flight. Derrière lui se tenaient deux policiers armés.

– La cavalerie arrive trop tard, George.

Rebus se tenait immobile au milieu des œuvres d'art endommagées, des dégâts qui se chiffraient sans doute à plusieurs millions de livres, avec les alarmes qui continuaient de hurler, et dehors les dizaines de kilomètres d'embouteillages dans le centre de Londres, le temps que Trafalgar Square soit rouvert à la circulation.

– Je vous avais bien dit que ce serait un jeu d'enfant, lança-t-il à Flight.

Lisa Frazer n'allait pas trop mal. En état de choc, quelques bleus, le coup du lapin. L'hôpital préféra la garder en observation une nuit, juste par mesure de précaution. Ils auraient voulu garder Rebus aussi mais celui-ci refusa. Il se contenta de calmants et de trois points de suture au ventre, avec du gros fil noir. La blessure était superficielle mais cela valait mieux.

Quand il arriva chez Chambers à Islington, la grande maison à un étage grouillait de policiers, de techniciens, de photographes et de toute la clique habituelle. Les journalistes massés dehors, dont certains le reconnurent après la conférence de presse improvisée de Copperplate Street, l'assaillirent dans l'espoir d'obtenir une déclaration mais il se fraya un passage et pénétra dans la tanière du Loup-Garou.

– Comment ça va, John ?

George Flight n'était toujours pas remis des rebondissements de la journée. Il posa la main sur l'épaule de Rebus qui lui sourit.

– Ça va, George. Vous avez trouvé quelque chose ?

Ils se tenaient dans le vestibule. Flight jeta un coup d'œil vers une porte.

– Vous n'allez pas le croire, dit-il. Moi-même, je me demande si j'ai bien vu ce que j'ai vu.

Son haleine empestait le whisky. Les réjouissances avaient donc déjà commencé...

Rebus se dirigea vers la porte et pénétra dans la

pièce. C'était principalement à cet endroit que s'affairaient photographes et techniciens. Un homme se redressa derrière un canapé et croisa le regard de Rebus. C'était Philip Cousins, qui lui adressa un sourire et un salut de la tête. Isobel Penny se tenait à côté de lui, son carnet de croquis à la main. Mais Rebus remarqua qu'elle ne dessinait pas et que ses traits avaient perdu leur vivacité habituelle. Certaines choses avaient donc encore le pouvoir de la choquer, elle aussi.

La scène avait de quoi secouer. Mais l'odeur était pire encore, l'odeur et le bourdonnement des mouches. Un des murs était couvert de tableaux – même sans être connaisseur, Rebus vit qu'il s'agissait d'œuvres médiocres. Du moins, ce qu'il en restait : ils étaient réduits en lambeaux, certains morceaux de toile traînaient par terre. Le mur d'en face, barbouillé de graffitis, aurait été à sa place dans une des tours de la cité Churchill. Des inscriptions haineuses. ART DE MERDE... J'ENCULE LES PAUVRES... À MORT LES PORCS... Les élucubrations de la folie.

Deux cadavres reposaient négligemment derrière le canapé et un troisième sous une table, comme si on s'était vaguement donné la peine de les cacher. Les murs et la moquette étaient éclaboussés de sang, et à en juger d'après les effluves, au moins un des corps se trouvait là depuis plusieurs jours. Facile de découvrir tout ça maintenant que c'était terminé. Par contre, on aurait du mal à élucider le « pourquoi ». Ce qui tracassait Flight.

– Je n'arrive pas à trouver le moindre mobile, John. Je veux dire, Chambers avait tout ce qu'il lui fallait. Quel besoin avait-il de... Je veux dire, pourquoi aurait-il... Juste comme ça...

Ils se trouvaient dans le salon. Aucun indice n'avait fait surface. La vie privée de Chambers semblait par-

334

faitement ordonnée et anodine, comme le reste de la maison. Il n'y avait que cette pièce, ce coin secret. Cela mis à part, on aurait pu se trouver chez n'importe quel homme de loi, à éplucher ses livres, son bureau, sa correspondance, son ordinateur.

Rebus n'était pas plus embêté que ça. L'idée qu'on ne connaisse jamais le fin mot de l'histoire ne lui faisait ni chaud ni froid.

– Vous n'avez qu'à attendre la biographie, George, dit-il en haussant les épaules. Vous aurez peut-être votre réponse.

Ou bien posez la question à une psychologue, songea-t-il. Pour sa part, il était convaincu qu'on pondrait quantité de théories.

Flight secouait la tête, se frottait le front, les joues et le cou. Il n'arrivait toujours pas à croire que c'était fini. Rebus lui effleura le bras. Ils échangèrent un regard. Rebus hocha lentement la tête, puis lui fit un clin d'œil.

– Vous avez raté quelque chose avec la Jaguar, George ! C'était magique !

Flight trouva la force de sourire.

– Vous expliquerez ça au juge, John. Vous expliquerez ça au juge.

Le soir même, Rebus dîna chez Flight. Marion leur avait préparé à manger. Le repas tant attendu fut assez morose, malgré un moment de diversion avec l'interview d'un historien d'art au dernier journal télévisé de la journée. Il parlait des œuvres endommagées dans la salle espagnole de la National Gallery. « ... Un gâchis inutile... vandalisme... insensée... inestimables... peut-être irréparables... milliers de livres... les pouvoirs publics... »

– Et bla-bla-bla, railla Flight. Un tableau, au moins, ça se répare ! Ces mecs sont vraiment des trous du cul !

– Voyons, George !

– Désolé, Marion, s'excusa-t-il d'un air penaud.

Il échangea un regard avec Rebus qui lui adressa un clin d'œil.

Plus tard, Marion alla se coucher et ils discutèrent autour d'un cognac.

– J'ai décidé de prendre ma retraite, lui annonça Flight. Marion n'arrête pas de me tanner. Je n'ai plus la santé.

– Rien de grave, j'espère ?

– Non, dit Flight en secouant la tête. Rien de bien méchant. Mais j'ai reçu une proposition d'une boîte de sécurité. Un meilleur salaire, des horaires de bureau. Vous savez ce que c'est.

Rebus fit oui de la tête. Il avait vu quantité de collègues plus âgés qui, quand ce genre d'opportunité se présentait, se laissaient attirer comme des insectes par la lumière. Il vida son verre.

– Vous rentrez quand ? lui demanda Flight.

– Je pensais partir demain. Je redescendrai pour faire mes dépositions.

– La prochaine fois, on a une chambre d'amis.

– Merci, George, dit-il en se levant.

– Je vais vous raccompagner.

– Appelez-moi un taxi, insista Rebus en secouant la tête. Je n'ai pas envie qu'on vous arrête pour conduite en état d'ivresse. Vos points de retraite risqueraient d'en souffrir.

336

– Très juste, dit Flight en fixant le fond de son verre. C'est bon, je vous appelle un taxi. Au fait, dit-il en glissant la main dans sa poche, j'ai un petit cadeau.

Il tendit le poing vers Rebus qui plaça sa main dessous. Flight y laissa tomber un morceau de papier. Rebus le déplia. Une adresse y figurait. Il fixa Flight et le remercia d'un hochement de tête.

– C'est sympa, George.

– Rien de méchant, hein, John ?

– Rien de méchant, acquiesça-t-il.

Famille

Cette nuit-là, il dormit profondément mais se réveilla à six heures du matin et s'assit aussitôt dans son lit. Il avait mal à l'estomac, une sensation de brûlure comme s'il venait d'avaler de l'alcool. Les médecins lui avaient conseillé de ne rien boire. Chez Flight, il s'était limité à un verre de vin et deux cognacs. Il se frotta le ventre autour de la blessure, en espérant que la douleur allait se calmer, puis avala deux cachets avec un verre d'eau du robinet et s'habilla. Le chauffeur de taxi, pas très bien réveillé, s'épancha longuement sur les événements de la veille.

– Je me trouvais à Whitehall, alors je vous dis pas ! Coincé une heure et quart dans mon taxi sans que ça avance ! Une heure et quart ! Et j'ai même pas vu la poursuite, mais j'ai tout de même entendu l'accident.

Rebus resta silencieux, calé dans sa banquette, jusqu'à la cité de Bethnal Green. Il régla la course et jeta un coup d'œil au papier de Flight. Numéro 46, 4e étage, appartement 6. Ça empestait le vinaigre dans l'ascenseur. Un sac en papier, d'où sortaient quelques frites à peine cuites et un reste de beignet de poisson, traînait dans un coin. Flight n'avait pas tort : un bon réseau d'indics faisait toute la différence. On obtenait rapidement les tuyaux. Mais un malfrat digne de ce nom devait avoir un réseau tout aussi efficace. Rebus espérait ne pas arriver trop tard.

Il descendit de l'ascenseur et traversa rapidement le palier jusqu'à une porte devant laquelle traînaient deux bouteilles de lait vide. Il en saisit une et retourna précipitamment à l'ascenseur, à temps pour la glisser dans l'entrebâillement de la porte qui était en train de se refermer. Celle-ci resta en place. Ainsi que l'ascenseur.

On ne savait jamais quand on aurait besoin de filer en vitesse.

Puis il parcourut l'étroit couloir jusqu'à l'appartement 6, prit appui contre le mur, décocha un coup de talon dans la poignée et la porte vola. Il entra dans un vestibule où régnait une odeur de renfermé. Nouvelle porte, nouveau coup de pied, et il se retrouva nez à nez avec Kenny Watkiss.

Tiré de son sommeil sur un matelas à même le sol, le jeune homme était vêtu d'un simple slip. Il se tenait maintenant contre le mur le plus éloigné de la porte, tout grelottant. Reconnaissant Rebus, il se passa une main dans les cheveux.

– Pu-putain... balbutia-t-il. Qu'est-ce que vous fichez ici ?

– Salut, Kenny, dit Rebus en pénétrant dans la pièce. J'avais envie qu'on bavarde un peu, tous les deux.

– De quoi ?

Quand on s'appelait Kenny Watkiss, ce n'était pas un réveil un peu musclé à six heures et demie du matin qui suffisait à vous mettre dans un tel état de panique. Sauf à craindre de voir débarquer une personne en particulier, et pour des raisons bien précises.

– On va discuter de l'oncle Tommy.

– L'oncle Tommy ? répéta Kenny en esquissant un sourire peu convaincant. J'écoute.

Il retourna sur le matelas et enfila un jean troué.

– De quoi as-tu peur, Kenny ? Pourquoi te caches-tu ?

– Moi, je me cache ? dit-il, toujours avec le même sourire. Qui vous a raconté ça ?

Rebus secoua la tête, en souriant à son tour d'un air sympathique.

– Tu me fais pitié, Kenny. Vraiment pitié. Des types comme toi, j'en vois des centaines par semaine. De l'ambition et pas de cervelle. Beau parleur mais sans couilles. Ça fait à peine une semaine que je suis à Londres et j'arrive à te mettre la main dessus sans problème. Tu crois que Tommy aura plus de mal ? Tu t'imagines qu'il va te laisser filer comme ça ? Bien sûr que non : il va clouer ton scalp au mur.

– Arrêtez de dire des conneries.

Maintenant qu'il avait enfilé un tee-shirt noir, sa voix tremblait nettement moins. Mais il ne pouvait pas dissimuler l'expression de son regard, cet air épouvanté de bête traquée. Rebus décida de lui faciliter les choses. Il sortit un paquet de cigarettes, lui en proposa une et la lui alluma avant d'en faire autant pour lui. Il se toucha le ventre. Bon sang, c'était assez douloureux. Pourvu que les points de suture tiennent.

– Tu l'as entubé, dit-il d'un ton anodin. Il récupérait de la came volée et tu lui servais de coursier, pour faire passer la marchandise. Sauf que tu t'en mettais un peu dans la poche au passage, n'est-ce pas ? À chaque nouveau boulot, tu le grugeais un peu plus. Pourquoi ? Pour t'offrir un appart' dans les Docklands ? Pour monter ta boîte ? Peut-être que tu devenais juste un peu trop gourmand, je n'en sais rien. En tout cas, il a flairé l'embrouille. Tu es venu au tribunal en espérant bien qu'il allait morfler. C'était ta seule chance de t'en sortir. En voyant le tour que ça prenait, t'as tout de même essayé de lui jouer la comédie en te manifestant dans la galerie du public. Mais tes heures étaient comptées. Et en apprenant que les poursuites étaient carrément abandonnées, tu as compris qu'il allait te régler ton compte. Mais tu n'as pas fui assez loin, Kenny.

– Qu'est-ce que ça peut vous foutre ?

La colère que provoque la peur. Rebus ne se sentait pas visé personnellement. Il n'était que le prétexte.

– Une seule chose, dit-il calmement. Laisse Sammy tranquille. Ne t'approche plus jamais d'elle. N'essaie même pas de l'appeler. D'ailleurs, tu ferais mieux de sauter dans le premier train ou le premier bus pour dégager de Londres. Ne t'en fais pas, on finira bien par coincer Tommy. À ce moment-là, tu pourras peut-être rentrer.

Il glissa la main dans sa poche et en sortit une liasse de billets. Il en ôta quatre billets de dix livres qu'il laissa tomber sur le matelas.

– Je t'offre un aller simple, et je te conseille vivement d'en profiter tout de suite, ce matin.

De la méfiance dans le regard et la voix de Kenny.

– Vous n'allez pas m'arrêter ?

– Pourquoi je t'arrêterais ?

Cette fois, il eut un sourire plus confiant. Il jeta un coup d'œil aux billets.

– C'est des histoires de famille, Rebus. C'est tout. Je suis assez grand pour m'occuper de moi.

– Tu crois ? fit Rebus en secouant la tête.

Il contempla la pièce – le papier peint décollé, les fenêtres condamnées, le matelas et le drap froissé.

– À toi de voir, Kenny.

Il se retourna pour partir.

– J'étais pas le seul, vous savez.

Rebus se figea, sans se retourner.

– C'est-à-dire ?

Ne pas montrer sa curiosité.

– Il y avait aussi un flic. Il touchait sa part du butin des cambriolages.

Rebus inspira une bonne bouffée d'air. Avait-il besoin de savoir ? Envie de savoir ?

Kenny Watkiss ne lui laissa pas le choix.

– Un certain Lamb, dit-il.

Rebus expira silencieusement et, sans rien manifester, quitta l'appartement, rouvrit en grand les portes de l'ascenseur en dégageant la bouteille d'un coup de pied, appuya sur le bouton du rez-de-chaussée et patienta pendant la descente épouvantablement lente. Devant l'immeuble, il s'arrêta pour écraser sa cigarette. Il se frotta de nouveau le ventre. Pas malin d'avoir oublié les analgésiques. Du coin de l'œil, il aperçut une camionnette dans le parking. Sept heures moins le quart. Sa présence, et celle des deux types qui attendaient impassiblement à l'avant, pouvaient avoir une explication tout à fait banale. Ces messieurs étaient peut-être sur le point d'aller au turbin, non ? D'ailleurs, Rebus savait pertinemment que c'était exactement ça. Ce qui le plaçait face à un autre choix. Les laisser faire leur boulot, ou les en empêcher. Il mit une ou deux secondes à prendre sa décision. Le visage de Samantha présent à l'esprit, il s'approcha nonchalamment de la camionnette, dont les occupants faisaient toujours mine de l'ignorer, et frappa un bon coup sur la vitre côté passager. Le type lui jeta un regard mauvais mais, voyant qu'il ne se démontait pas, baissa sa vitre.

– Ouais ?

Rebus lui plaqua sa carte contre le nez.

– Police, déclara-t-il sèchement. Maintenant, foutez-moi le camp d'ici et prévenez Tommy Watkiss qu'on a mis son neveu sous protection rapprochée. S'il lui arrive quoi que ce soit, on saura à quelle porte frapper et qui embarquer... (Il recula et dévisagea le gros bras.) C'est bon, t'arriveras à t'en souvenir ou bien tu préfères que je te fasse un mot ?

Le type poussa un grognement en remontant sa vitre. Le conducteur démarra. Au passage, Rebus flanqua un coup de pied dans l'aile de la camionnette. Peut-être que Kenny se taillerait, peut-être qu'il resterait. À lui de décider. Rebus lui avait donné une chance. Que le jeune homme la saisisse ou non, il s'en lavait les mains.

– Comme Ponce Pilate, se marmonna-t-il à lui-même en se dirigeant vers la rue principale. Patientant au pied d'un lampadaire, implorant le ciel pour un taxi, il aperçut Kenny Watkiss sortir de l'immeuble, un sac de marin par-dessus l'épaule. Le jeune homme jeta un coup d'œil à la ronde, puis se mit à courir d'un pas léger vers l'autre bout du lotissement.

– C'est bien, mon garçon, murmura-t-il en hochant la tête.

Au même instant, un taxi s'arrêta devant lui dans un crissement de freins.

– Vous avez du bol ! lui lança le chauffeur. Je viens de prendre mon service.

Rebus monta, indiqua le nom de son hôtel et se cala

dans la banquette pour profiter de la ville à cette heure matinale. Mais le chauffeur comptait se dérouiller les mandibules en prévision de la journée à venir.

– Dites, vous êtes au courant du bordel qu'on a eu hier du côté de Trafalgar Square ? J'ai été bloqué une heure et demie. Moi, j'ai rien contre le maintien de l'ordre, mais ils auraient pu s'y prendre autrement, vous croyez pas ?

John Rebus secoua la tête en se marrant.

Sa valise fermée était posée sur le lit, avec la sacoche dont il s'était à peine servi et le sac de livres. Il cherchait à faire tenir quelques dernières affaires dans le sac de sport quand on frappa doucement à la porte.

– Entrez !

C'était Lisa Frazer, qui portait une minerve.

– J'ai l'air ridicule avec ça, hein ? dit-elle en faisant la grimace. Ils veulent que je la garde quelques jours, mais je... (Elle remarqua les bagages sur le lit.) Tu ne pars pas déjà ?

Rebus fit oui de la tête.

– Je suis venu pour filer un coup de main à l'enquête sur le Loup-Garou. L'enquête est close.

– Mais, et...

– Et nous ? dit-il en se tournant vers elle. C'est une bonne question. (Elle baissa les yeux.) Tu m'as menti, Lisa. Tu n'étais pas là pour nous aider. Tu étais là pour décrocher ton fichu doctorat.

– Je suis désolée.

– Moi aussi. Enfin, je comprends ce qui t'a poussée à faire ça, pourquoi tu t'es dit que tu n'avais pas le choix. Je comprends vraiment. Mais ça ne justifie rien pour autant.

Elle se redressa et secoua la tête.

– D'accord. Alors dis-moi une chose, inspecteur Rebus : si je ne pensais qu'à me servir de toi, pourquoi est-ce que je suis venue directement ici en sortant de l'hôpital ?

Il ferma le sac de sport. Une question pertinente.

– Parce que tu t'es fait démasquer, répondit-il.

– Non. Je savais bien que ça finirait par arriver. Trouve-moi autre chose.

Il haussa les épaules.

– Tant pis, poursuivit-elle, comme si elle était déçue. Je pensais que tu pourrais m'aider à trouver la réponse. Moi-même, je ne sais pas très bien.

Il se tourna une nouvelle fois vers elle et vit qu'elle souriait. Elle avait l'air tellement ridicule avec cette minerve qu'il ne put que sourire à son tour. Quand elle s'approcha, il la serra contre lui.

– Aïe ! gémit-elle. Pas si fort, John.

Il desserra son étreinte mais ils restèrent dans les bras l'un de l'autre. Grâce aux médicaments, il se sentait détendu.

– De toute façon, finit-il par dire, tu ne m'as pas été d'une grande aide.

Elle s'écarta de lui. Il eut un sourire espiègle.

– Qu'est-ce que tu veux dire ?

– Notre discussion au restaurant. Toutes les notes sur tes fiches... Ambitions contrariées... Victimes d'un niveau social supérieur... Refus de la confrontation... Rien de cela ne correspond à Malcolm Chambers, dit-il en se grattant le menton.

– Je ne dirais pas ça. Il nous reste à examiner sa vie

privée, son passé. Et puis, j'avais raison pour la schizophrénie.

Sans être sur la défensive, on sentait une note de défi dans sa voix.

– Tu comptes donc poursuivre tes recherches ?

Elle voulut hocher la tête mais c'était trop douloureux.

– Bien sûr. Je t'assure qu'on n'est qu'au début de nos recherches sur Chambers. Il y a forcément des indices quelque part dans son passé. Il a dû laisser quelque chose.

– Tiens-moi au courant.

– John... Il ne t'a rien dit, avant de mourir ?

Il sourit.

– Rien d'important... Rien d'important.

Quand elle fut partie, après qu'ils se furent promis de faire des allers-retours et de passer des week-ends à Édimbourg, de s'écrire et de se téléphoner, il descendit à la réception avec ses bagages. George Flight l'y attendait, tout en signant divers documents. Rebus posa la clef de sa chambre sur le comptoir.

– Vous avez une idée du prix de cet hôtel ? maugréa l'Anglais sans lever les yeux. La prochaine fois, autant dire que je vous loge à la maison !... Mais j'imagine que ça valait le coup, ajouta-t-il en lui jetant un regard.

Quand il eut terminé, il tendit les papiers à la réceptionniste qui vérifia que tout était en ordre et opina du chef.

– Vous savez à quelle adresse envoyer la note, lança Flight par-dessus son épaule en suivant Rebus vers la porte battante.

Il mit les bagages à l'arrière et claqua la portière.

– Il faut vraiment que je fasse réparer le coffre... On va où ? La gare de King's Cross ?

– Oui, acquiesça Rebus en hochant la tête. Mais avant ça, j'aimerais faire un léger détour.

Flight lui fit remarquer que ça n'avait rien d'un léger détour, mais s'exécuta de bonne grâce.

Il se gara devant la maison de Rhona, à Gideon Park, et mit le frein à main.

– Alors, vous allez sonner ?

Rebus, qui avait beaucoup retourné la question, fit non de la tête. Qu'avait-il à dire à Sammy ? Rien de bien utile. S'il lui apprenait qu'il avait vu Kenny, elle l'accuserait de l'avoir fait fuir. Non, mieux valait tirer un trait.

– George, vous pourriez envoyer quelqu'un pour la prévenir que Kenny a quitté Londres ? En insistant sur le fait qu'il va bien, qu'il n'a pas d'ennuis. J'aimerais qu'elle l'oublie au plus vite.

– Je m'en chargerai moi-même. Vous l'avez vu ?

– Ce matin.

– Et alors ?

– Je suis arrivé juste à temps. Je pense que ça devrait aller.

Flight scruta son visage.

– Je *crois* que je vous crois.

– Juste une chose.

– Oui ?

– D'après Kenny, un de vos hommes est impliqué. Le faux-jeton aux traits de bambin.

– Lamb ?

– Lui-même. Il serait à la solde de Tommy Watkiss.

347

Flight pinça les lèvres et resta silencieux un instant.

– Ça aussi, je veux bien le croire, finit-il par dire doucement. Ne vous en faites pas, John. Je vais m'en occuper.

Rebus ne dit rien. Il fixait toujours les fenêtres du pavillon, en espérant que Samantha s'en approcherait et l'apercevrait. Non, en fait, ce n'était pas pour qu'elle le voie mais pour que *lui* puisse *la* regarder une dernière fois. Mais personne n'était là. Ces dames étaient sorties pour la journée, en compagnie de Tim, Tony, Graeme ou Ben.

Et de toute façon, cela ne le regardait pas.

– Allons-y, fit-il.

Flight prit donc la direction de King's Cross. Il emprunta des rues pavées d'intentions plus ou moins bonnes, comme dans toutes les grandes villes. Des rues anciennes ou modernes, qui respiraient l'envie et l'enthousiasme. Et aussi le mal. Pas tant que ça, juste ce qu'il fallait. Après tout, le mal était une constante. Rebus remerciait le ciel que si peu de vies en soient affectées. Que ses amis et sa famille soient à l'abri. Et que l'heure du retour ait enfin sonné.

– À quoi pensez-vous ? lui demanda Flight alors qu'ils patientaient à un feu rouge.

– À rien.

Il ne pensait toujours à rien quand il monta dans l'Intercity 125 bondé et s'installa à sa place avec ses journaux et ses magazines. Juste avant le départ, quelqu'un vint s'asseoir en face de lui et posa quatre canettes de bière sur la tablette. Un jeune type assez grand, avec une mauvaise tête et des cheveux courts.

Il adressa un regard méchant à Rebus et alluma son baladeur.

Crac boum... Crac boum... Crac boum...

Le volume était si fort que Rebus arrivait presque à distinguer les paroles. Le jeune tenait son billet à la main – destination Édimbourg. Il le posa pour s'ouvrir une canette. Rebus secoua la tête, dégoûté, et sourit. Un petit enfer rien que pour lui. Tandis que le train s'élançait, il se cala sur sa cadence et battit la mesure en silence dans sa tête.

TAJT.

TAJT.

TAJT.

TAJT.

TAJT.

TAJT.

Jusqu'à Édimbourg.

Remerciements

Qu'il s'agisse de statistiques, d'anecdotes, de psychopathes ou de ruses avec le lecteur... merci pour leur aide aux personnes suivantes :

À Londres : Dr S. Adams, Mme Fiona Campbell, Chris Thomas, M. Andrew Walker, les officiers du poste de police de Tottenham.

À Newmarket : L. Rodgers.

À Édimbourg : professeur J. Curt, Mme Alison Girdwood.

Dans le Fife : M. et Mme Colin Stevenson.

À Glasgow : Alex Blair.

Au Canada : M. Tiree Macgregor, Dr D. W. Nichol.

Aux États-Unis : Dr David Martin, Mme Rebecca Hughes.

Composition réalisée par IGS-CP

Achevé d'imprimer en avril 2006 en France sur Presse Offset par

BRODARD & TAUPIN

GROUPE CPI

La Flèche (Sarthe).
N° d'imprimeur : 34476 - N° d'éditeur : 71070
Dépôt légal 1ère publication : septembre 2005
Édition 03 - avril 2006
LIBRAIRIE GÉNÉRALE FRANÇAISE – 31, rue de Fleurus – 75278 Paris cedex 06.